西都の陰謀

妖国の剣士❹

（新装版）

知野みさき

ハルキ文庫

JN119708

角川春樹事務所

目次
Contents

安《やす》良《ら》国全図

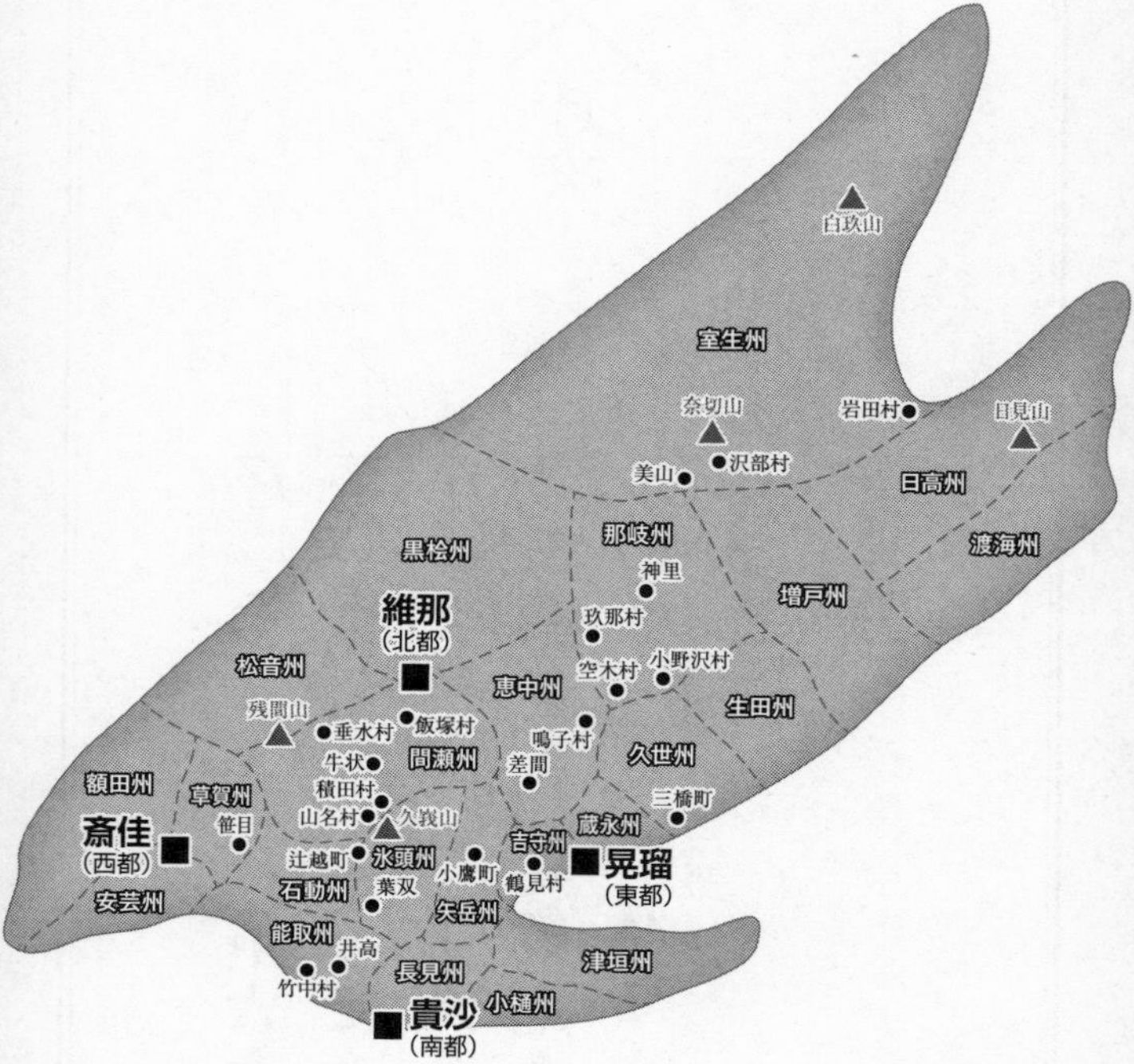

安良国は、四都と大小二十三の州からなる島国である。滑空する燕のような形をしていることから「飛燕の国」と称されることもあり、紋にも燕があしらわれている。東は「晃瑠《あける》」、西は「斎佳《さいか》」、南は「貴沙《きさ》」、北は「維那《いな》」が、安良四都の名だ。

西都・斎《さい》佳《か》地図

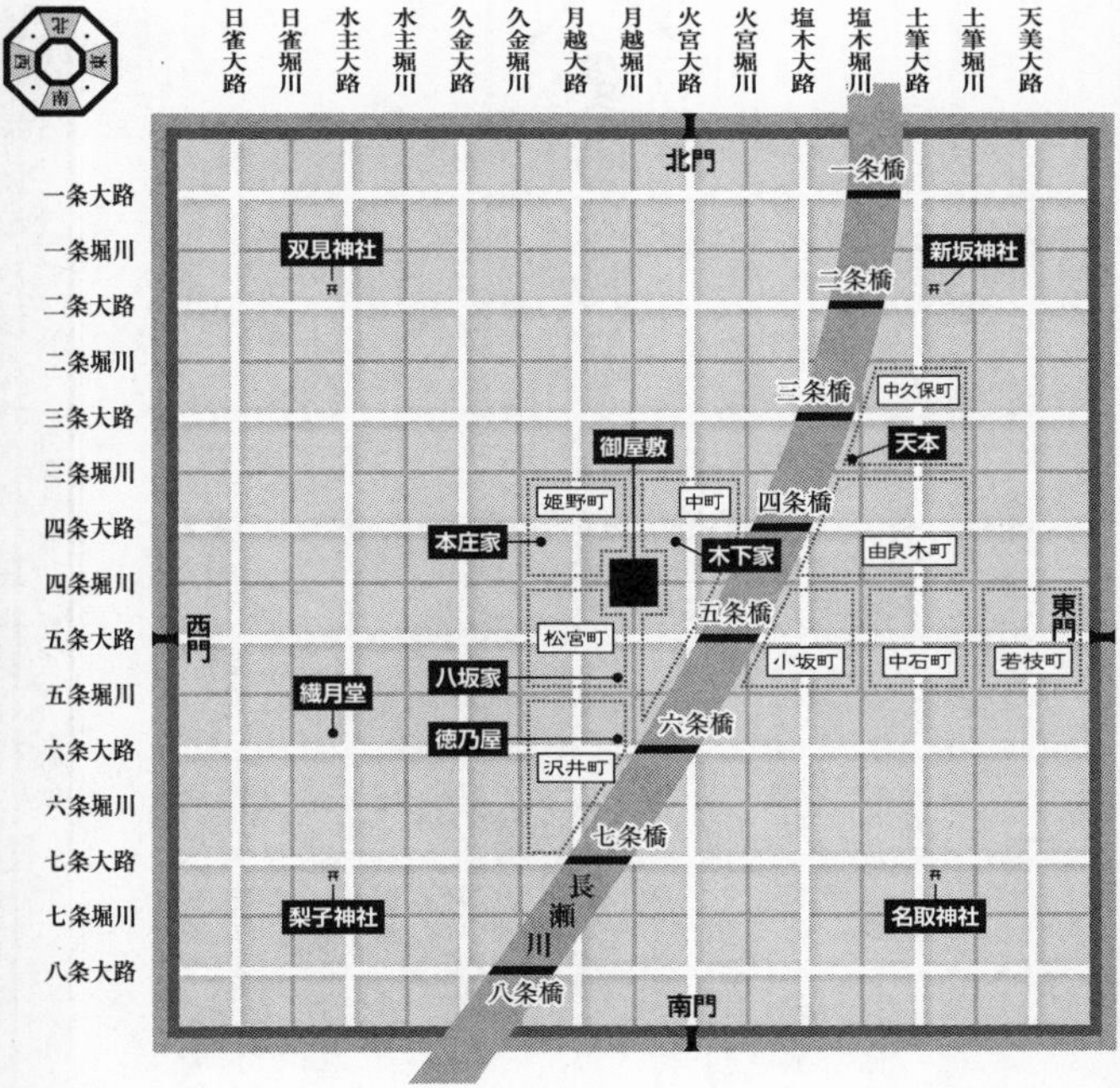

西都・斎佳は、東都・晃瑠に次ぐ繁華を誇る、安良国の第二の都市である。都内を流れる川は一本のみだが、東門から都に入る者が多いため、都の東側の十の町全てが盛り場といっていいほど賑わっている。

登場人物
Character

黒《くろ》川《かわ》夏野《なつの》　男装の女剣士。蒼太と妖かしの目を共有し、理術《りじゅつ》の才能の片鱗を見せる。

蒼《そう》太《た》　恭一郎と暮らす片目の少年。「山幽《さんゆう》」という妖魔。

鷺沢《さぎさわ》恭一《きょういち》郎《ろう》　蒼太と暮らす天才剣士。安良《やすら》国大老の妾腹の子でもある。

真《ま》木《き》馨《かおる》　恭一郎の剣友。道場師範をしている。

樋《ひ》口《ぐち》伊《い》織《おり》　恭一郎の友。理一位の称号を得た天才理術師。偽名は筧《かけい》伊織。

木《きの》下《した》真《ま》琴《こと》　目付を務める木下家の一人娘。

伊《い》紗《さ》　幻術に長け、晃瑠《あける》に住む「仄魅《しきみ》」という妖魔。

稲《いな》盛《もり》文《ぶん》四《し》郎《ろう》　夏野の周りで暗躍する謎の老術師。

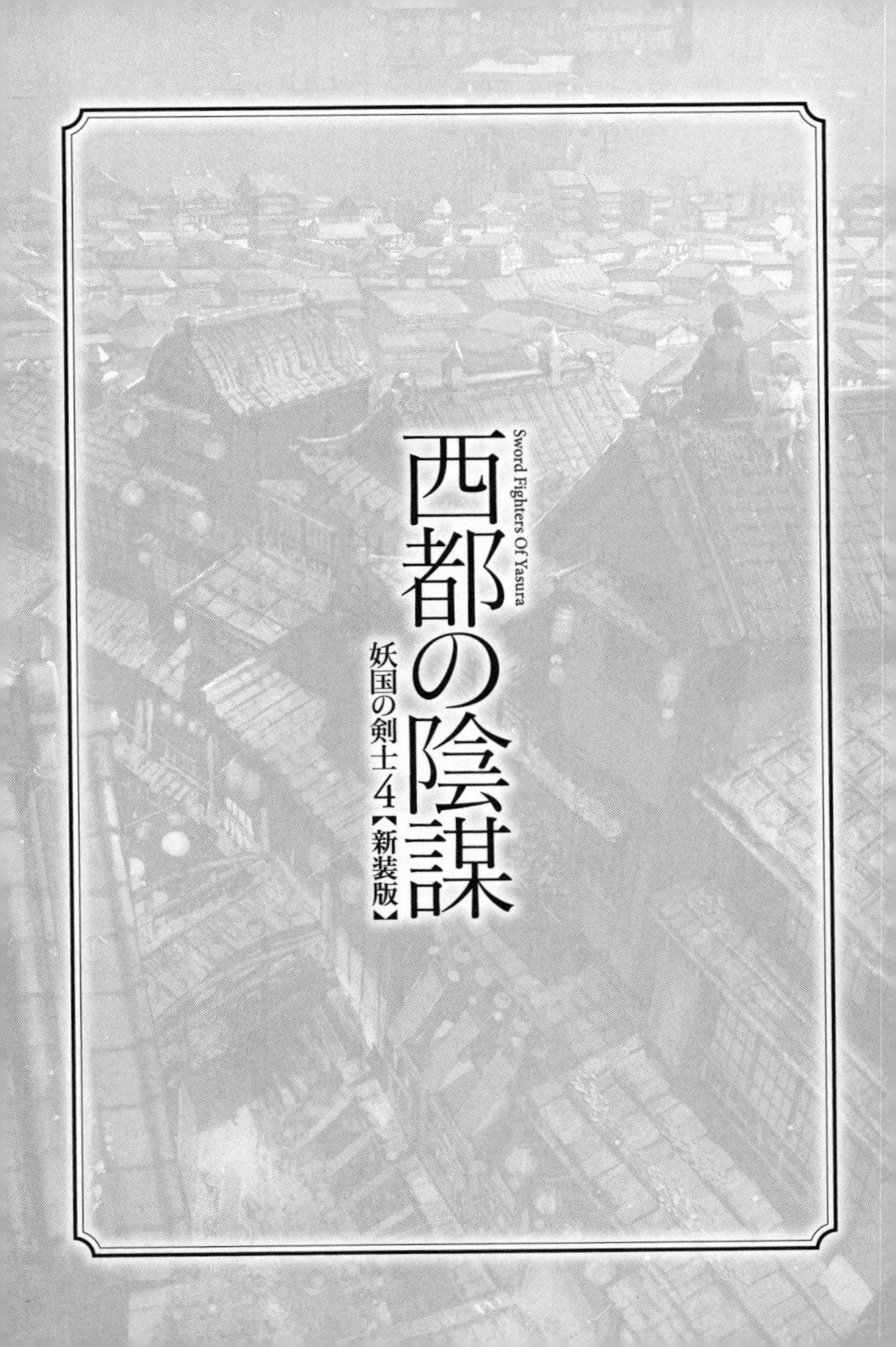

Sword Fighters Of Yasura

西都の陰謀

妖国の剣士4【新装版】

序章 Prologue

かような日が訪れようとは――

平伏した黒川夏野《くろかわなつの》と真木馨《まきかおる》の上に、既に変声した、落ち着いた男の声がかかる。

「面《おもて》を上げよ」

「はっ」

「はい……」

おそるおそる夏野が見上げた先には、白装束に身を包んだ国皇・安良《やすら》が鎮座している。

二十五代目となる安良は御年十六歳。色白で、髷《まげ》にせず束ねているだけの長い髪は女のようだが、その眼光は雄々《おお》しく鋭い。見目姿は少年でも、国史より長い記憶を持ち、およそ千と百年を生きてきた「現人神《あらひとがみ》」だ。

花祭りを明日に控えた夕刻だった。

馨と二人で、七ツには道場の隣りの志伊《しい》神社を訪ねるよう、朝のうちに樋口《ひぐち》伊織《おり》から言い付かっていたのだが、稽古《けいこ》が長引いて到着が少し遅れた。

――伊織と恭一郎《きょういちろう》なぞ、待たせても構わん――

急《せ》かす夏野に悠長にそう応《こた》えた馨が、今となっては恨めしい。

まさか国皇を待たせていたとは、二人とも思いも寄らなかった。

通された志伊神社の拝殿には、国皇と大老を上座に、宮司《ぐうじ》の樋口高斎《こうさい》、その息子で理一《りいち》位《い》の伊織、大老の庶子にて夏野たちと同門の剣士・鷺沢《さぎさわ》恭一郎と、恭一郎が「息子」と公言している山幽《さんゆう》の蒼太《そうた》が集まっていた。

夏野が恨めしく思うのは馨よりも伊織と恭一郎で、伊織は狩衣《かりぎぬ》、恭一郎は裃《かみしも》に肩衣《かたぎぬ》と、それぞれこの場にふさわしい身なりをしている。居心地は悪そうだが、蒼太でさえ恭一郎と同じ装いをしているというのに、夏野と馨は普段着の着物に袴であった。着流しでないだけまだましだが、常から少年の装いをしている夏野の着物は男物だ。着飾りたいという意はなく、ただ武家の端くれとして正装を知る身であれば、何故一言言ってくれなかったのかと、夏野は羞恥《しゅうち》に身が縮む思いがした。

「余計な気遣いはいらぬと、私が言ったのだ」

夏野の心中を読んだがごとく、安良が言った。

「此度《こたび》の神社参りは土屋《つちや》の供養のみならず、市中の様子見を兼ねておる。ありのままのお前たちに会うことが私の望みであった。鷺沢と蒼太の装いは、人見《ひとみ》の親心よ」

安良の傍らで、大老の神月《こうづき》人見が、微苦笑と共に小さく頭を下げる。

実の親子でありながら、人見と恭一郎はさほど似ていない。

鷺沢殿は母親似、一葉《かずは》様は父親似なのだろう……

恭一郎の腹違いの弟にして大老の跡継ぎである一葉の顔が思い出されたが、それも一瞬だ。目の前にいるのは、大名家の当主でさえ滅多に目通りできぬ国皇である。

「真木馨。黒川夏野。お前たちは樋口や鷺沢と共に土屋を看取《みと》り、その骨を無事に晃瑠《あける》に持ち帰ってくれた。改めて礼を言う」

「そのような……」

もつれた夏野の口上を、馨が引き継いだ。

「過分なお言葉にございます。恐れながら、私どもの方こそ、既にいただいた身に余る褒賞の御礼《おれい》を申し上げたく存じます」

国に五人しかおらぬ理一位の一人だった土屋昭光《あきみつ》が、老術師・稲盛文四郎《いなもりぶんしろう》の手にかかって死したのは昨年末のことである。

残念ながら土屋の命は救えなかったが、亡骸《なきがら》は稲盛に渡すことなく、伊織が持ち帰った遺骨は東都の一笠《いちかさ》神社に納められた。夏野と馨はその折に、内々にだが、理一位を手助けした褒美としてそれぞれ切り餅《もち》二つ——五十両——を伊織を通して受け取っていた。

新年を迎えた喜びも束《つか》の間《ま》、公にされた理一位の訃報《ふほう》に安良国全土が静まりかえった。

土屋は表向きは病死と伝えられたが、それを鵜《う》呑みにするほど国民は無知ではない。土屋が間瀬《ませ》、黒桧《くろべ》、松音《まつね》の三州で重なる妖魔《ようま》の襲撃に対応策を指示していたことは、武家のみならず、近隣の町民や農民に知られていた。ゆえに稲盛のことは知らずとも、多くの国民は土屋の死には妖魔がかかわっていると察しているようだ。

「あれしきのことでは、命懸けのお前たちの働きにはとても足りぬ……しかし、樋口の役目は今はできるだけ伏せておきたいのだ。ゆえにお前たちのことも公にできなかった。厚かましいのを承知で言うが、また機会あらば、お前たちの力を貸してくれ」

「はっ」

頭を下げた馨に倣《なら》って夏野も一礼する。

「黒川」

「はい」

「お前は術の才を持ちながら、入塾を望まぬそうだな」

「は……それは、その……」

「無理強いはせぬ……だが、樋口はお前を買っている。事が収まるまで樋口には晃瑠を根城に働いてもらうゆえ、できうる限り樋口に師事し、お前の才を磨いてくれぬか？」

「無論です。身に余る光栄にございます」

「剣と術、双方に秀でている者は少ない。晃瑠にお前のような者がいるとは心強い」

安良にまっすぐ見入られて、夏野の身はすくんだ。

胸の鼓動が速くなり、蒼太とつながっている左目が疼《うず》いて、夏野は瞬《まばた》きをこらえた。

鷹揚《おうよう》な笑みを浮かべているが、己を覗《のぞ》き込む安良の瞳《ひとみ》は、全《すべ》てを見透かしているような気がする。

蛇に睨《にら》まれた蛙《かえる》のごとく、安良の瞳に囚《とら》われて目をそらせない。

と同時に、蒼太の目を通して、己を見つめる安良の姿が左目によぎった。

畏怖《いふ》と安堵《あんど》が混じり合った蒼太の感情が、じわりと左目を通じて夏野に伝わる。

安良の瞳の真ん中は闇《やみ》で、ともすると吸い込まれそうだ。

しかし……

ぽっと、その暗闇の奥に光が宿ったと思うと、ぐんぐん輝きを増し、左目一杯に白い世界が広がった。

柔らかく温かい波動が、たじろぐ夏野の身体《からだ》を包み込む。

『セレニア……』

音にならない蒼太の言葉が、頭の中に直《じか》に届いた。

学んだことはなくとも、それが「この世」――「神」の概念を含んだ――を表す山幽の言葉なのだと、夏野は即座に解した。

神――

安良様はご存じだ。

蒼太が山幽だということも。

私が蒼太の目を宿していることも……

全てお見通しなのだ――

ゆらりと、左目の白い世界に淡く浮かんだものがある。

どこか見覚えがあるそれを見極めようと目を凝らした矢先、安良の声が夏野の視界をうつつに戻した。

「黒川。いずれ、お前の力が必要になる時がくるやもしれぬ」

私の力など微々たるものだが……

「その時は私の——いや、この国のために尽力してくれるか？」

「はい。その時は、必ず」

夏野がしかと応えると、安良は微笑《ほほえ》んだ。

まだ若い容貌《ようぼう》にはちぐはぐな、老熟した賢者の笑みだった。それでいて安良を包む気は丸く、透明な調和に満ちていて心地良い。

この御方《おかた》こそ、この国を——この世を——司《つかさど》る神……

「頼もしいな、樋口」

伊織を見やって安良が言った。

「ええ」

「稲盛と妖魔どものことは、引き続きお前に任せる。入用な金、物、人は全て、速やかに人見に伝えろ。我が手中にあるものなら惜しまず都合するゆえ」

「恐れ入ります」

短く応えて伊織が一礼すると、人見に頷いて安良は腰を上げた。

恭一郎や馨に倣い、夏野は慌てて平伏した。

微《かす》かな足音と共に安良の気が遠ざかる。

緊張が解けると、安堵と同時に何やら心寂しくなった。

これも安良様のお力ゆえか。

安良への敬慕の念を新たにして腰を上げるも、思いを同じくしている筈《はず》の蒼太を見やってはっとする。

眼帯に隠されていない蒼太の右目は何故《なぜ》か、不安と焦りを浮かべていた。

ふいに忍び込んできた一抹の悪い予感に、夏野は胸を震わせた。

「蒼太……」

思わず伸ばした夏野の手を逃れ、目をそらした蒼太は恭一郎の後ろに隠れた。

「こら、ここで脱ぐな」

恭一郎に叱《しか》られると、蒼太はむすっと口を結んで、脱ぎかけた肩衣を引っかけたまま拝殿を出て行く。

「待て蒼太。どこへ行くのだ――」

夏野へ苦笑を漏らして、恭一郎が蒼太の後を追う。

恭一郎の背中を見送った馨が笑い出し、伊織と宮司も笑みを交わし合う。

つられて夏野も口元を緩めたが、その手はしらずにざわめく胸を押さえていた。

†

右手を少し上げて人見を黙らせると、床《とこ》の床板を見やって安良が呼んだ。

「孝弘《たかひろ》」

ずっと床板が床脇《とこわき》の地袋の方へずれ、総髪の若い男が半身を覗かせる。

男の名は槙村《まきむら》孝弘。

山幽という妖魔であることの他、人見は孝弘のことを知らない。

安良国広しといえども、国皇に単独接見できる人間は大老職に就く者のみ――

確かに「人間」では現大老の己だけだが、こうしていとも容易《たやす》く御城へ出入りする山幽がいることを、大老職を継いだ後に人見は知らされた。

「失礼つかまつる」

囁き声で人見に小さく頭を下げると、孝弘は音もなく床からその身を抜き現して、安良の前に腰を下ろした。

安良との単独接見には、御城の中奥でも御小座敷に近い、この四畳半の部屋が使われている。その名も「燕庵《つばめあん》」と呼ばれ、茶室を模した小部屋だが、四方を二重の壁に囲まれた閉ざされた空間だ。

二重の戸にかけられた錠前の鍵《かぎ》を持つのは安良と人見だけで、警固の者も外側の壁より内に入ることを許されず、掃除や畳の張り替えも人見の監視のもとに行われる。

ゆえに、城内では安良と人見しか床下に続く隠道を知らぬ筈で、人見が知る限り、この隠道を使う者は孝弘のみであった。

「……黒川夏野は、いかがでしたか？」

「判《わか》らぬ。だが、実に興味深い」

女としてでないことは明らかだった。

十六歳ともなれば妻を娶《めと》る男もなくはないが、国史上、安良が正室を迎えたことはない。十代も半ばを過ぎると幾人かの女性を大奥に揃《そろ》えるものの、いまだかつて安良の子供を孕《はら》んだ者はいなかった。これは安良が「女」の時も同じで、二十五代の間、安良は三度女として生まれ変わっていたが、一度も懐妊することなく代替わりしている。

また、安良が血縁から生まれ変わった例もなく、五十二歳で死した二十四代目と、現二十五代目は異なる血筋から生まれ、顔かたちもまったく違う。全ての安良に通じているのは、首筋に浮き出た国土に似た痣《あざ》と、「現人神」としての記憶だけだ。

この痣とて生まれ落ちてすぐに出るとは限らず、初代安良は十六歳の時に、二代目は八歳——初代が亡くなって七年後——に痣と記憶を得て「安良」となった。これまでの安良の逝去と出生の日付を照らし合わせると、転生にはおよそ五十日ほどかかるようだ。幾度かずれが見られるのは、痣を得る前になんらかの事由で、その存在を知られぬまま死したからだと思われる。

安良の生家には、国から相応の恩賞が支払われる。役目を賜《たまわ》ることはないが、恩賞とその名誉が目当てか、先代が亡くなってから新たな安良が現れるまで、捨て子や子殺しが著しく減る。

それにしてもあの女子《おなご》は、安良様にここまで言わしめるほどの逸材なのか……

土屋の件で褒賞を出した時にようやく、人見は息子の「剣友」にして「十七歳で侃士号《かんしごう》を賜った若者」の黒川夏野が女だと知った。直に顔を合わせたのは先ほどの志伊神社での相見が初めてで、口を開かねば少年と見紛《みまが》う夏野を思い出した人見に、安良が言った。

「外してくれぬか？　孝弘と少し話したい」

「御意……」

素気ない言葉とは裏腹に、労《いたわ》りのこもった声だった。

一礼したのち、人見は大人しく部屋を出て、内壁と外壁の半間ほどの隙間《すきま》に座って目を閉じた。

父親の代から数年前まで、孝弘は今とは違う名を名乗っていた。

祖父から申し送りを受けていたにもかかわらず、父親は孝弘が妖魔だと納得するのに長い年月を要したようだが、人見は違った。

その昔、夜半に屋敷を抜け出した幼き人見は、足を滑らせて御城の堀に落ちたことがあった。御城の警邏《けいら》が呼子を吹き、龕灯《がんどう》を片手に駆けつける前に、真っ暗闇にもかかわらず、堀から人見を引き上げてくれた者が孝弘だった。

――人に情けをかけたのではない――

二十数年後に大老職を継いだ後に、燕庵で再会した孝弘はそう言った。

――お前が大老の子だから助けたのだ――

妖魔は夜目が利く。

隠道を通って城の外に出た孝弘は、堀に落ちた己が大老の息子だと瞬時に認めて手を差し伸べたのだった。

もしも、私が大老の世継ぎでなかったら――

孝弘は知らぬ振りして立ち去っただろうと、人見は確信している。

人に似て、人に非《あら》ず。

最も人間に近い姿をしている山幽でも、妖魔には違いなかった。人語を自在に操り、安良が頼みにしている孝弘とて、時に相容《あいい》れない酷薄さにたじろぐことが人見にはある。

「案ずるな」と安良は言う。

孝弘は、代々大老職を継いできた神月家当主と同じく、己に必要な者なのだ、と。

妖魔に脅かされてきた人間を護《まも》り、その繁栄を支えてきたのは安良だ。安良なくして、都を始めとする人の文明の発達はあり得なかった。

しかし一方で安良は、妖魔を根絶しようとはしていない。結界を用いて二分された世界を見守ること、既に千百年ほどになる。

安良様が、太平の世を望んでいることは間違いない。

だが、私には時折判らなくなる――

人と妖魔は、種としてあまりにも違う。

人は短命ゆえに、切磋琢磨《せっさたくま》し高みを望むが、人の努力や思惑など、山幽のような妖《あや》かしには虫けらのあがきにしか見えぬのではないか……？

己の死後も、長きにわたって安良に仕えることができる孝弘に、嫉妬《しっと》を覚えたこともあった。だが、五十路《いそじ》を過ぎた今の人見が、そのような感情に心乱されることはない。

私は――国民は安良様を信じてここまできた。

百年後、千年後に安良様が思い描いている世界がどのようなものであっても、私は己の信念を貫き、ただ今を生きるだけだ……

四半刻《しはんとき》ほど灯《あか》りのない闇に鎮座していると、安良が呼んだ。

「人見」

戸を開いて人見は部屋に戻ったが、孝弘は既に去った後だった。

「稲盛が生きていたぞ」

「さようで」

半ば予想していたことだった。

致命傷を与えるには至らなかったと、昨年末のうちに伊織から報告を受けている。

「残間山《ざんまざん》に潜《ひそ》んでいたらしい。――近々、やつは再び人里を襲うだろう」

年が明けてから、三月ばかり悲報が途絶えていた。

――土屋様が、お命と引き換えに妖魔どもを追い払ってくださった――

そう噂《うわさ》する国民は落胆するだろうが、致し方ない。

「お前の代で、終わらせたいものだな」

「まことに」

妖魔を身に宿した稲盛が御城に乗り込んできたのは、百二十九年前。人見の高祖父が大老だった時分だ。当時二十一歳だった稲盛は既に齢《よわい》百五十。五十二歳となった人見の三倍近く生き長らえていることになる。

「忙しくなりますな」

「うむ。そしてまた、お前の息子と孫を危険にさらすことになるだろう。許してくれ」

「覚悟の上にございます」

非公認でも人見の「初孫」となった蒼太だが、血のつながりはなく、亡妻の連れ子だと恭一郎からは聞き及んでいた。我が子だと公言したのは亡妻を愛するがゆえだろう——と、かつて恭一郎の母親と叶《かな》わぬ恋をし、恭一郎を嫡男とすることができなかった若き日の己と息子を重ねて、人見は息子の嘘《うそ》を黙認することにした。

その蒼太にもどうやら、伊織が認める術の才があるらしい。

まだ幼い蒼太に都外を旅させるのは酷だと思う反面、手柄を立てることで孫が——ひいては息子が安良に認められれば、父親として喜ばしい。二人の手柄は人見自身の益にもなるが、既に安良から揺らがぬ信頼を得ている人見にそのような打算はなかった。

「鷺沢は八辻九生《やつじきゅうせい》を帯刀し、国で一番といわれる剣士で、蒼太は理一位が認める術の才を持つ。かような息子と孫を得たお前はまこと、果報者だな」

安良が己の心情を語るのへ、「はい」と人見は率直に頷《うなず》いた。

「樋口によれば、あの黒川にも蒼太に負けず劣らずの術の才があるとか……」

「そのようだ。二人とも、樋口のもとで早く頭角を現してくれるとよいのだが」

僅《わず》かに輝いた瞳が、滅多に見せない安良の感情の起伏を伝えていた。

「樋口、鷺沢、蒼太、黒川……これだけの才が、晃瑠に一堂に会するとは……面白い巡り合わせもあったものだな」

「はあ」

安良が含み笑いを漏らすのへ、つい驚きが返答に滲《にじ》み出た。

このように高揚した安良を見るのは初めてだった。

どことなく安堵したのも束の間、翌朝、人見のもとに颯《はやて》が届いた。

書付には、間瀬州高岩村《たかいわむら》が妖魔に襲撃されたと記されていた。

第一章 Chapter 1

椀《わん》を突き出し、蒼太が言った。

「しあたま、おかあ、り」

「あらまあ……」

三杯目をねだる蒼太に呆《あき》れながらも、小夜《さよ》は嬉《うれ》しげに蒼太の手から椀を取った。

「夏野様の白玉は、本当に美味《おい》しいですものね」

「白玉しか作れませぬが……」

世辞だと判《わか》っていても、料理上手の小夜に褒められると悪い気はしない。

「おかあ、り」

「はいはい。もうこれでおしまいですよ」

お代わりを急《せ》かす蒼太の椀に残りの白玉を入れてしまうと、小夜は重箱を斜めに掲げた。

「ほら、もう空っぽ」

「さと」

「はいはい。お砂糖もこれきりですからね」

余っていた砂糖が残らず振りかけられるのを見届けてから、蒼太はにこりともせずに頭を下げた。

「かたじけ、な」

「どうぞ召し上がれ」

「ん」

椀を受け取ると、素早く小夜から少し離れ、匙《さじ》を片手に黙々と食べ始める。

夏野は小夜と顔を見合わせて、同時に笑みをこぼした。

伊織の妻である小夜が、那岐《なぎ》州空木村《うつぎむら》から出て来て早三月《みつき》になろうとしていた。葉月《はづき》に入って暦の上ではとっくに秋だが、東都・晃瑠ではいまだ残暑が続いている。

稲盛と鴉猿《あざる》の度重なる襲撃を収めるために、理一位《りいちい》の伊織は昨年、生まれ故郷の晃瑠に呼び戻された。

稲盛は己の内に仄魅《しきみ》の伊紗《いさ》の娘を取り込み、そのおかげで人の寿命を超えて生き長らえている。間瀬州にて、稲盛は伊紗に腹を刺されたが、致命傷にはならぬこと、また追って行った伊紗の手に余るだろうことを、伊織は予見していたようだ。

国民が望んだ平和は半年ともたず、春を過ぎてから、再び稲盛率いる妖魔《ようま》たちの襲撃が始まっていた。大老からの知らせでは、どうやら稲盛は残間山に身を潜《ひそ》めていたらしく、悲報はまず残間山の南東に広がる間瀬州から届いた。

襲撃が再開してまもなく、伊織は安良へ願い出て、晃瑠から空木村へ隠密を送った。十年前に、理術を極めるために移り住んだ空木村の家を小夜の弟・菅原良明《すがわらよしあき》に託して、隠密の護衛と共に小夜を晃瑠へ移したのだ。

小夜は今、志伊神社に隣接した樋口家の屋敷で暮らしている。伊織に言われて掃除や縫い物は女中に任せているものの、料理は譲らず、毎日女中たちに混じって台所に立っている。姑《しゅうとめ》にして伊織の母親の恵那《えな》は呆れるどころか、小夜の素朴な田舎《いなか》料理を喜んだ。また、暇を見繕っては小夜を連れ出し、番付を片手に庶民の間で人気の店を食べ歩いている。これはけして嫌みではなく、多忙を極める伊織の代わりに、小夜の気を紛らわせようとの気遣いと、小夜をだしに、ささやかな食の楽しみを味わいたいという私欲からであった。

慣れぬ都に加え、義理の両親との屋敷住まいに畏縮《いしゅく》していた小夜には、料理がいい気晴らしになったようだ。一月《ひとつき》、二月《ふたつき》と経《た》つうちに都の味も覚えたが、もともと贅沢《ぜいたく》を嫌う樋口家では那岐州の田舎料理の方が好評らしい。

白玉もお手のものだろうと思うのに、小夜が蒼太に作ってやったことはない。己に花を持たせてくれているのだと、小夜の心遣いに夏野は痛み入るばかりだ。

甘い物好きで舌の肥えている蒼太だが、砂糖を振りかけただけの白玉も好んでよく食べる。殊に暑い日は冷えた白玉を喜ぶから、この数箇月は夏野も台所に立つ機会が増えた。

「それにしても遅いですね。八ツには戻るとのことでしたのに」

「大老からお呼び出しとのこと……また何か事が起きたのやもしれません」

大老に呼ばれて、伊織と恭一郎は朝から出かけていた。料亭での密談は数日前から決まっていたものの、新たな襲撃の知らせでも届いたのではないかと不安になる。稲盛への怒りを募らせると共に、行方《ゆくえ》が知れぬままの伊紗が気にかかる。稲盛を追って行ったが最後、伊紗の姿は見ておらず、なんのつなぎも届いていない。伊織曰《いわ》く、恭一郎が持っている符呪箋《ふじゅせん》の羈束《きそく》はまだ「活《い》きている」。ゆえに命に別状はないそうだが、まさか娘同様、稲盛に捕えられておらぬかと、夏野は気が気ではなかった。

どことなく重苦しい沈黙が漂ったのも束《つか》の間《ま》、蒼太が顔を上げた。

「きょう」

静かな足音が廊下を近付いて来る。

開け放してあった襖戸《ふすまど》から、恭一郎の顔が覗《のぞ》いた。

「お帰りなさいませ」

手をついて恭一郎を迎えてから、小夜が伊織の姿を探す。

「遅くなった」

「あの、伊織様は……？」

「着替えてから来るそうだ。外は暑くてな。道場で一水浴びて来た」

慌てて夫を手伝いに出て行った小夜と入れ違いに、恭一郎は腰を下ろした。着流しで、髷《まげ》はとても結えぬ短い髪がまだ少し湿っている。密談とはいえ、大老との会食に着流しはなかろうから、道場で袴《はかま》を脱いで着替えたのだろう。

「おやつは白玉だったのか。ならば今少し早く戻って来ればよかったな」

恭一郎が言うのへ、蒼太は椀を抱くようにして隠した。

「おれ、の」

「判っておる。何も寄越《よこ》せとは言っておらん」

苦笑する恭一郎に夏野も微笑《ほほえ》んだが、空の重箱が何やら残念だ。

これも着流しに着替えた伊織が現れると、頷《うなず》いて小夜に座るよう促した。

「すまぬ。手形を待っていて遅くなった」

「手形ですか？」

理一位の伊織はもちろん、勅命を受けている恭一郎と蒼太にも、どの関所も自由に行き来できる鉄製の特別手形が渡されている。

「うむ。黒川殿と小夜を斎佳《さいか》に連れてゆく。もちろん、恭一郎と蒼太も一緒だ」

「斎佳へ――」

夏野はいまだ、西都・斎佳を見たことがない。

安良国は四都二十三州からなる。霊山・久峩山《くがやま》を中心に東西南北に位置する四都の内、安良が居城する東都・晃瑠は他の三都より一回り大きい。だが西都・斎佳は同じ大きさの北都・維那《いな》や南都・貴沙《きさ》に比べてずっと華やかで、東都に匹敵するほど栄えている。

「黒川殿には小夜付きの女中として同行してもらう」

「私が小夜殿の……私に務まりましょうか？」

家事全般、なんでもてきぱきとこなす小夜だ。身の回りのことで、己が小夜を手助けできることなぞないように思われる。

「あくまで表向きは、だ」と、伊織は苦笑した。「真の目的は、蒼太と黒川殿を本庄様《ほんじよう》に引き合わせることにある。つまり、むしろ小夜の方がおまけなのだ」

本庄鹿之助《しかのすけ》は伊織と同じ理一位で、昨年まで間瀬州垂水村《たるみむら》に住んでいたのだが、亡くなった土屋と同時期に身の危険を感じてひとまず斎佳に避難していた。

「稲盛に応戦するために、これからも蒼太と黒川殿の力を是非借りたい。しかし、政界には頭でっかちが多くてな……殊に西原《さいばら》なぞは、位のない女子供を連れ歩くことはなかろうとうるさいのだ」

蒼太は昔馴染《むかしなじ》みの息子であり、夏野は生家に隣接する道場の同門剣士でしかない。いくら安良や大老が了承していることでも、伊織の贔屓《ひいき》と取られかねなかった。ましてや夏野は十九歳の女子で、伊織は三十代。奥方を置いて旅をすれば、世間に邪推されることもありうる。

「その昔、西原家がようやく得た大老職を解かれたのは、安良様不在の折にいくつもの町村を妖魔たちにやられたからだ」

国史を学んだ者なら誰《だれ》でも知っていることである。

その昔――正確には五百五十九年前――神月家が跡取りに恵まれなかった隙《すき》をついて、西原家は大老職を奪い、国の主権を握った。

しかし、ものの一年と経たぬうちに、当時十二代目だった安良が身罷《みまか》ってしまう。

十三代安良は七年後の年初、八歳になってから痣《あざ》を得て現れたが、その間に結界を破る方法を見つけた妖魔たちに多くの町村が襲われた。安良の知恵と指示によって妖魔たちは退けられたが、あろうことか翌年の暮れ、九歳の若さで十三代安良は身罷って、以後十二年間にわたって同じ悲劇が繰り返されたのだ。

十四代安良が現れたのは、西原家が失脚し、神月家が大老職へ返り咲いた翌年だった。国史以前から安良と共にあり、建国に尽力し、安良と国をもり立ててきた神月家は、安良だけでなく国民からも絶大な信頼を得ている。だが、神月家の前身は東北――今の那岐州――の、西原家は西――今の斎佳――の豪族だった。西原家にしてみれば、神月家は初代安良を見出《みいだ》しただけの地方豪族で、自分たちは西方勢力の筆頭だという自負がある。ゆえにこの一件は建国以来、神月家を目の仇《かたき》にしていた西原家に更なる屈辱を与えた。

大老職こそ解かれたものの、西原家の西での権威は強く、家は取り潰《つぶ》されるどころか、もと通り斎佳の閣老を務めて今日に至る。

「現閣老の西原利勝《としかつ》は先祖の汚名をそそぐべく、昨年、内々に妖魔討伐を安良様に申し出たそうだ。そのために既に土屋様や本庄様と頻繁につなぎを取り合っていたところへ、俺《おれ》や恭一郎が安良様から勅命を得たものだから面白くないのだ。だが、蒼太や黒川殿のことで難色を示しているのは西原だけではない。一笠神社におわす佐内《さない》理一位からも、お前がそこまで推すなら、まずは入塾させせろと言われている。佐内様は規律に厳しいお方だ。また、晃瑠を守るのが佐内様のお役目ゆえ、無理に妖《あや》かしの蒼太を目通りさせれば藪蛇《やぶへび》になりかねん。土屋様同様、会えば判ってくださるとは思うのだが……しかし、本庄様の方は興味を示してくださった」

伊織の言葉に、恭一郎が付け足した。

「伊織がそこまで入れ込む者たちなら、一度会ってみたい――とな。本庄様のお墨付きが得られれば、西原や佐内理一位を始めとする反対派を説き伏せることができるだろう」

「うむ。少し回り道になるが、斎佳におわす本庄様に蒼太と黒川殿を引き合わせ、お口添えいただくことにしたい。ただし表向きは西原を立てるべく、閣老への相見を理由に斎佳行きを願い出てみたのだが……」

それでは奥方様も是非ご一緒に、と返答がきたそうである。

伊織が西原利勝と顔を合わせたのは、十五年前、理一位を賜《たまわ》った時のみだ。利勝はまだ閣老ではなく、当時の閣老の嫡男として紹介されただけだった。

晃瑠を離れ、過去十年を伊織は那岐州で暮らした。空木村では「筧《かけい》伊織」と偽名を名乗っており、もとより佐内理一位の他は晃瑠にいないこともあって、理一位たちの暮らしぶりは国民には謎《なぞ》に包まれたままだ。伊織が妻を娶《めと》ったことや、妖魔討伐の勅命を受けたことを知る者は政界でもほんの一握りであった。

「このご時世だ。物見遊山《ものみゆさん》で伺う訳ではないと伊織が言えば、有事の折だからこそ、内輪でだけでも慶事を祝って差し上げたい、本来ならば、ご祝言も、昨年のご活躍も声を大にして公にしたいのを我慢している――などと、脅しじみたことを言い出す始末でな」

とはいえ、大老や安良に説得を頼めば、西原はますます「贔屓」を非難するだろう。

「このような屁理屈《へりくつ》が通るとは、西原も思っていまい。こうしたくだらぬ文《ふみ》のやり取りをする間に、時を稼ごうとしているように俺には思える。となると、何を企《たくら》んでおるのかと邪推したくもなる……よってやつの望み通り、小夜を連れて行くことにした。この際、西原から祝儀をもらうのも一興だろう？」

「はあ……」

にやりとして問うた夫へ、小夜は呆然《ぼうぜん》としたままつぶやいた。

「宴《うたげ》を支度してくれるというなら、それを利用するまでだ。本庄様にも宴に列席していただくことにすれば事前の目通りも叶《かな》おう。本庄様の後押しと共に、西都の助力を仰ぐという形で、俺のやり方をやつに是認してもらおうと思う」

「面倒臭いな」

「ああ、もどかしい限りだ。だがここでやつを立てておかねば、後でもっと面倒なことになる」

不本意を隠さぬのは、気心の知れた恭一郎の前なればだろう。

伊織は十九歳で理一位を賜り、三十路《みそじ》を越えた今でも理一位では最年少だ。若くとも閣老に匹敵する身分であれば、政の仕組みやしがらみを身をもって理解している。

「さいか……かおう……？」

恭一郎を見上げて蒼太が問うた。

斎佳の定廻《じょうまわ》りの四男である馨は、十日ほど前に晃瑠を発《た》っている。家督を長男に譲って

まだ五年も経たぬというのに、隠居の父親が病に倒れたと知らせを受けたのだ。

「そうだな。馨は今、斎佳におるが、親父殿《おやじどの》が危篤なのだ。会うのは難しいだろう」

「道場の方にはなんの便りもないのですが、鷺沢殿は何かお聞きになっていますか？」

「俺の方にも、まだ何も。着いたばかりでそんな暇もないのだろう……いや、あいつはもともと筆不精だからな。発つ前にこちらから颯《はやて》を送っておこう」

「出立はいつになりましょうか？　いろいろ支度もありますから……」

おずおずと小夜が訊《たず》ねた。

「明後日だ。そのために二人の手形を急がせた。そなたには駕籠《かご》を使ってもらうが、道中飛ばす。余計な荷は持たぬように。支度については、旅慣れた黒川殿に相談するがいい」

「樋口様」

小夜を庇《かば》うべく夏野が続ける前に、恭一郎が笑った。

「莫迦者《ばかもの》」

安良国広しといえども、理一位を莫迦呼ばわりする者は恭一郎の他、まずおらぬ。

「お前を信じて空木から晃瑠まで身一つで来た小夜殿だぞ。此度《こたび》の旅支度も心得ているさ。支度が必要なのは屋敷の方だ。公務とはいえ、嫁が少なくとも一月は家を空けるのだからな。この家は近頃《ちかごろ》、勝手仕事を小夜殿に任せっぱなしだろう？　まずは女中頭と相談して、宮司《ぐうじ》様や奥方様がつつがなく暮らせるよう手配りせねばならんのだ」

恭一郎の顔をまじまじと見つめてから、伊織は小夜に向き直った。

「すまぬな、余計な気遣いをさせて……」

「いいえ。私が好きでしていることです。ちっとも余計ではありません。――しかし、明後日となるとあまり時がございません。それにまずは、夕餉《ゆうげ》の支度をしませんと」

笑顔で応えて部屋を出て行く小夜を見送ってから、伊織が恭一郎に言った。

「お前は変なところに気が付くな」

「変なところとはなんだ。嫁が婚家――舅と姑を気遣うのは世の常だ。お前が世間を知らないだけだ」

「俺が世間知らずだと？」

「そうだ。小夜殿が屋敷に来てまだ三月だ。慣れない都暮らしの上に、頼みの夫は出ずっぱりだ。いくら婚家に気に入られていようとも、小夜殿がどれだけ気を張ってきたことか。しかもたまさかには簪《かんざし》でも土産《みやげ》にすればよいものを、お前ときたらいつも手ぶらで、帰って来ては食って寝るだけではないか」

「小間物屋を覗く暇などない。小夜には着物でも櫛《くし》でも簪でも、好きな物を気兼ねなく買えるよう、金子を充分に渡してある」

「言い訳だな……判っておるくせに」

恭一郎は鼻で笑ったが、気を悪くするどころか、伊織は反対に微笑んだ。

「そうだな。言い訳だ。貴重な助言痛み入る」

「……嫌みなやつだな」

「嫌みではないぞ。本心だ」

「それが嫌みだというのだ」

「判らんな」

　昔馴染みならではの二人のやり取りに、夏野は笑いをこらえて手をついた。

「そろそろお暇《いとま》いたします」

「うむ。斎佳行きについて、州屋敷と戸越《とごし》家には文をしたためておいた。直《じか》に伺えずに悪いが、これでなんとか言い含めてきてくれ」

「文で充分です。理一位様がいらしたら、おまつさんが目を回してしまいます。州屋敷には私が明日出向きます。州司代はただいま留守にしておりますが、又代《まただい》に文を言付けて参ります」

　晃瑠の氷頭《ひず》州屋敷に詰めている州司代・椎名由岐彦《しいなゆきひこ》は、諸々《もろもろ》の報告を兼ねて、五日ばかり前に州府・葉双《はふたつ》に発っていた。氷頭州の現州司は夏野の腹違いの兄・卯月義忠《うづきよしただ》で、由岐彦は義忠の幼馴染みでもある。

　夏野と義忠は実は従兄妹《いとこ》なのだが、それを知る者は身内でもごく僅《わず》かだ。

　兄の友として親しんでいた由岐彦に求婚されて、一年余りが過ぎた。「すぐにとは言わぬ」と言った由岐彦の言葉に甘えて、返答は保留している。月に一、二度は夕餉に呼ばれて行くのだが、変わらぬ由岐彦の素振りが、夏野にはありがたくも心苦しい。

友の妹として、また好いた女として夏野を案じる由岐彦なれば、いくら理一位の願いとはいえ、斎佳行きには渋面を作るだろう。さすれば留守でよかったと思わぬでもない。

「頼んだぞ。明日また八ツ頃、ここに来られるか？」

「お安い御用でございます」

「しあたま」

「こら」と、恭一郎がたしなめた。「黒川殿も明日は多忙だ」

「構いませぬ。白玉なら手間もかかりません」

恭一郎や伊織にも賞味してもらえるよう、明日は多めに作ってこようと思った。

「しかし……」

「かたじけない。黒川殿が茶請けを用意してくれるなら、小夜の手間が一つ省ける」

にっこりとして伊織が言った。

「ところで、お前たちは夕餉はどうする？　食べてゆかぬか？」

「ゆくとも」

「ならば先に酒を持たせよう」

夏野に続いて伊織も立ち上がり、廊下へ出たところで小夜と鉢合わせた。

折敷《おしき》の上に、瑠璃《るり》でできた徳利《とっくり》と杯《さかずき》を載せている。

「井戸で冷やしておいたものです。暑気払いにお一ついかがかと……」

「小夜」

「余計な事をしましたでしょうか……？」

「少しも。ありがたいことだ。そなたのような伴侶《はんりょ》は実に得難い」

伊織のまっすぐな言葉に、小夜は頰《ほお》を染めて、そそくさと恭一郎の前に折敷を置いた。

「恭一郎たちの分も夕餉を支度してくれぬか？」

「はい。——夏野様はお帰りですか？　お見送りいたします」

小夜の方が三つ年上だが、上背は夏野の方がある。

頰を染めたまま夏野をいざなう小夜は愛らしく、恵愛に満ちた夫婦のやり取りは夏野の頰をも緩ませた。

陽《ひ》は傾いているが、晴れている分、外はまだ暑い。

行李《こうり》に手甲《てっこう》、脚絆《きゃはん》、足袋《たび》、草鞋《わらじ》……

手拭《てぬぐ》いを片手に、支度するものを反芻《はんすう》しながら、夏野は家路を急いだ。

†

一行が辻越町《つじこしちょう》に着いたのは、晃瑠を出て三日目の夕刻だった。

駕籠から降りてよろけた小夜を、傍《そば》に控えていた夏野が支える。

「すみません」

「いえ、大丈夫ですか？」

「ようやく慣れてきましたよ」

顔はまだ少し青いが、小夜は微笑んで自ら歩き出した。

玄関先で足を洗ってもらい、部屋に案内されて一息ついた。

小夜は祝言の時は伊織と、空木村から晃瑠へ移った折には夫婦を装う男女の隠密と共に、とにかく目立たぬようにと駕籠を使わなかったという。初日に一日中駕籠に乗って懲りた小夜は、二日目には徒歩を希望したものの、伊織にあっさり却下された。小夜には悪いが、急ぎ旅ならば致し方ないと夏野も思う。

ただでさえ恭一郎と伊織は歩くのが速く、日々鍛えている夏野でさえもついて行くので精一杯だ。蒼太は「日に百里を駆ける」といわれる山幽だけに、日に十里の道のりなぞまるで苦にしていない。

少年剣士の格好ゆえに、夏野を見やる駕籠舁《かごか》きたちの目は厳しい。

子供がぴんしゃんしてるのに、この若《わけ》ぇのはざまぁねぇ——

そんな胸中の台詞《せりふ》を視線の中に読み取って、夏野は悔しいやら、情けないやらだ。女だと明かせば駕籠舁きたちの見る目も変わろう。だが、夏野は剣という男の世界で生きている。「女にしてはよく歩いている」と思われるのはもっと癪《しゃく》だった。

まだまだ修業が足りぬな、私は……

恭一郎は国一と噂《うわさ》される天才剣士で、伊織も理一位ながら侃士号を持っている。この二人と己を比べるなどおこがましいが、近くにいるとその差を意識せずにはいられない。

「夏野様は強うございますね」

夏野の思いに反して小夜が言う。

「私も皆さんと歩きたいと、我儘《わがまま》を申したことが恥ずかしいです。これでも村ではよく歩いていたのですが、私の足ではとても無理でした」

「私なぞ……」

「私なぞ、駕籠に慣れるのでやっとですよ。楽をしているのにお恥ずかしい」

笑い飛ばす小夜に、感謝の念を込めて頭を下げてから夏野は言った。

「これだけ早足ですと、駕籠に乗る方も大変です」

「まだ揺れているような気がします。出立した日に比べれば大分ましですが」

小夜は酔いこそしなかったものの、初日は降りてから四半刻《しはんとき》ほどまっすぐ歩けなかった。

「酔わなかっただけ、小夜殿も充分お強い」

「丈夫なだけが取り柄の田舎者ですから」

謙遜《けんそん》してから小夜は目を落とした。

「道中の半分を来ましたね。斎佳まであと三日……それにしても、まさか私が、斎佳を訪ねる日がこようとは……」

――しかも、理一位様の奥方として、だ。

小夜の気持ちが夏野にはよく判る。

州府とはいえ、夏野が生まれ育った葉双は、東都とは比べものにならない田舎町だ。また、黒川家は祖父の弥一《やいち》が国に認められて剣術道場を興したが、その祖父も大分前に亡くなった。当主が不在の黒川家は、道場が黒川の名を残していること、母親のいすゞが前州司の妾《めかけ》だったこと、夏野が表向きは州司の腹違いの妹であることなどが斟酌《しんしゃく》されて改易を免れてはいるものの、今は武家の末席に名を連ねているだけである。

　夏野は二年前、ひょんなことから蒼太の——妖魔の——左目を取り込んでしまった。弟の死を知らず、一生に一度と思い詰め、弟の行方《ゆくえ》を追って東都を訪ねる道中だった。

　それがきっかけで、恭一郎や馨、伊織と親しくなり、いまや音に聞く東都・晃瑠で暮らす身だ。十代の若輩者にもかかわらず、恭一郎を始めとする選《え》りすぐりの剣士が集まる柿《かき》崎《ざき》剣術道場で剣を、国皇《こくおう》にもっとも信頼されている理一位のもとで理術を学んでいる。

　小夜は那岐州空木村で鍛冶屋《かじや》を営む菅原完二《かんじ》の娘で、母親を早くに亡くし、幼い頃から父親と弟の世話を一手に引き受けてきた働き者だ。刀工でもある完二の仕事場を訪れた伊織と出会い、互いに惹《ひ》かれあって夫婦となったが、伊織が理一位だと小夜が知ったのは婚礼の儀が決まってからである。

　葉双でも空木村でも、女の多くは一度も郷里を離れることなく生涯を終える。夏野も小夜も、二年前には思いも寄らなかった暮らしをしている。過ぎた僥倖《ぎょうこう》ではなかろうかと、夏野は時折ふと不安になる。

「ご縁とは、不思議なものですね……」

「まことに」

　しみじみ言う小夜に夏野も頷き、自身を力づけるためにも殊更明るい声を出した。

「斎佳は晃瑠よりもずっと賑《にぎ》やかで、飲み食い処も多いそうです。樋口様たちがお出かけの際には、蒼太と三人で茶屋でも巡りましょう」

「是非。そういえば、恵那様に番付を頼まれているのです」

「番付……斎佳の料亭のですか？」

「料亭、茶屋、蕎麦屋《そばや》……食べ物屋ならなんでも。うまく手に入りますかしら？」

「そう難しくはないでしょう。大路に行けば番付売りがおりましょうし、おそらく土産物屋でも扱っておりますよ」

「よかった」と、小夜は安堵《あんど》の表情を見せた。「恵那様が、伊織様はこうしたものにはあてにならないだろうと……」

ふふっと笑った小夜に夏野もつられる。

「あてにしております、夏野様」

「お任せください」

夕餉の前に旅の汗を流したかった。

樋口夫婦には宿屋の内風呂《うちぶろ》を使ってもらうことにして、夏野、恭一郎、蒼太の三人は湯桶《ゆおけ》を借りて、近くの湯屋《ゆや》に出向いた。

髪まで洗ってさっぱりすると、待ち合わせの二階に上がる。人混みが苦手で、冬場でも湯屋では烏《からす》の行水の蒼太は、既に二階にいた。開け放された窓から、身を乗り出すように通りを見ている。

「何か面白いものでも見つけたか？」

「しらん」

窓から身を離し、仏頂面で蒼太は応《こた》えた。無愛想なのは常からだが、今日はいつにも増して機嫌が悪いようだ。

「歩きづめで疲れたか？」

「つかて、ない」

蒼太なりに、思うものがあるのやもしれぬ――

辻越町では昨年、稲盛に騙《だま》された若者が数十人を殺傷しただけでなく、その数日後に女《おな》子《ご》百人が一夜で怪死している。女子たちの怪死は山幽の仕業ではなかろうかと、夏野たち大人は疑っているのだが、蒼太には話しにくかった。

夏野と馨が護衛していた斎佳の目付の娘・木下真琴《きのしたまこと》が斬《き》りつけられた伊勢屋《いせや》は、湯屋から二町ほどのところにあった。此度伊勢屋を避けたのは事件があったからではなく、あくまで目立たぬようにという伊織の意向によるものだ。関所ではともかく、宿屋では伊織は空木村で使っている偽名の筧伊織で通していた。

恭一郎がさりげなく、今宵の宿屋・喜久屋《きくや》の番頭に訊ねたところによると、伊勢屋は一時は客足が遠のいたが、贅《ぜい》が尽くされた宿屋だけに贔屓も多く、少しずつもとの景気を取り戻しているらしい。

手拭いを首にかけ、恭一郎が二階へ上がって来た。

「待たせたか？」

「いえ」

「どうした蒼太？　まだ葛餅《くずもち》のことで拗《す》ねておるのか？」

身体《からだ》を折って覗き込んだ恭一郎から、ぷいと蒼太は顔をそらした。

「葛餅？」

「湯屋の前に茶屋があったろう？　風呂上がりに食いたいとねだられてな」

成程《なるほど》、蒼太が見ていたのは茶屋だったのかと、夏野は合点して微笑んだ。

「さ、ゆこう。宿で夕餉が待っておるぞ」

「きょう、おそ、い」

「うむ、すまなかった。いい湯加減だったので、つい長湯してしまった」

恭一郎になだめられて、蒼太が渋々立ち上がる。

湯桶を抱えて、夏野も二人の後に続いた。

喜久屋に戻ると、玄関先で話し込んでいた番頭が顔を上げた。

「お帰りなさいまし」

「桶は、ここに置いてゆけばよいか？」

夏野が訊ねた途端、番頭と話していた男が振り返った。

「夏野？」

故郷の黒川剣術道場の門人で、夏野の幼馴染みの杉本信児《すぎもとしんじ》だった。

「信児ではないか！　どうしてここに――？」

「俺が訊きたい。お前、なんでこんなところに……」

言いながら、傍らの恭一郎と蒼太に気付いたようだ。声を潜《ひそ》めて信児が問うた。

「こちらは……？」

「晃瑠で同じ道場に通う鷺沢殿とそのご子息で私どもは鷺沢殿のご友人夫婦のお伴《とも》をして斎佳へ向かう道中なのだ」

一息に言った。

三人で湯屋にゆくなど、まるで――まるで、家人のようではないか……

行く時は思いも寄らなかったことだが、それがかえって夏野をどぎまぎさせた。

「そうか……杉本信児と申します。葉双の黒川道場に通っています」

「鷺沢恭一郎と申す。――黒川殿。同郷、同門とあらば積もる話もあろう。伊織たちは俺に任せて、飯でも共にしてきたらどうだ？」

「しかし……」

「いいえ、少しばかり先を急いでおります。ここに寄ったのは道を訊くためです」

「一体どうしたのだ？」

葉双から辻越町まで徒歩で一日の距離だ。旅行李も持たぬ身軽な格好からして、長旅ではないらしい。

夏野の問いに、信児の顔が歪《ゆが》んだ。

「……永尾《ながお》殿が亡くなった」

「なんだと？」

「妖魔《や》に殺られたんだ」

　絶句した夏野の横で、蒼太がうつむいた。

　永尾公康《きみやす》はまだ二十代半ばの侃士で、七段の腕前だった。九歳の時に入門したから、黒川道場では古参に入る。

「おとといの夜、立塚村《たてづかむら》が襲われた」

「立塚が？」

　葉双から、北へ五里と離れていない村である。

「永尾殿と宮沢《みやざわ》殿は当番で立塚に行っていた。近江《おうみ》殿も一緒だ。近江殿は立塚の出だから、二人に村を案内すると……宮沢殿はまだ生きている。近江殿は足をやられた」

　宮沢秋雄《あきお》は永尾より六つ年上で、永尾と同じ主家に仕えていた。二人は武家勤めの侃士として、武家が持ち回る近隣の町村の警固をしており、一緒に送られることが多かった。

　近江二郎《じろう》は立塚村の居酒屋の次男だが、同年代の永尾と仲が良かった。此度は永尾が半月ほど故郷を警固するというので、帰郷がてらについて行ったという。

　まだ生きている、ということは、宮沢殿は瀕死の状態なのか。

　近江殿とて足をやられて、再び剣を持つことが叶うのだろうか――？

「永尾殿は辻越の出で、家は兄上殿が継いでいる。颯よりも直に知らせた方がいいだろうと、岡田《おかだ》先生に頼まれたんだ。何しろ……」

言いかけて、蒼太に遠慮したのか信児は口をつぐんだ。

蒼太の正体に気付いた訳ではなく、子供に聞かせるような話ではないのだろう。

「永尾家は近いのか？」

夏野が問うと、信児の代わりに番頭が応えた。

「武鑑によると、ここからほんの四町ほど北でございます」

「さようか。——鷺沢殿、その」

「こっちは気にするな」

「かたじけのうございます。信児、着替えて来るゆえ、少しだけ待ってくれ」

「夏野」

信児の声を背中に部屋へ戻ると、急ぎ着替えた。

「夏野様……？」

「すみませぬ、小夜殿。委細は鷺沢殿からお聞きください」

まだ湿っている髪を手早く結い上げ、祖父の形見の一刀を腰に差す。

廊下で恭一郎と蒼太とすれ違った。

夏野を見て恭一郎は一つ頷いたが、蒼太は目を伏せたままだ。

声をかけてやりたかったが、なんと言えばよいのか夏野には判らなかった。

†

恭一郎から聞くより先に、伊織は「たてづかむら」が襲われたことを知っていた。

辻越町の役場に伊織宛《あ》ての颯が届いていたのだ。伊織は風呂に入る前に、何かつなぎがないかと、宿の者を役場に送っていたそうである。

恭一郎と伊織が話す傍らで、蒼太は黙々と夕餉を食べ終えた。

一人でさっさと膳《ぜん》を廊下へ下げると、歯磨きと用足しに部屋を出る。

ふと気配を感じて目を凝らしたが、五ツになろうかという庭の薄闇《うすやみ》に、求めていた姿は見つけられなかった。

ムベレトだった……

湯屋の洗い場で恭一郎に葛餅をねだったのも、未練がましく二階から向かいの茶屋を覗いたのも事実だが、見入っていたのは茶屋ではなかった。

往来を見回した時に、陽炎《かげろう》のごとく揺らいで見えた者がいた。

袴《はかま》姿で日よけの笠《かさ》を深めに被《かぶ》った男で、刀は帯びていなかった。笠で顔は見えなかったが、くくられた総髪が笠の後ろに靡《なび》いていた。

山幽のムベレトは、人里では槙村孝弘と名乗っている。見た目は二十代半ばの若者だが、不老不死に等しい妖魔ゆえに実年齢は不明であった。

山幽は樹海に潜む妖魔だ。「翁《おきな》」を中心とした数十人が「森」と呼ばれる樹海の奥で共に暮らしている。稀《まれ》に他の森へと行き来する他、山幽が森の外に出ることはまずない。

蒼太は仲間の赤子を殺《あや》め、その心臓を食《は》んだ罪で森を追われたが、孝弘は「ある者」を探して自ら森を出たらしい。

揺らいで見えたのはほんの一瞬で、次の瞬間には孝弘は東西道を行く旅人たちに紛れて行った。しかし不自然に途切れた気が、孝弘が力を持つ妖魔――蒼太の目を誤魔化すことのできるほどの――だと蒼太に知らしめた。

孝弘の背中が米粒ほどの大きさになり、やがて消えて行くのを蒼太はじっと見送った。にもかかわらず、今また似たような気が大気を伝わってくるのを感じたのである。

廊下で立ち止まり、蒼太はじっと宙を睨《にら》んだ。

薄闇の一点に気を集め、記憶の中の孝弘の気を呼び起こす。

宙を流れる様々な気がざわめき、蒼太の周りは束の間喧騒《けんそう》で満たされたが、徐々に淘汰《とうた》され静かになった。

夕刻にもかかわらず、いつの間にか眼前には真っ白な景色が広がっており、時折そここが微《かす》かに輝く。

光の一つは孝弘に違いなかった。だが、目くらましのごとく、次々と瞬《また》く光に蒼太はしばし翻弄《ほんろう》された。

とん、と、ふいに肩を小突かれ、蒼太はうつつに引き戻された。

「おっと、すまぬな、坊……」

ほろ酔いの中年男が蒼太を追い越し、厠《かわや》の方へ歩いて行く。

男の背中を睨みつけ、再び宙へ気を集めたものの、孝弘の気はもうとても追えそうになかった。

でも、ムベレトは近くにいる——

それだけは確かだった。

己と同じように人里に身を置く孝弘に、郷愁が混じった興味を蒼太は抱いていた。昨年晃瑠で相まみえたのち、またいつか会いたいと思っていたが、今こうして気を感じてみると、喜びよりも不安が強い。

何故《なぜ》なら。

五箇月余り前の花祭りの前日、蒼太は志伊神社で再び安良を目の当たりにした。

安良を見つめた夏野の左目を通して、蒼太もその瞳《ひとみ》を覗き込んだ。

以前蒼太が見たように、瞳の闇の先にある光が、夏野にも見えたのが判った。

そののちに映った絵にも夏野は気付いたようだが、見極めるには至らなかったらしい。

安良の瞳に、おぼろげに浮かんだ影は孝弘だった。

思わず目を凝らしたが、安良の瞬きと共に孝弘の面影は霧散してしまった。

横目で蒼太を見た安良が笑んだ時、安良は意図して己に孝弘を見せたのだと知った。

「やすら」とムベレトはつながっている……?

神でも安良は「ひと」である。

だが、途切れぬ記憶と共に千百年近くも転生している安良なら、やはり永の時を生きてきたと思《おぼ》しき孝弘と通じていても不思議はない。

——それとも「やすら」が「ひと」だという、おれの見立ては間違っていたのか。

まことかどうかは判らぬが、安良の他にも前世の記憶を持つ人間はいるらしい。ただ、安良ほど長く明確に、いくつもの転生を経た者はないのだと、恭一郎や樋口宮司から教えられていた。

――「人に似て、人に非ず」なのは「やすら」も同じだ。

常人と一線を画しているから「かみ」と崇《あが》められているならば、額の角の他、人と変わらぬ姿の山幽はどうなのだろうと、蒼太は考え込んだ。

首を切られるか、心臓を貫かれるかすれば、妖魔にも死が訪れる。妖魔の転生は耳にしたことがなく、並の「ひと」と同じく死ねばその命はそれきりだ。

もしもムベレトが「やすら」と同じだけ生きてきたのだとしたら――同じだけの知恵と記憶を持っているなら――ムベレトが「かみ」でもおかしくないではないか……

安良と孝弘の姿を思い浮かべたのち、妖魔の王と恐れられ、黒耀《こくよう》と呼ばれている山幽の少女のことも蒼太は思い出した。

他の妖魔と違って、山幽は一旦《いったん》成人すると、仲間の血を飲んで成長を止める。これは山幽特有の妖力――念力や感応力――を損なわぬためである。山幽の妖力は「大人」になる直前、おそらく十から十五歳辺りが一番強く、その後は衰退するばかりらしい。ただしあまりにも早いうちに成長を止めてしまうと、森の暮らしに不都合だ。蒼太が知る限り、己と黒耀の二人の他、山幽は皆、孝弘のように二十代の若者の姿をしている。

十歳の時に仲間の赤子の心臓を食んだ蒼太は、姿かたちは十歳のままだ。

黒耀は十二、三歳の時に仲間の血を飲んだのだろう。

漆黒《しっこく》の闇に身を包んだ黒耀の正体を他の妖魔は知らないが、蒼太の前にさらしたその見目姿は、まだあどけない一人の少女だった。

黒耀が山幽であることを、蒼太は己を嵌《は》めたシダルという山幽から聞き及んでいた。

かつて翁が蒼太の処遇を黒耀に仰いだように、妖魔同士の裁定は黒耀が司ることが多い。

それでいて黒耀は、群れることも統《す》べることもなかった。

誰もその居所を知らず、ふらりと結界破りを手助けしたかと思うと、軽口を叩《たた》いたものの心臓を雷で射抜くこともある。気まぐれで容赦ない力を持つがゆえに、黒耀は王として妖魔たちに畏怖《いふ》の念を抱かせてきた。

蒼太が生まれてまだ十六年だが、黒耀は既に数百年、もしかしたら千年を越えて生きているだろう。

とすると、黒耀とて、ともすれば神になれたのではなかろうか。

だがそうならなかったのは……

――殺しているからだ、と、蒼太は思った。

黒耀はその力をもって、人だけでなく妖魔をも殺めている。

仲間を殺さなければ、黒耀は王としてではなく、妖魔から崇められ、「ひと」からは恐れられる「かみ」になれたのではないか？

部屋へ戻ると、恭一郎と伊織を前にしている夏野の姿があった。

何か言いたそうな夏野から目をそらし、蒼太は恭一郎の後ろに回ると横になった。

「もう寝るのか？」

「ん」

「床を取るか？」

「いらん」

恭一郎に短く応え、眼帯を外して目を閉じる。

「……それで」と、夏野が話を続けた。「黒川家の名代《みょうだい》として永尾殿を送りたく、お急ぎのところ大変申し訳ないのですが、二日だけ時をいただきたいのでございます……」

「構わん。斎佳で本庄様にお会いするにも、いろいろ手配りせねばならぬことがあってな。そのために急いでいるのだが、俺と恭一郎だけで足りることだ。その間はもともと自由にしてもらうつもりだった」

「かたじけのうございます。宮沢殿はともかく、近江殿からは少しは話を伺えましょう」

「そうしてもらえれば助かるが、まずはその者たちを労わってやってくれ」

「はい……」

伊織の言葉に夏野が声を震わせた。

どうやら夏野は一行から離れ、葉双に行くらしい。

目を閉じたまま、蒼太は耳を澄ませた。

「あの、杉本という男も明日戻るのか？」

恭一郎が問うた。

「いいえ。杉本は永尾殿の姉上殿を伴って、後から参ります」

「となると、道中、黒川殿一人か」

「南北道を下るだけですし、慣れた道です」

「それもそうか」

恭一郎は頷いたようだが、とくっと蒼太の胸は波打った。

とく、とく、とく……

早鐘というほどではないが、胸がざわめいて蒼太は目を開いた。

すると見えぬ筈《はず》の左目に、先ほど見た孝弘の後ろ姿が一瞬だけちらつき、かき消えた。

むくっと起き上がると、恭一郎が振り向く。

「眠れぬのか？」

「おれも、ゆく」

「なんだと？」

「なつの、と、ゆく」

決然として蒼太は言った。

第二章
Chapter 2

夏野の後ろを、つかず離れず蒼太がついて来る。

ろくに休みも取らずに辻越町から葉双までの十里を来たが、蒼太は一つも文句を口にしなかった。道中ほとんど小走りだったにもかかわらず、まったく疲れた顔をしていない。夏野の方は疲労困憊《こんぱい》だ。

しかしその甲斐《かい》あって、葉双の北の番屋を八ツ過ぎに抜けることができた。

街道沿いを更に半里ほど歩き、盛り場に入る手前の茶屋で一息つくことにする。家に戻る前に少し身なりを整えたく、また、何より蒼太を労《ねぎら》いたかった。

きな粉と黒蜜《くろみつ》をかけた二つの丸餅《まるもち》が、土地の名物だ。葉双にちなんで「ふたつ餅」と呼ばれるこの小ぶりの餅は、白玉粉と片栗粉《かたくりこ》からできており、ついた餅より柔らかい。都の菓子ほど洗練されていなくとも、素朴な味わいが土地の者に人気だった。

ふたつ餅を口にして、蒼太の顔が和らいだ。瞬《またた》く間に空になった蒼太の皿に、夏野は自分の皿から一つ餅を移してやった。

「かたじけ……」

礼を言う端から、餅を口に持っていく。

「旨《うま》いか？」

「ん」

夏野一人では心配だというのが、同行した蒼太の言い分だった。

――危険が迫っているのではないのだな？――

念を押した恭一郎に首を振り、つたない言葉で再び同行を主張した。

辻越町で恭一郎たちと別れてから、夏野も今一度問うてみたが、返答は同じだった。

――なつの……ひとい、しんぱい――

――そうか――

その時は苦笑してみせたが、それがまことなら情けない限りだ。

確かに己は昨年、稲盛の幻術に二度も嵌《はま》り、一度目は命からがら逃げおおせ、二度目は蒼太の力に助けられた。蒼太が己を案じるのも無理はないが、あれから半年の間、夏野は剣術にも理術にも励んできた。

剣術は春に六段に昇段して、理術は伊織や、伊織の知己でやはり理術師《りじゅつし》の相良正和《さがらまさかず》に師事して上達を認められている。「気を集める」「目を凝らす」といった理術の基礎にも慣れてきて、時が許せばそこここの生き物の気を感じ取ることができるようになった。

まだ、蒼太の足元にも及ばぬが……

念力はどの山幽《さんゆう》にも備わった妖力らしいが、蒼太のそれは別格だった。蒼太曰《いわ》く、以前は石ころを動かすのが精一杯だったが、この二年のうちに、妖魔《ようま》を蹴散《けち》らし、大地をえぐるほど強くなった。術の張り巡らされた都では、妖力を試すことも磨くこともできないが、伊織について都外に出る度に、力を操れるよう少しずつ修練しているという。

念力のみならず、蒼太特有の「見抜く力」も伸びてきた。

この「見抜く力」こそが、伊織のいう理術の初歩「感じ取る」ことに通じるもので、己の成長は蒼太のおかげではないかと、蒼太と左目でつながっている夏野は考えていた。

つながっているがゆえに、他の者より蒼太を理解しているという自負はあるものの、心の中までは見透かせない。昨日今日と、どこか浮かない顔の蒼太が気になっていた。

――だが、もう訊《き》くまい。

案じているという蒼太の言葉に嘘《うそ》はなかろう。詳しく語らぬのは、差し迫ったことではないからだろうし、言いにくいことならば無理に訊き出すことはない……

三つ目の餅を食べ終え、己を見上げた蒼太に夏野は微笑《ほほえ》んだ。

「口にきな粉がついておるぞ」

「なつの、も」

「む」

慌てて口元を拭《ぬぐ》った夏野に、懐《ふところ》から出した手鏡を蒼太が手渡す。

「かたじけない」

恭一郎の亡妻・奏枝《かなえ》の形見だった。手鏡は時折、若き日の恭一郎や奏枝の姿を映し出すと蒼太は言うが、恭一郎はもとより、夏野や伊織でさえも見たことがない。久方ぶりに覗《のぞ》いたが、化粧気のない己の顔が映っているのみだ。

手拭《てぬぐ》いで道中の埃《ほこり》も一通り拭って、夏野は手鏡を蒼太に返した。

「食い足りぬだろうが、もう少しで屋敷だ。我慢してくれ」

「ん」

頷いて鏡を受け取った蒼太が、はっとして立ち上がった。

「蒼太？」

夏野には応《こた》えず、往来の一点を蒼太は見つめている。

視線の先には、笠《かさ》を被《かぶ》った女がいた。

小柄で細く、若苗《わかなえ》色に撫子《なでしこ》を散らした着物が愛らしい。視線に気付いたのか、上げられた笠から覗いたのは、女と呼ぶにはまだ早い少女だった。

あれは――

美しく初々しい少女は、昨年、辻越町の伊勢屋で出会った者だ。

「……またお会いしましたね」

「無事で何よりでした」

「無事、というのは……？」

「お別れした翌日、辻越では百人の女子《おなご》が怪死したと聞きましたので――」

「そうでした」と、少女は目を伏せた。「痛ましいことです。私もあなた方と同じ日に発《た》ったので、事件のことは後で知りました」

「そうですか。しかし、あなたは何ゆえここに——？　ああ、失礼しました。私は黒川夏野と申します。今は東都に住んでおりますが、葉双は私の故郷なのです」

少女は己より五つは年下だと思われるが、行き届いた受け答えから武家の出だろうと夏野は踏んでいた。伊勢屋に泊まっていたことや、上等な身なりをしていることから、武家でも格が高く、裕福な方だろう。

「椽子《しょうこ》と申します」

「しょうこ、殿」

「椽《つるばみ》と書いて、しょう」

椽子がにっこり微笑んだ。

「ああ……それはお似合いだ」

輝く瞳《ひとみ》も、後ろにくくられた長い髪も、その名にふさわしい漆黒《しっこく》だ。抜けるような白い肌が対照的で、少女の美しさを際立たせていた。

「ありがとう存じます」

小さく頭を下げると、椽子は続けた。

「葉双へは母のお伴《とも》で参りました。親類がおりますので……屋敷は斎佳にございます」

「斎佳に。私どもは斎佳へ向かう道中なのです。事情があって葉双に寄り道することになりましたが……」

「――では、斎佳でもお会いするかもしれませんね」

家名を名乗らなかったことといい、母娘で旅していることといい、何か深い事情があるのやもしれないと、夏野はただ頷いた。

「お前の名は蒼太でしたね？」

おっとりと椽子が話しかけるが、蒼太は応えない。

だが、目はそらさずに椽子を見つめていた。

……もしかしたら、蒼太はこれを予見していたのか。

椽子との再会を見越して、己についで来たのかもしれぬと夏野は思った。

だが、それにしては、ちっとも嬉《うれ》しそうではないな……

「人見知りなのです」

蒼太の心中はどうあれ、庇《かば》うつもりで夏野は言った。

「そのようですね。ですが、そのくらい用心深い方がよいでしょう。世の中には、見せかけだけの、性質《たち》の悪い者もおりますから……」

「もう、ゆく」

夏野を押しやるようにして蒼太が言った。

「いそく。ゆく」

「判《わか》っておる……すみません。そろそろゆかねばなりません」

「私もいい加減、母のもとへ戻らねば」

気を悪くした様子もなく、橡子が応えた。

「剣士様に差し出がましいこととは存じますが、近頃《ちかごろ》、物騒になりました。斎佳までの道中、用心なされますよう」

「橡子殿も」

橡子は優婉《ゆうえん》な笑みを返して、夏野たちとは反対の道を去って行った。

辻越町でも似たように別れたと、ぼんやり思いながら夏野は橡子の背中を見送った。

†

黒耀様が、何故――

黒川家にたどり着き、夏野が母親のいすゞと話す間に、蒼太は考え込んだ。

ムベレトに――孝弘に会えるやもと思い、蒼太は夏野について来た。

孝弘の気配を感じた時に黒耀のことも思い出したが、それは予感とは違ったものだ。

――一つ、よい退屈しのぎを思いついた――

蒼太のみに伝わるように山幽の言葉でそう言って、黒耀は昨年、辻越で百人もの女子を殺した。蒼太が事件を知ったのは、事件から一月余り経《た》ってからだ。

どうやら、心臓を握りつぶして息の根を止めたらしい。

――下手人に心当たりはないか？――

遠慮がちに問うた恭一郎に、蒼太は首を振った。

――あの男――槙村はどうだ？――

――ちかう――

――そうか――

即座に否定すると、恭一郎はそれ以上訊《たず》ねてこなかった。

先ほど会った黒耀は人語しか話さなかった。

「用心なされますよう」というのは、どういう意味なのか。

母親の伴だの、斎佳に住んでいるだのというのは、嘘《うそ》だ。

――つけられていたのだろうか。

おれたちが「さいか」に行くと知って、あんなことを言ったのか。

また、たくさんの「ひと」を殺すつもりなんだろうか……？

孝弘に会いたい、と蒼太は思った。

孝弘なら、黒耀のことをもっと知っている筈《はず》だ。安良のことも訊ねてみたい。

また、孝弘の思惑を確かめたかった。

夏野を案じているという、蒼太の言葉は本当だ。

妖魔を――たとえ一部でも――取り込むことのできる者は稀《まれ》らしい。取り込んで尚《なお》、長く自我を保てる者はほとんどいないという。

――稲盛文四郎と黒川殿……あの伊織でさえ、この二人しか知らぬと言うのだ――

そう、恭一郎から教わった。

夏野が己の左目を取り込んでから、早二年が経った。

伊紗の娘を取り込んで百数十年の稲盛とは比べようもないが、夏野が類稀《たぐい》なる人間であることは間違いない。

安良は己が山幽であること、夏野が己の目を有することを承知していると、蒼太たちは推察している。

――ムベレトが「やすら」とつながっているのなら、前におれにそうしたように、今度は「なつの」の力を試すつもりなのかもしれない……

夏野が振り向いた。

「蒼太、私はこれから出て来るが、お前はどうする？」

「ゆく」

日暮れまで、まだしばしあった。

立塚村で妖魔と戦い、死した永尾と怪我《けが》を負った宮沢は、碓井《うすい》という武家に仕えていた。碓井家で夏野が門番に名乗る間に、急ぎ出て来た男が足を止めた。

「黒川ではないか」

「岡田先生……」

夏野の祖父が隠居する際、道場を託したのが愛弟子《まなでし》だったこの岡田琢己《たくみ》だ。

「旅の途中で立塚村のことを聞き――」

「宮沢はたった今、息を引き取った」

夏野を遮り岡田が言った。

「えっ？」

「門人たちに知らせねばならぬ」

「――ではのちほど、道場へ伺います」

「うむ。近江もここにおるゆえ、見舞ってやってくれ」

「はい」

短いやり取りを交わし、岡田は蒼太たちが来た道を走って行った。

――死んだ……

立塚村がどれほどの村か蒼太は知らぬが、これまでの襲撃の有様からして、永尾を含め数十人から百人ほどの死者が出ているだろう。宮沢はその中の一人にしか過ぎず、蒼太が責を負うことではない。

「ひと」だ。

「ひと」が一人死んだだけ……

そう己に言い聞かせるも、蒼太の胸はひどく動揺したままだ。

通された屋敷の中は騒然としていて、誰《だれ》もが悲嘆に暮れている。

夏野もその一人だ。

蒼太には他人でも、ここにいる者は全《すべ》て、大なり小なり宮沢とかかわりがあった。

宮沢に子供はいたのだろうか？

妻は？

友は？

宮沢も誰かの「きょう」だったやもしれぬと思った時、見知らぬ意識がどっと己の内に流れ込んできて、蒼太は呻《うめ》いた。

屋敷中の悲しみや怒りの感情が入り乱れ、四方八方から蒼太を押し潰《つぶ》す。

頭を抱えて蒼太はしゃがみこんだ。

「蒼太？」

かがんだ夏野に問われるも、意識を堰《せ》き止めるので精一杯だ。

『止まれ！』

『入ってくるな！』

屋敷だけでなく、葉双――氷頭州――その更に遠く――意識が意識をつないでいく様に蒼太は恐怖した。

『出て行け！』

山幽の言葉で蒼太は叫んだ。

ふっと、一瞬にして全ての意識が途絶えた。

息を整え、急に静かになった辺りを見回すと、傍らの夏野と目が合った。

「蒼太、今のは――」

「しんぱ、ない」

差し出された手に知らぬ振りをし、一人で立ち上がると、蒼太はまだ不安そうな夏野に頷いてみせた。

山幽の言葉だった。

はっきりとは聞き取れなかったが、蒼太からは強い拒絶の念が放たれた。

†

「しかし、蒼太」

「へいき」

平気とはとても思えぬのだが、先ほどの念に己まで否定されたような気がして、夏野は問い詰めることができなかった。

「ゆきい、こ」

蒼太が言うのへ顔を上げると、ちょうど廊下を折れて椎名由岐彦が現れた。

由岐彦も夏野を認めて目を丸くする。

「由岐彦殿もいらしてましたか……」

「夏野殿こそ、斎佳に向かったと聞いておったが……」

晃瑠の州屋敷から葉双に知らせがあったらしい。夏野は手短に事の次第を伝え、近江の様子を問うた。

「薬を用いて眠らせてある……足を落とした後ゆえ」

束《つか》の間《ま》躊躇《ためら》ったが、隠せぬことだと判じたのだろう。近江は左足首を狗鬼《こうき》に嚙《か》まれ、傷口がひどく膿《う》み始めたため、やむなく足首ごと切り落としたそうである。

不幸中の幸い――などとは言えなかった。

死した永尾や宮沢の身内にしてみれば、命あっての物種だと思うやもしれぬ。

だが、近江殿は剣士だ。

居酒屋の次男に生まれた近江は、武士に憧《あこが》れて剣の道に入った。人一倍稽古《けいこ》に励み、先だってようやく侃士《かんし》号《ごう》を賜《たまわ》ったばかりだった。

足を失っては、剣士としてはもう……

自身も剣に生きてきただけに、夏野は顔を歪めて涙をこらえた。

黙り込んだ夏野の代わりに、由岐彦は蒼太に声をかけた。

「……おぬしが、ついて来てくれたのか？」

「ん」

「そうしろと、父上に言われたのか？」

「ちかう」

「そうか……子供の足でご苦労なことだ。かたじけない」

「れ、いらん」

つんと顔をそらした蒼太に、由岐彦が温かい目を向けた。

「夏野殿が葉双にいることを、義忠は知っておるのか？」

「母上が知らせたかと」

「今宵は、我が家で義忠と夕餉《ゆうげ》を共にするつもりなのだが、夏野殿も一緒にどうだ？」

「兄上と？　しかし、蒼太もおりますし……」

「無論、蒼太も一緒で構わぬ。なんなら、いすゞ様も」

明日にはまた、旅路に戻らねばならぬ身だった。兄とはいえ腹違いで、身分も異なる義忠との対面は諦《あきら》めていたが、椎名家で会えるのならば好都合だ。通称「御屋敷」と呼ばれている州司の役宅よりも、椎名家の方がまだ気楽でもある。

申し出を受けると、一旦《いったん》由岐彦とは別れ、夏野たちは宮沢の亡骸《なきがら》が横たわる部屋へ案内してもらった。

亡くなったばかりで、枕直《まくらなお》しの儀もまだだ。枕元には妻子と親類が詰めている。

戸口からそっと中を覗くと、苦しげな宮沢の死顔に胸を締め付けられた。

蒼太は夏野から少し離れて、廊下の隅に佇《たたず》んでいる。

宮沢の妻が夏野に気付いて寄って来た。

戸口で膝《ひざ》を折り、手をついて夏野は深く頭《こうべ》を垂れた。

「お悔やみ申し上げまする」

「黒川殿。わざわざ……」

後は言葉にならなかった。

†

かけ声も、竹刀《しない》が合わさる音もなく、道場は静まり返っていた。

宮沢の死で稽古は中止となったものの、師の岡田と共に十人ほどの門人が、永尾と宮沢の死を悼《いた》んでいた。

岡田が前もって告げていたからだろう。夏野が姿を見せても驚く者はいなかった。

「黒川、近江には会えたか？」

「まだ眠っていました」

「そうか」

命にかかわる怪我ではないが、近江が剣士として道場に戻ってくることはおそらくない。これまでも怪我や討死で失った門人はいた。だが一度に三人は初めてだ。しかも永尾と近江はまだ二十代の若者で、宮沢とて三十路《みそじ》を過ぎたばかりである。

永尾は武家の出で、九歳から葉双の親類に預けられ、黒川道場で剣術に励んできた。夏野と同じ十七歳の時に侃士号を賜り、兄分として親しんでいた宮沢の勧めもあって碓井家に取り立てられた。「若いくせに堅物で困る」と門人たちを苦笑させていた永尾は、同い年の近江が入門してきてから少しずつ変わっていった。

近江は居酒屋の次男だけあって酒が強く、近江に誘われるうちに永尾もそこそこ酒を嗜《たしな》むようになった。それで生真面目《きまじめ》さが失われたかというとそうでもなく、快活で饒舌《じょうぜつ》な近江が盛り場で女たちに声をかけるのを、「半ば呆《あき》れ、半ば羨《うらや》ましげにしている」と宮沢にからかわれたこともあった。そういう宮沢は近江に言わせれば「下戸《げこ》同然」で、大して飲んでおらぬのに、三度に一度は酒場から二人に担がれて帰宅していた。

三人の中では宮沢が一番の腕前だったが、去年永尾が七段に昇段して並んだ。友に負けじと近江も稽古に励み、侃士号を賜るまでに成長を果たした。毛色は違えど仲の良い二人は宮沢を兄分と仰ぎ、宮沢も二人を弟分として大事にしていた。

「三人ともこれからって時に……」

年配の門人のつぶやきが胸に痛かった。

夏野の隣りで蒼太は黙ったままだ。

しばし皆と悲しみを分かち合ったのち、夏野は蒼太を連れて屋敷へ戻った。

いすゞは永尾に続く宮沢の死を悼み、近江の容態を憂えた。だが、椎名家へ招待されたことを告げると、慌ただしく女中の春江《はるえ》を呼びつけた。

御屋敷でなくとも、州司代の椎名家だ。同じ武家でも碓井家より格が高く、同門剣士を見舞うのともまた違う。袴《はかま》姿で伺える場所ではなかった。

いすゞに急《せ》かされて湯浴みを終えると、春江が蒼太を追いかけているところだった。

「待ちなさい！　こら！」

春江が手にしているのは、夏野が子供の頃に着ていた鉄紺《てつこん》色の着物だ。

夏野は七歳で祖父の道場の門人になった。その頃から男子の着物ばかり好むようになり、いすゞと春江を嘆かせた。

踵《きびす》を返して春江の手をすり抜けると、駆け寄って来た蒼太はさっと回り込み、夏野の背中に隠れる。

「いい加減になさい！」

「春江、もうよい。人見知りだと言ったろう。着物は私が着せるゆえ」

「それにしたって——女子の後ろに隠れるなぞ……」

男子のくせに情けない、と、眉《まゆ》を吊《つ》り上げたまま春江は着物を差し出した。

「さ、蒼太」

「いらん」

「ならばここで、母上と春江と待つか？」

いすゞは由岐彦の招待を断っていた。「積もる話もあるでしょう。年寄りは遠慮しますよ」とのことだが、いすゞは今年四十一歳。共に三十一歳の義忠や由岐彦より十年年上でも、見目姿は若々しく三十代半ばほどにしか見えぬ。

口を曲げた蒼太は、しばし考えてから渋々言った。

「……きかえう」

「うむ。蒼太に来てもらえれば心強い」

由岐彦が夏野に求婚したことを、義忠は承知の上だ。

近頃義忠は、文《ふみ》ごとに夫婦暮らしの良さを説くようになった。昨年妻の美和《みわ》を娶《めと》り、夫婦仲も良好らしい。態《てい》のいい惚気話《のろけばなし》だろう、と苦笑した夏野に、「違います」と州屋敷の女中・紀世《きよ》はきっぱり言った。

——卯月様は暗に、早く身を固めろと仰っているのです。夏野様も来年は二十歳《はたち》ではありませんか——

紀世の言う通りだとすれば、三人で夕餉はどうも気まずい。

黒川道場に通っていた義忠も、由岐彦同様、永尾、宮沢、近江を知っている。こんな時に縁談はなかろうが、由岐彦が東都に詰めてから三人一堂に会するのは初めてだ。滅多にない機会とあらば、何かそれらしきことを義忠は口にするやもしれぬ。

由岐彦が蒼太を呼んでくれたこと、また蒼太が同行を承知してくれたことに、夏野はひとまずほっとしていた。

――が、夏野の思いはまったくの杞憂《きゆう》に終わった。

椎名家で待ち構えていた男二人は、硬い顔で夏野と蒼太を迎えた。

「いすゞ様が遠慮してくださって助かった」と、義忠は言った。「先ほど近江が目を覚ましてな。込み入った話があるというので、由岐彦に再度足労してもらった」

「由岐彦殿に？」

州司代を送るほど重要な話だったのだと、夏野は緊張した。

「立塚村を襲ったのは蜴鬼《やくき》十数匹で、一匹の鴉猿が先導していたそうだ」

由岐彦が言うのへ、夏野は頷いた。

信児からだけでなく、碓井家や道場でも襲撃の様子は聞いている。

生き残った者の証言によると、襲撃が始まったのは夜九ツを過ぎてすぐ。農村ゆえに土地が広く、半鐘を鳴らし篝火《かがりび》を焚《た》くまでに四半刻《しはんとき》かかった。蜴鬼たちは東の森から侵入したらしく、西側に住む村人が半鐘を聞いた時には、東側の半分が既にやられていた。

即死した者は少ない。

過去の襲撃と同じく、食用に貪《むさぼ》られたと思われる亡骸は僅《わず》かで、大多数は嚙み千切られた箇所からの出血がもとで死に至っていた。

蝪鬼は狗鬼よりも足が短く敏捷《びんしょう》さに欠けるが、それは狗鬼と比べてのことで、人の足に追いつくには充分の脚力を備えている。また顎《あご》の力は狗鬼よりも強く、人の足など一嚙みで千切ってしまう。死者のほとんどが腰から下をやられ、己が流した血溜《ちだ》まりの中で死していた。

結界を破ったのは稲盛だろう。

鴉猿は、昨年末に間瀬州山名村《やまなむら》で見たのと同じやつだろうかと、夏野は思った。

恵中州鳴子村《えなかなるこむら》で相対した鴉猿は、恭一郎と夏野で討ち取っている。しかし、山名村で伊紗の腕を折った鴉猿は、稲盛と共に逃げて行った。

「永尾は二匹の蝪鬼を仕留めたそうだ。——これは宮沢から聞いた」

仲間を殺されて怒った蝪鬼数匹が一気に襲いかかったため、永尾の亡骸は人の形をとどめていなかった。蒼太の前で信児が口を濁したのはそのためである。

近江の実方が営む居酒屋は村の中心部にあり、永尾や宮沢が詰めていた屋敷に近かった。半鐘を聞いて近江は刀を手にしたが、家を離れるには抵抗があった。

——侍にはなれやせんでした——

人払いをした部屋で、そう近江は由岐彦に述懐したという。

——俺《おれ》はお武家に憧れて、侃士にでもなりゃ取り立ててもらえるかもしれねぇと思って剣に励んできやしたが、いざという時、家を離れられなかった。永尾や宮沢殿が命懸けであいつらを食い止めようとしている時に、俺はうちの者だけでも助けたいなんて、身勝手な考えが頭をよぎっちまって……——

居酒屋に生まれて、親の客あしらいを見て育ったからか、近江は朗らかで人当たりがよい。「お調子者」と師の岡田に叱《しか》られる時もあったが、どれだけ深酒しても翌日の稽古を休んだことはなかった。

——私ならどうしたろうか？

家族を救いたいのは誰しも同じだ。

だが、己が躊躇うより先に、いすゞが「ゆけ」と言うのではないかと夏野は思う。

武家として俸禄《ほうろく》をもらっている限り、身を挺《てい》して国民を守るのが武家の役目で、己を見送り、家を守る者にも同じ覚悟があると思えばこそ、武士は私欲を振り切って敵に立ち向かうことができるのではなかろうか。

「近江殿にはまだ幼い甥《おい》がいた筈です。確か、お祖母《ばあ》様も寝たきりだったかと……」

怯える家族を置いて出て行くのは、己でも難しい。

近江への同情を込めた夏野へ、「そうだな」と由岐彦は小さく頷いた。

「その甥を庇った際に足を噛まれたそうだ。斬りつけた蜴鬼は逃げて行ったが、その合間に兄夫婦と祖母は別の蜴鬼にやられ、翌日亡くなった」

父親は既に他界していて、母親と甥は生き残った村人と共に隣村に避難している。

「蜴鬼どもは二刻ほど村を襲い続け、夜が明ける前に鴉猿と共に去って行ったという」

一様となりつつある手口だった。

夜半に森や畑など、人気のない場所にある結界を少しだけ破り、狗鬼なら三、四匹、蜴鬼なら十匹前後を引き連れた鴉猿が、片っ端から家を襲っていく。余程の反撃に遭《あ》わない限り、およそ二刻かき回しては、夜明けを待たずに引き上げるらしい。

「ただ、此度は一つ、気になることを近江が聞いた」

重々しく義忠が言った。

「それは一体……？」

夏野が問うと、義忠は由岐彦と見交わした。

酒を持たせたきり、女中は下がらせてある。閉めきった部屋の中にいるのは夏野たち四人だけで、外にも人の気配は感ぜられない。

同じように外の気配を確かめた由岐彦が、ゆっくり口を開いた。

「……ここからは、おぬしらを樋口理一位様——国皇《こくおう》や大老に仕える者——への遣《つか》いとして伝えることだ。氷頭州司、州司代としての申し言ゆえ、心して聞いていただきたい」

「はい」

背筋を正して短く応え、夏野は由岐彦の次の言葉を待った。

由岐彦はちらりと、黙ったままの蒼太を見やってから声を潜《ひそ》めた。

「蜴鬼が去ったのち、母親は甥を連れて納戸に隠れたが、近江は噛まれた足を引きずりながらも、辺りを窺《うかが》っていたそうだ」

その無理が祟《たた》って、傷口が余計に悪化したのだろう……

近江の容態が気になったが、それよりも由岐彦と義忠のただならぬ様子が気にかかる。

「耳を澄ませていると、やがて足音が近付いて来た。――人の足音だ。助けが来たのかと思い、近江が呼びかけようとした矢先、更に遠くから声がかかり、足音が止まった」

「声が……」

「――『かしま』と、声は呼んだそうだ。しわがれた、途切れ途切れの低い声で、『かしま……そろそろ、ゆくぞ……』と」

しわがれた、途切れ途切れの低い声。

それはおそらく――

「その声で足音は引き返したが、近江が目を凝らすと、通りの向こうに二つの影が去って行ったそうだ。一つは近江と同じくらいの背格好の男、もう一つは背の低いずんぐりとした影で、おそらく鴉猿……」

由岐彦が言わんとする事を悟って、夏野ははっとした。

老術師・稲盛文四郎が襲撃に関与していることは、公にされていない。襲撃で目撃されている「人影」は鴉猿だろうと推察されていて、実際、多くはそうに違いないと夏野たちも思っていた。

しかし同時に夏野たちは、稲盛に人の協力者がいることを知っている。積田村《つみたむら》で伊織宛《あ》ての文を言付けた者、土屋の弟子が囚《とら》われた時に盗み聞いた声から判じてのことだ。

老体の稲盛と女の夏野は、共に細身で背格好が近い。近江は夏野より一回りは大きな身体《からだ》をしているから、近江の見た者は稲盛ではなかろう。

稲盛の協力者は「かしま」というのか……

「鹿島正佑理二位《かしましょうすけりにい》」

「え？」

「御上公認の理術師の中に、『かしま』の名を持つのはこの方だけだ」

「理二位様が――？」

理術師には三つの位があり、一位と二位は位をつけて呼ばれるが、三位はただの「理術師」だ。土屋が亡くなった今、国の理一位は四人となったが、理二位とて百人とおらぬ。

「まさか、そんな……」

理術師――しかも理二位を賜った者が稲盛に協力しているならば、国賊という言葉では片付けられない――国皇と国民の信頼を踏みにじる裏切り者だ。

「理術師に限らねば、『かしま』の名を持つ者は他にいくらでもいる。だが、鹿島理二位は斎佳出身で、鹿島家の主家はあの西原家だ。西原閣老には近頃、良くない噂が多い」

「良くない噂とは……？」

「妖魔どもに襲われた村に、斎佳の両替商が積極的に貸付を申し出ている。国の支援だけでは全てを賄えぬからな。利息もほどほどゆえ、村々は喜んで貸付を受けているが、これらの両替商は西原家と親しい者で、貸付の申し出も迅速だ。ゆえに――」

「内通者がいるのでは、と？」

「そうだ。その辺り、我らにはとても見極められぬ。樋口理一位様のご判断にお任せしたい。我らの思い過ごしであれば、それに越したことはない。しかしもしも――もしも我らの想像通りなら、謀反《むほん》の種を見過ごせぬ」

稲盛は既に土屋理一位を死に至らしめた。

西原家が鹿島理二位を通じて稲盛とつながっているならば、国を揺るがす一大事だ。

謀反――

おいそれと口にできる言葉ではなかった。過ちで西原家の謀反を疑ったと知れれば、叱《しっ》責《せき》だけでは済まぬだろう。

……兄上も由岐彦殿も、相応の覚悟をもって、私に話してくださったのだ。

「州司様、州司代様の申し言、しかと承りました。速やかに樋口理一位様へお伝え申し上げますゆえ」

応えながら、伊織は既に知っているのではないかと夏野は思った。

西原閣老への相見は、これらの探りを兼ねてのことではないか……？

「うむ。頼んだぞ」

義忠が兄の顔になって言った時、くぅ、と隣りで微かに腹が鳴る音がした。

横を見やると、仏頂面の蒼太が酒だけの膳を恨めしげに見つめている。

「おお、すまぬ。すぐに夕餉を持たせよう」

緊張を解いて微笑むと、州司自らが立って襖《ふすま》を開けた。

「これ、誰か。そろそろ膳を頼む……」

幼馴染《おさななじ》みの気安さか、己の屋敷だというのに由岐彦は座ったままで、夏野を見つめた。

「明日もう発つか？」

「はい。かくなる上は、一刻も早くこのことを樋口様のお耳へ」

「そうだな。私も同行できればよかったのだが……中山《なかやま》が辻越までゆくそうだな？」

「ええ」

黒川道場の門人の中山義則《よしのり》が、明日、北都・維那へ向けて発つとのことで、辻越町まで同行しようということになった。

「街道沿いなら案ずることはないだろうが、石動《いするぎ》を通る際は用心するように」

「はい。お気遣い痛み入ります」

戻って来た義忠が苦笑した。

「二人とも堅苦しいな。晃瑠でもそうなのか？」

「まあ、その……」

「公務は終わりだ。ほら、これを持ってゆけ」

懐から出した袱紗《ふくさ》を夏野の前に置く。

「路銀なら充分持っております」

「そう言うな。ほんの小遣いだ」

少ない言葉の中に兄の思いやりを感じて、夏野は一礼して袱紗を仕舞った。

「それにしてもお前が、樋口理一位様のお伴とは……蒼太、そなたも小さいのに感心だ」

感慨深げな義忠の言葉が面映ゆい。

小さいと言われて拗《す》ねたのか、蒼太はむくれ顔になる。

「義忠。蒼太はあの鷺沢の息子で、夏野殿同様、理一位様に見込まれた者だ。大体、並の子供にこのような急ぎ旅ができるものか。剣士でなくとも充分頼りになる」

義忠をたしなめてから、由岐彦は蒼太を見た。

「蒼太、夏野殿を頼むぞ」

「ん」

仏頂面のままだが、蒼太はしかと頷いた。

†

翌朝、夏野は明け六ツの鐘が鳴る前に屋敷を出た。

向かいの道場の前には既に中山が待っていて、見送りに出たいすゞと春江に頭を下げた。

「では、参ろうか」

微笑みながら、頭を撫《な》でようと中山が伸ばした手から、さっと逃げた蒼太が夏野の横に回り込む。剣こそ腰にしていないが、夏野と同じ大きさの行李《こうり》を背負って、まったく苦にせぬ蒼太であった。

「人見知りでして……」

「男だものな。可愛《かわい》げないくらいがちょうどいい」

苦笑した中山は、夏野より三つ年上の二十二歳だ。四段でまだ侃士号は持っていないが、年内には昇段できそうだった。武家の三男で、維那には婿《むこ》入り話で行くという。

「こんな時になんだが、顔合わせは前から決まっていたことでな……冷や飯食いとしては致し方なし、といったところだ」

歳《とし》が近いからか、中山とは話しやすい。中山は夏野と同い年の信児よりも身体は細いが、信児よりも顔立ちが整っている。おいそれとめげぬ陽気な性分も手伝って、盛り場では女たちに人気らしい。維那に婿入りとなると、がっかりする者も出てくるだろう。

「私も、葬儀に参列できぬのは心苦しいですが、致し方ありません」

「うむ」と、中山は頷いた。「それに俺は近頃——殊に此度のことがあって——考えを改めたのだ」

「と言いますのは？」

「俺はまだ二十二だ。遊び足りぬし、所帯を持つにはまだ早い。継ぐ家がある訳ではなし、剣に生き、剣に死したとて一向に構わん。妻子など、いざという時には心残りなだけだと、常々思ってきたのだが、今はどうも違うのだ」

「そう……ですか」

「ああ。永尾殿も宮沢殿も皆からその死を惜しまれている。その点なんら変わらぬが、宮沢殿の妻子を見て、こういう絆《きずな》も悪くない……むしろ羨ましいと思ったのさ。——可笑《おか》しいか？」

「いいえ。夫婦には、親兄弟とはまた違った絆がありましょう」

「ほう。おぬしがそんなことを言うとはな。さてはおぬしもそろそろ年貢の納め時か？」

「まさか。私は剣に生きる所存ですから」

「ほほう……」

むきになった夏野に、からかい口調で中山は続けた。

「州司代様とて、いつまでも待ってはくれぬぞ」

「ゆき——椎名様とは……」

何ゆえ、中山殿は由岐彦殿のことをご存じなのか——？

疑問が顔に出たのか、中山がにやりとした。

「皆、知っておるさ。当然だろう？」

「皆？　皆とは一体——」

「皆とは皆さ。知らぬは黒川ばかりなり……」

はっはと笑う中山に、夏野は愕然《がくぜん》とした。

「誤解です！」

短く叫ぶのがやっとで、羞恥《しゅうち》に顔を火照らせた。

もう——もう、葉双には帰れぬ！

自然と速くなった足で街道に出て、まだ静かな盛り場を抜けると、行きに寄った茶屋が見えた。早朝ゆえに、まだ開いていない。物欲しげに茶屋を見やる蒼太に、ようやく落ち着いた夏野は微笑んだ。

「兄上からいただいた小遣いがある。のちほど団子か饅頭《まんじゅう》を買ってやろう」

「あに……」

義忠に子供扱いされたことを思い出したのか、蒼太はむすっとして夏野を見上げた。

「いらぬか？　団子も、饅頭も？」

「……いう」

小さな声で応えた蒼太に、中山が噴き出した。

「おぬしら、来る時にあそこで寄り道したろう」

「ふた、もち」

「そうだ。ふたつ餅を頬張っておったな——あの時の女子は一体誰なのだ？」

「見ていらしたのですか？　声をかけてくだされればよかったのに」

「そうしようと思ったのだが……子供ながらに、ちょいと近寄り難い美人だったじゃないか。迷っているうちにおぬしらはさっさと行ってしまうし、俺も先を急いでおったし」

「以前、辻越で会ったことがあるのです。母上様のお伴で、葉双の親類を訪ねていると言っていました」

「ほう。あの女子の母親なら、太夫《たゆう》顔負けの美形じゃないか？」

「はあ……母上様に会ったことはありませんが……」

「葉双に親類がおるとな？　一体どの家だ？」

「そこまでは知りませぬ」

「なんだ、惜しいな。しかし狐狸妖怪《こりようかい》の類《たぐい》でなくて安心した」

「は？」

「実は、しばし後をつけたのだ」

　頬を掻き、苦笑しながら中山が言った。

「……あの女子の後をつけたのですか？」

「そうだ」

「先を急いでいたのではないのですか？　何より、中山殿はこれから婿入りされる――」

「そうとも。だが、それとこれとは話が別だ。あれだけの女子だぞ。五年後、十年後が楽しみじゃないか……おい、そんな目で見るな」

　非難を込めた夏野の視線に、中山は更に苦笑した。

「それに、つけたのだがすぐに撒《ま》かれてしまったのだ」

「それはお気の毒様でしたね」

「冷たいな。そこの小道を曲がって行ったから、慌てて後を追ったのだが見失ってしまった。一本道だし、この俺が女子を見失うなどあるものかと……だから化かされたのかと思ったのさ。狐《きつね》か狸《たぬき》か、はたまた妖《あや》かしか……」

中山が笑い話にするのを聞いて、夏野は内心はっとした。

あの女子が妖かし……

蒼太の様子からしてありうることだった。

――とすると仄魅か。

山幽はもとより人に似ているものの、人嫌いなため滅多に森から出てこない。ましてや成人前の子供は余程の――蒼太のように仲間を殺《あや》めてしまうというような――ことがない限り、森で大切にされるのが慣わしだ。

対して仄魅は人に化けるのが得意で、人の精気を好物とする。雌雄《しゆう》はないが、美女に化けては旅路の男をたぶらかすものがいるようで、伊紗もそういう仄魅の一人だ。少女が母娘旅だと言ったことから、夏野は伊紗と娘を思い出さずにいられなかった。

蒼太が口にせぬのは、仲間に義理立てしてのことなのか……

左目に影が映らなかったのはそのせいか、と夏野は思った。

探せば、蒼太や伊紗の他にも人里にもぐり込んでいる妖魔はいようが、表向きは見つけ次第討伐せねばならぬ人の敵だ。あの少女が妖魔だとしたら、いくら恭一郎と――人と暮らしているとはいえ、蒼太にはおいそれと言えぬことに違いない。

己や愛する者を脅かされるならともかく、好き好んで蒼太が妖魔たちと――同胞といえるものたちと――敵対したい筈がなかった。

当の蒼太は夏野たちをよそに、前だけを見て黙々と歩いている。

辻越町には七ツの鐘が鳴ってすぐに到着した。

行きより少し遅れたのは、中山が同行していたからだ。中山は蒼太の健脚に驚きを隠せぬ様子だった。理一位に認められているとはいえ、あまり人間離れしたところを見せぬ方がよかろうと、気遣いながらの道中になった。

友人宅に泊まるという中山とは、辻越町に着いてすぐに別れた。

夏野たちは一昨日と同じ喜久屋に宿を頼み、まだ明るいうちに湯屋へ向かった。

風呂上がりに向かいの茶屋で、二日前に食べ損ねた葛餅を並んで食べた。

「鷺沢殿たちは、明日にはもう斎佳に着かれるだろうな」

「ん」

「私たちも急がねばな……とはいえ、私は日に十里がせいぜいだ。手加減してくれ」

「ん」

相変わらず言葉は少ないが、中山と離れて一息ついたらしい。傍らで葛餅を口に運ぶ蒼太からは、落ち着いた気が伝わって来て、夏野の疲れをも癒《いや》した。

第三章
Chapter 3

すっと、暗闇《くらやみ》に身体《からだ》が落ちる感覚に夏野《なつの》は慄然《りつぜん》とした。

肩に手が触れ、緊迫した蒼太《そうた》の声が耳元で呼ぶ。

「なつの」

同時に遠くで半鐘の音がして、夏野は飛び起きた。

暗がりに、蒼太の片目が己を見上げている。

「蒼太」

「こき……く、る」

「狗鬼《こうき》が」

急ぎ着替えて、枕元《まくらもと》の刀をつかむ。

鞘《さや》を払って荒々しく襖戸《ふすまど》を開くと、そこここで起き出す気配がした。

「灯《あか》りを！　火を灯《とも》せ！」

廊下を走り抜けながら夏野は叫んだ。

手燭《てしょく》を持った番頭と、玄関先で鉢合わせた。

「松明《たいまつ》を！　妖魔《ようま》だ！」

「妖魔が？　あれは火事の半鐘では――？」

「火を焚《た》け！」

言い捨てて、夏野は表へ走った。

妖魔の多くは闇を好む。ゆえに日中はほとんど姿を現さず、狗鬼や蜴鬼《やくき》など動物に近い妖魔ほど、動物と同じく火を恐れ、避ける習性があった。

表へ出ると、北側の空が少し明るい。微《かす》かに煤《すす》けた臭《にお》いも漂っている。誰《だれ》かが家屋に火を放ったのだろう。少なくとも家が焼け落ちるまでは、狗鬼は火事場に近寄らぬ。

辻越町《つじこしちょう》を出て二日目の夜だった。

ここ――草賀《くさか》州府・笹目《ささめ》は石動《いするぎ》州を越えてすぐの東西道沿いにあり、西都・斎佳《さいか》から十里ほどしか離れていない。南北道より東西道の方が人の行き来が多いため、同じ州府でも氷頭《ひず》の葉双《はふたつ》よりも笹目の方がやや栄えている。町の大きさはほぼ同じくらいで、笹目も街道沿いの盛り場を除けば、町の南北には田畑が広がっており、武士よりも農民の方がずっと多い。

番頭ではないが、「まさか」という思いは夏野にもあった。

四都と違って、州府は中にまで術が張り巡らされてはいないが、結界の強さは町の大きさに比例しているところがある。また、大きい町村の方が結界沿いの番屋や警固が充実しており、現に笹目は東西道だけでなく町の各出入り口に番屋を置いていた。襲撃への警戒が強まっているこの時分に、東西道上の州府が狙《ねら》われるとは思いも寄らなかった。

街道沿いには、既に幾人かが剣を片手に出ていた。

「どっちだ！」

「北へ回れ！」

町のあちこちから半鐘が聞こえてくる。火事の時とは違う、おそらくこの町では今まで一度も聞かれたことがない、妖魔の襲撃を知らせる独特の鳴らし方だ。

一体、何匹入り込んだのだろう……

夏野の憂いが伝わったのか、隣りを走る蒼太が応《こた》えた。

「ごい、き」

「五匹か――」

腕の立つ侃士《かんし》が十人もいれば、討ち取れぬ数ではない。だが、狗鬼は妖魔の中でも群を抜いて敏捷《びんしょう》だ。向かって来るのならまだしも、こちらから追って斬《き》るのは不可能に近い。

何より、妖魔と直《じか》に戦ったことのある者が、この町に何人いることか。

――都の侃士には命懸けで戦ったことのない者がいくらでもいる――

そう、馨が言ったことがある。

夏野とて威張れるほどの経験はないものの、早くも刀を片手に右往左往する者が散見され、先が思いやられた。

ひゅんと耳鳴りがして、夏野は立ち止まった。

耳を澄ませると、音というよりも、気が空気を揺らして近付いて来るのが判《わか》る。

狗鬼が風を切って走る様が見えるようであった。

「あ、ち」

北を指差す蒼太の顔には、緊張と諦《あきら》めが半々に浮かんでいる。

護《まも》りに徹すればいいものを、自ら危険に向かう夏野に呆《あき》れているのだろう。しかしながら、この一年の出来事を通して、侃士としての夏野の意地を、蒼太は理解してくれているようだ。逃げろと諭すのは無駄だと悟って、助力を惜しまぬ心構えらしい。

「よし、ゆくぞ」

夏野が言うと、蒼太は頷《うなず》いて眼帯を外した。

鍔《つば》でできた蒼太の眼帯には仕込み刃《やいば》が隠されている。蒼太のささやかな武器だが、仕込み刃は出さずに蒼太はそれを帯に挟んだ。

眼帯を外した蒼太の左目は、青白く濁っている。瞳《ひとみ》の本来の力を夏野が取り込んでしまったからだ。

蒼太と目が合うと、夏野の左目が疼《うず》いた。

瞬《まばた》いた途端、急に判然とした視界に夏野は息を呑《の》んだ。

晴れているとはいえ、提灯《ちょうちん》も持たぬ夜空の下で、うっすらとだが街道から離れた闇へ続く道が見えている。

「これは——」

驚いて再び蒼太を見やったが、蒼太はきょとんとしたままだ。どうやら蒼太の意志でなされたことではないらしい。

理術《りじゅつ》を教える伊織が、繰り返し語ることがある。

——自然は——この世は実に寛大で、惜しみなく全《すべ》てをさらしてくれている。その恩恵を享受するかしないか、できるかできないかは、我ら次第なのだ……——

森羅万象を感じ取り、見極め、その理を読み解くことで、この世に溢《あふ》れる力を活《い》かすのが理術師だという。

人も妖魔も基《もと》は同じだと、伊織は説く。

理術における「森羅万象」とは、人や妖魔だけではなく、大地やそれを囲む海、空、そこに在る全ての物、全ての生き物、全ての事象を指しているのだ、と。

私も蒼太も基は同じで、私も蒼太もこの世の一部であるのだから、互いに力のやり取りができても不思議ではない。私にはまだよく判らぬが、蒼太の目を取り込んだことで、なんらかの「理」がうまく働きかけるようになったのだろう——

蒼太の目を取り込んで二年余りを経た。

いまや蒼太に並ならぬ力があるのは瞭然《りょうぜん》としている。

蒼太の力を借りている……

これまで、夏野が何度も感じてきたことだった。

蒼太はずっと、私に助力してきてくれた——

ゆえに意図していようがいまいが、蒼太の力は已に対して、絶えず開かれていたのではないかと夏野は思った。

私に、それを受け取る技量がなかっただけ……

「なつの？」

妖魔の本性を感じるのか、蒼太の濁った目に嫌悪を覚える者は多い。しかし今の夏野には、その見えぬ左目の向こうに潜《ひそ》む「山幽《さんゆう》」の蒼太が頼もしかった。

「蒼太……すまないが、私に力を貸してくれ」

「ん」

今更、何を――とでも言いたげにやや呆れ顔で蒼太は頷き、夏野を待たずに駆け出した。

夜道を行く蒼太の小さな身体が、力強い気を放っているのが今の夏野には見える。

柄《つか》を握り直し、夏野も急ぎ蒼太の後に続いた。

†

夏野と蒼太に気付いて、狗鬼は食らいついていた男の腰を放した。

狗鬼が咆哮《ほうこう》を上げる前に、先を走る蒼太がその背中に飛び上がって一蹴《ひとけ》り食らわす。

そのままくるりと宙で身体を回して着地すると、振り向いた狗鬼の鼻先を、仕込み刃を出した眼帯で切り裂いた。

痛みに唸《うな》った狗鬼が前足を振り回すも、その三本爪《づめ》は空を切るばかりだ。

夏野が駆け寄る間に、妻子と思《おぼ》しき女と少年が、叫びながら男を狗鬼の傍《そば》から離した。

狗鬼が身体を反転させて、夏野に飛びかかって来る。

「なつの!」

一息吸うと、狗鬼の動きが刹那《せつな》止まったように見えた。

息を吐き出すと共に、夏野は下段から刀を振り上げた。

一瞬が、ひどく間延びしたものに感じる。

斜め下からの一の太刀が狗鬼の左前脚を切り飛ばし、喉元《のどもと》を浅く裂く。

どくっと、頭に響いた音が狗鬼の心音だと気付くと同時に、毛に覆われた狗鬼の身中が見えた気がした。

三本足で着地した狗鬼がよろけたほんの僅《わず》かの隙《すき》を逃さず、夏野は二の太刀をもって狗鬼の胸を突いた。

己の刀が、心臓を的確に貫いたと直感した。

狗鬼の最後の喘《あえ》ぎが、刀を通じて伝わった。

刀を引くと、思いの外するりと抜ける。

倒れた狗鬼の胸元から血が噴き出すのを見て、ぶるりと夏野の身体は震えた。

殺した。

捨て身でも無我夢中でもなく、明確な意志をもって、己は今、一つの命を絶ったのだ。

後悔の念はなかった。

刀に血振りをくれて、夏野は背後を振り返った。

狗鬼の牙《きば》に横腹をえぐられた男は、既に妻子の呼びかけに応えることもできぬ。どす黒く血に浸された着物からして、男が助かる見込みは五分もなさそうだ。

悔いてはおらぬが――

あれが「死」というものかと、柄を握った己の右手を夏野は見つめた。

殺したのは初めてではない。だがあんな風に、ひたりとした死の瞬間を感じたことは今までなかった。

ふいに、八辻九生《やつじきゆうせい》を手にした恭一郎《きょういちろう》の姿が脳裏に浮かんだ。

神刀とも妖刀とも呼ばれる八辻の剣で、妖魔や剣豪を討ち取る恭一郎からは、常に静かな闇に包まれた「死」が感ぜられた。

暗く、深いその気配は、結界の闇に通じるものがある。

妖魔の目を通した結界を知ってから、夏野がそのことを告げると、「うむ」と、伊織は微笑《ほほえ》んだ。

――それがやつの強さの秘密だ。俺《おれ》があああでもない、こうでもないと理屈をこね回しているのを傍らで、あいつはさらりと、知らずに理を己のものにしてしまう。蒼太の力も似たようなものだ。恭一郎のは今のところ、剣だけにしか活かされておらぬ特異な才でな。それが惜しくて理術を学べと、俺は何度も進言しているのだが、あいつはまったく聞く耳を持たぬ……――

苦笑して伊織は付け加えた。

——人も妖魔も——どの生き物も全て、大なり小なりこの世の理を身をもって会得しておるのだ。才は人それぞれ。それを活かすも殺すもその者次第だ——

「なつの」

眼帯を片手に、己を見やった蒼太の目は落ち着いていた。

同胞を手にかける躊躇《ためら》いはまだ微かに見て取れる。だがこの一年で、蒼太は蒼太なりに歩むべき道を選んできたのだろう。

「あと四匹か。……さ、ゆこう」

夏野が蒼太を促すと、男にすがっていた女が顔を上げて叫んだ。

「ゆく？　どこへ——どこへゆくのです？」

「まだ討ち取らねばならぬ狗鬼がおるゆえ」

「待ってください！」

腰を浮かせて女が声を高くする。

「私たちを置いてゆくのですか？　うちの人は動けないというのに……別のやつが来るかもしれないじゃないですか！」

女の勢いにたじろいだのも束《つか》の間《ま》、夏野は努めて平静に応えた。

「来るか来ないか判らぬものを、ただじっと待ってはおられぬ。こうしている間にも誰か他の者が襲われているやもしれぬではないか」

「そんな——うちの人だって……もう少し早く来てくれれば——」

「おっかさん」

少年が口を挟むと、流石《さすが》に言い過ぎたと悟ったのか女は尻《しり》すぼみになった。

盛り場から半里ほどしか離れていない農家だった。狗鬼に荒らされた跡が見られるが、茅葺《かやぶ》きでも敷地は広く、家も大きいことから、農家でも裕福な方に違いない。

納戸から嗚咽《おえつ》が聞こえた。

おそらく男は老いた父母か幼子を先に逃がし、更に妻子を連れ出そうとしたところを襲われたのだろう。

「火を焚け」

少年を見て夏野は言った。

「ありったけの薪《たきぎ》を持って来て、朝まで燃やし続けるのだ」

頷いて少年はすぐさま立ち上がり、駆け出して行った。

「この時分に、そんなに薪があるものですか……」と、座り込んだ女がぼやく。

「雨戸でも襖でも障子《しょうじ》でも、燃えるものならなんでもよい」

「家を焼けと言うんですか！」

「必要ならば」

「助けて——助けてください……置いて行かないで……」

それと判らぬよう一息ついて、夏野はわななく女を諭した。

「火を焚くのだ。狗鬼は火を嫌う。私は侃士だ。ゆかねばならぬ」

「だって、もしもまた別のが来たら――」

「その時は、あなたが命懸けで息子を護ってやるがいい。私ならそうする。侃士でなくとも、剣がなくとも……それこそ、あなたの夫君がそうしたように」

それだけ言うと、夏野は踵《きびす》を返した。

「待って……助けてください……」

尚《なお》もすがる女の声を背中に、夏野は再び走り出した。

†

ムベレトがいる――

一匹目を討ち取り、四半里ほど走ったところで二匹目に出くわした。

広い竹林を西にした畑を抜ける道だった。

血まみれの口に、人の腕をくわえている。

腕を嚙《か》み千切られた男は剣士で、右手に剣を握ったまま地面に転がり痛みに耐えていた。

そのすぐ横には別の剣士が構えていたが、柄を握り締める両手は憐《あわ》れなほどに震えている。

つい蒼太は舌打ちを漏らした。

人目がある以上、念力を使うのは躊躇われた。

「助太刀《すけだち》いたします」

青眼に構えた夏野が一歩踏み出すと、狗鬼が咆哮し、くわえていた腕が落ちた。

蒼太が鍔を投げつける前に、竹林から飛んで来た目潰《めつぶ》しが狗鬼の眼前で弾《はじ》けた。

狗鬼がのけ反った隙を、夏野は見逃さなかった。

躊躇うことなく踏み込んで、下段から首を斬り飛ばす。

構えていた剣士がぺたりと座り込むのへ、返り血を浴びた夏野が駆け寄る。

「血止めを！」

夏野に言われて、男は慌てて腰を浮かし、腕を失《な》くした男を抱き起こした。人に触れるのは嫌だったが、蒼太は鍔で男の袖《そで》を裂き、切れ端をつないで夏野に手渡した。

ムベレト――槙村孝弘《まきむらたかひろ》――の気を感じたのはその時だ。

漠然と感じていたそこここの生き物の気の中で、一際強い気が放たれた。見えぬ蒼太の左目に、それは彗星《すいせい》のごとく煌《きら》めいて消えた。

怪我《けが》の手当てに夢中だったからか、夏野は孝弘の気配に気付かなかったようだ。それとも、己にだけ判るように知らせたのだろうか。孝弘にならそれができると思われた。

夏野は時折、妖魔の言葉や己の思いを解すが、孝弘がムベレトという山幽の名を名乗った時や黒耀が辻越町の宿屋で話しかけてきた時のように、相手を限った感応力でのやり取りは聞こえていないようである。

『「まきむら」！』

孝弘のみに気を凝らした感応力で、だが万が一聞かれても困らぬよう人名で呼びかけるも、応えはない。

「まき、む、あ」

「蒼太？」

「まきむあ！」

声に出して呼んでみたがやはり応えず、気配も消えた。

察した夏野が問うた。

「槙村が助けてくれたのか？」

「ん」

「槙村が何故《なぜ》ここに……まさか――」

「ちかう。まきむあ、じゃな、い」

孝弘は襲撃に関与していない。ただの勘だが、蒼太は確信していた。

孝弘も山幽ゆえに人嫌いなのは間違いない。目的を果たすためなら、邪魔者は迷いなく排除するだろう。だが、このような殺戮《さつりく》に手を貸すことはないと信じている。

「そうだったな。槙村は悪いやつじゃない――伊紗《いさ》もそう言っていた。現にこうして助けてくれた」

夏野は微笑んだが、蒼太の方は手放しでは喜べぬ。

確かに助けてはくれたが、それには理由がある筈《はず》だった。

考え込んでいる時はなかった。

仲間が殺されたのを察したのか、狗鬼の気配が近付いて来る。

まだ遠い。

しかし、やや遅れて狗鬼たちを追って来る鴉猿《あざる》の気配をも、蒼太は感じ取っていた。

「く、る」

「ああ」

夏野にも判ったらしい。

恭一郎たちから離れ、二人きりになってみて、夏野との絆《きずな》が一層強まっていることを蒼太は知った。

恭一郎と二人して伊織の伴《とも》をするようになってから、都外で伊織のもと、蒼太は少しずつ「力」を意のままにできるよう修練してきた。そのおかげで、前は石ころくらいしか動かせなかった念力が、今は一斗《いっと》樽《だる》を動かせるまでになっている。

とはいえ、一斗樽だと一尺ほど引きずるように動かすのがせいぜいで、昨年山名《やまな》村《むら》で発揮したような大きな力を操るには至っていない。

より「明確な意」が必要なのだと伊織は説く。

恭一郎と出会った時、蒼太は念力で座敷牢《ろう》の錠前を開けることができた。伊織曰《いわ》く、そうすることができたのは、己が錠前が開くところを幾度となく見ていて、開き方を覚えていたかららしい。

ゆえに一斗樽も、漠然と「動け」と念ずるよりも「どのように動かすか」をより細かく思い浮かべよと伊織は言うが、そもそも一斗樽などはひとりでに動かぬ「物」である。歩いてくれれば楽だと思い、一度足が生えたところを想像してみたものの、いくら念じたところで樽に足が生えてくる筈もなく、後で話した伊織と恭一郎に笑われて終わった。

重い物を引きずることしかできぬのは、それしかできぬと思い込んでいるからだ、と伊織は言った。確かに己が手を使って樽を動かしたとしても、一斗とあれば山幽の体力をもってしても持ち歩くのは難しく、引きずるしかないだろう。空を飛ぶ様を想像しても、どこかで「あり得ぬ」と思っているのがまずいらしい。

だが、火事場《ば》の莫迦力《かぢから》であっても、己が強い力を発揮したことは事実だ。ただ、それを操れるようになるには、まだ時と修業が必要と思われた。

念力に対して「見抜く力」はぐんと伸びた。

術の制限のない都外では、より強く、広く、己の感覚が強まっていくのが感ぜられて怖いくらいだ。碓井家で起きたような、大量の感情や気配に息苦しくなることも既に幾度か体験していた。

伊織がそのうち、心に「結界」を張れるよう教えてくれるらしいが、そのためにはもっと伊織に心を許さねばならず、蒼太にはまだその用意がなかった。

しかし……

心の結界とやらを学んでおけばよかったと、今になって蒼太は悔いた。

夏野と気持ちを共有し、阿吽《あうん》の呼吸で敵に立ち向かうのは心地良い。恭一郎とはまだ比べものにはならないが、この二年で夏野の剣の腕も上がり、前ほど案ずることなくこうして狗鬼と戦えるようになった。

左目を通じて「つながっている」夏野は、恭一郎の次に、蒼太が心を許せる人間だ。ゆえに絆が強まったことは喜ばしいが、その反面、己の意に反して「隠し事」が夏野に知れてしまわぬかと、蒼太は恐れた。

辻越町と葉双で出会ったあの女子《おなご》こそ、妖魔の王・黒耀《こくよう》であること。

黒耀が山幽で、山幽の念力をもって、面白半分に人の女子を百人も殺したこと。

国皇《こくおう》・安良《やすら》が孝弘と――おそらく妖魔だと承知の上で――会っていること。

そして己が、孝弘に「会いたい」と願っていること……

一番大切なのは恭一郎だ。

蒼太の中でそれは変わらぬ。

だが、孝弘は己と同じ山幽だ。「シェレム」という蒼太の真名《まな》を、山幽の言葉で呼ぶことができる者。見た目は二十代半ばだが、既に数百年を生きていることは確かだろう。孝弘に「翁《おきな》」に通じる資質を蒼太は感じていた。

孝弘は「ムベレト」という山幽の名を蒼太に明かしている。

それは己に対する信頼の証だと蒼太は思っていた。

まだたった二度しか会ったことのない孝弘に、いつの間にか蒼太は、森で親しんだ翁のウラロクやイシュナを重ねていた。

ただそれだけのことだと蒼太自身も思うのに、孝弘に惹《ひ》かれつつある己の心中を、夏野に悟られるのが怖かった。

「あそこに灯りが見えましょう？」

三町ほど南を指して、夏野が男たちに言った。

「何軒かが集まって火を焚いているのです。あれを目指して行ってください」

「おぬしは――？」

「私はまだ戦えます。殺された仲間を確かめに、残りの狗鬼がここに来るでしょう。そいつらを迎え討ちます」

「しかし、おぬし一人で……」

「一人ではありません。この子がおります。勇敢《ゆうかん》で身も軽く、前にも妖魔と戦ったことがありますゆえ頼りになります」

お前なんかよりずっと――

いささかの侮蔑《ぶべつ》を込めて蒼太は無傷の男を見た。

男たちは二人とも、恭一郎と同じくらいの三十代だ。どちらも剣士には違いないが、無傷の男はとっくに戦意を喪失していて、なんだかんだ言いながら、逃げ出したいのが見て取れる。対して、片手を失った男は痛みに耐えつつ、毅然《きぜん》として夏野を見つめた。

「俺は維那の岡崎照義《おかざきてるよし》。おぬしは？」

「氷頭州、葉双の黒川夏野と申します」

「おぬしのおかげで命拾いした。かたじけない」

目下の夏野に、男は神妙に頭を下げた。

「礼には及びませぬ。──さあ、早く」

夏野に促されるのを待っていたかのように、無傷の男が岡崎と名乗った男を伴って去っていった。

早くも、先頭を切る狗鬼の足音が蒼太の耳に届く。

男たちがいなくなった今、念力で夏野に助太刀しようと蒼太は身構えた。

蹴散らすことはできぬとも、足止めくらいはできようし、時が許せば心臓を握り潰すこともできる。

昔、カシュタを殺したように──

今は亡きシダルに嵌《は》められ、蒼太は本来護るべき仲間の赤子を殺してしまった。己の手のひらで震えたカシュタの心臓の重さや、したたる血の臭いは、今でも昨日のことのように思い出せる。

──食したそれを「旨《うま》い」と己が感じたことも。

向かって来る狗鬼への迷いはないが、カシュタへの償い切れぬ罪を感じて、蒼太はぐっと、握り締めた拳《こぶし》を胸に抱いた。

カシュタを殺した己と、処罰を望んだ仲間たち。

まだ十歳だったにもかかわらず、蒼太は山幽の力の源といわれる角と、左目の視力を取り上げられて、森を追われた。仲間の仕打ちを恨んだこともあったが、その仲間の半分は稲盛《いなもり》と鴉猿に襲われ死している。故郷の森は、稲盛の手で焼き払われて既にない。

生を受けて九年、幸せに住み暮らした森だった。

カシュタへの悔恨は、森での幸福な日々を想うと更に強まる。

「きょう」と「みやこ」で暮らすと決めたのに……

その決意は変わらぬのだが、押しとどめることのできぬ望郷の念が、いつの間にか己に
その先——恭一郎の死の先——を憂惧《ゆうぐ》させている。

孝弘に恭一郎の代わりを求めてはいない。ただ、いずれ訪れるであろう孤独を思うと、
安良と孝弘のつながりが見えてくる気がした。

狗鬼が一匹、竹林から躍り出た。

身をひねって夏野の一の太刀をかわすと、間髪を容《い》れずに飛びかかる。

——止まれ！

蒼太が念じると、空中で狗鬼の身体が僅かに痙攣《けいれん》した。瞳に驚きの色を浮かべた狗鬼は
二の太刀を鼻先でかろうじてかわしたが、着地でよろけたところを夏野の剣に襲われた。

振り向きざまに下ろした刀が、狗鬼の横腹を切り裂く。

思わぬ深手に身を引いた狗鬼へ、夏野が一歩踏み出した時、畑を矢のごとく駆け抜けて、
もう一匹が蒼太へ突進して来た。

「蒼太！」

襲いかかる狗鬼の爪を横へ飛んでかわし、地面を一回転してから立ち上がる。狗鬼が身
を翻すと同時にその背中を蹴って、蒼太は反対側に下り立った。

斬りかかった夏野の刀が宙を裂き、その背後へ腹を斬られた狗鬼が爪を伸ばす。

夏野がとっさに身体を折って放った刀が、狗鬼の爪を弾いた。

――止まれ！

もう一度念じてみるものの、気ばかり焦って力にならぬ。

斬られた仲間を庇《かば》うように夏野に襲いかかる狗鬼へ、蒼太は体当たりを食らわせた。もつれこんで倒れた狗鬼からはすぐに身を離したが、振り払われた爪が蒼太の腕を裂いた。

「蒼太！」

立ち上がり、夏野と背中合わせになったところを、二匹の狗鬼が輪を描いて囲み込む。

腹を斬られた狗鬼が血をしたたらせながら唸りを上げ、もう一匹が呼応する。

竹林から三匹目が駆けて来る。

――止まれ！

吹き飛べ！

懸命に念じてみるが、何も起きぬ。

力が放たれる際に生じる独特の感覚も得られぬままだ。

触れてはおらぬのに、早鐘を打つ夏野の心音が痛いほど伝わってきて、蒼太は歯を食いしばった。

早く――早く、力を――

額の上の、生えかけの角が疼いた。

頭上を見やると、知らぬ間に星空を暗雲が覆っていた。

はっとした蒼太の左目に青い光が瞬く。

びりっと大気が揺れた転瞬、二つに裂けた稲妻が二匹の狗鬼を撃ち抜いた。

己の力ではない。

『黒耀様……!』

†

『黒耀様』

思わず身をかがめた夏野の頭に、二つの声が重なって響いた。

一つは蒼太、今一つは孝弘のものだ。

落雷の衝撃に、刀を取り落としそうになるのを慌てて抑える。

頭に響いたのはおそらく、山幽の言葉だった。

しかし直に聞こえた言葉だけに、その意味はしかと夏野に通じた。

「黒耀……」

膝《ひざ》を折ったままつぶやく夏野の横に、すっと蒼太が近付いた。辺りを窺《うかが》う様子から、己を庇おうとしていることが判る。狗鬼の爪で裂かれた蒼太の腕からは、幾筋もの血が流れていたが、緊迫した面持ちに声をかけるのははばかられた。

二匹の狗鬼は、真っ黒に焼けた屍《しかばね》となって地面に転がっていた。

毛皮の焦げた臭いを嗅《か》ぎ取った時、夏野の身体は初めて恐怖に震えた。

左目に痛みが走り、思わず目を閉じると、目蓋《まぶた》の裏が青く光った。

蒼太が身体を投げ出し、己に覆いかぶさる。

今一度大気が、そして地面が揺れた。

少し離れたところから、鴉猿が人外の言葉で叫ぶ。

『黒耀様！　何ゆえ……』

鴉猿の声は、続く地響きによってかき消された。

いくつか竹が爆《は》ぜる音がしたのち、蒼太が身体を起こした。

おそるおそる夏野が目を開くと、蒼太は竹林の暗がりをじっと見つめている。夏野から身体を離して立ち上がるも、その目は闇を睨《にら》んだままだ。

頭上の闇が消え、再び星空が覗いた。なぎ倒された竹林の合間に黒い塊が倒れているのが見える。その更に奥にも一筋の煙が上がっていた。

黒耀は三匹目の狗鬼と鴉猿をも、雷にて撃ち抜いたらしい。

かさりと笹《ささ》が揺れる音に、夏野はすっくと立ち上がった。

が、構えた剣はすぐに下ろした。

竹林からゆっくりと近付いて来た影は孝弘だった。

「槙村……」

「命拾いしたな、黒川夏野」

蒼太の視力のおかげで、提灯がなくとも顔が判別できるほどには見える。一間ほど先まで歩み寄って来た孝弘は、今までになく硬い顔をしていた。

黒耀は妖魔たちがこぞって恐れる妖魔の王だ。

槙村でさえ、黒耀の力を目の当たりにして、平静ではおられぬらしい……

「……黒耀は？」

「もう行ってしまわれた」

「何ゆえ、我らを助けてくれたのだろう？」

「しらぬな。気まぐれなお方ゆえ……と言いたいところだが、蒼太、どうやら黒耀様はお前が気に入ったようだな」

「蒼太を……そうなのか、蒼太？」

夏野が問うと、蒼太は孝弘の方を見上げて短く応えた。

「しらん」

「しかし――」

シダルという山幽が蒼太を嵌めたのは、蒼太を黒耀に代わる妖魔の王に仕立て上げようとしたからだ。実際、十歳で成長の止まってしまった蒼太は、群を抜く念力とは別に、他の山幽には見られない「見抜く力」にも恵まれている。

今の蒼太はまだ大きな念力を操るに至っておらぬが、山名村で発揮された力は、先ほどの雷に匹敵するやもしれぬ、と夏野は思った。

そして黒耀は、蒼太を敵とはみなさず、味方にしようと企んでおるのか……

「しらん」

繰り返して蒼太は口をつぐんだが、その目は孝弘を見つめたままだ。

「槙村、おぬしは人を探していると聞いた。並ならぬ力を持つ者を……」

「そうだ」

「それは、蒼太のことなのか？」

「まだ判らぬ」

「その者を探し当てて、一体どうしようというのだ？　黒耀を倒すつもりか？　それとも、人を滅ぼすつもりか？」

「お前に答える義理はない」

いつもの落ち着きを取り戻して孝弘が言った。

——お前の力が……この世を滅ぼす……——

ふと、昨年、蒼太の夢を垣間見《かいまみ》た時に聞いた声が脳裏に響いた。

孝弘だけでなく、黒耀まで蒼太に執心しているのであれば、今は未熟でもそれだけの可能性を蒼太は秘めているのだろう。

しかし蒼太は——

蒼太を見やるも、まだじっと孝弘を見上げている。

左目は青白く濁ったままだが、右目は何かを訴えようとしているように見えた。

目を凝らした夏野の左目に、春に拝謁した安良の顔がぼうっと浮かんだ。

そういえば安良様も、蒼太を気にかけておられた……

「まきむ、あ」

「なんだ？」

蒼太が声を発した途端、安良の残像は消え去り、視界に夜の闇が戻った。

「いさ、は……？」

「無事だ。少なくとも四日前までは。伊紗には四日前、辻越で会った。傷が癒えるまで稲盛は残間山《ざんまざん》に隠れていたようだが、伊紗が行った時にはもう姿を消していたそうだ」

「辻越に伊紗が？」

四日前ならば、ちょうど夏野たちが着いた日だ。

会えなかったのは残念だが、無事でいるという孝弘の言葉に夏野は安堵《あんど》した。

「街道沿いの町が襲われるやもしれぬと、伊紗が教えてくれたのだ」

「伊紗が……それでおぬしもここへ？」

「ほんのついでだ」

微かに浮かんだ笑みは、己ではなく蒼太に向けられたもののようだ。

もしや蒼太を見張っているのか……？

「……助けてくれたこと、礼を言う」

「ほんのついでだ」

孝弘は繰り返した。

そうだ。私は「ついで」だ。

槙村や黒耀が助けたのは蒼太――

今更ながら、ぞくりとした。

黒耀は大層気まぐれらしい。気分次第で己は既に死していたやもしれぬと、狗鬼の屍を見やって夏野は恐怖した。

「まき……」

「蒼太」

蒼太を遮って、歩み寄った孝弘が手拭《てぬぐ》いを取り出した。

蒼太の腕から流れる血を拭い、そのまま手拭いを巻き付けてやる。

孝弘の所作は温かく、蒼太はなすがままに孝弘を見つめている。

一通り手当てを施してから、孝弘は蒼太の額に己の額を近付けた。

伊織にもらった守り袋のおかげで一見少年らしく「育っている」が、うつむいた蒼太はほんの五、六歳の幼子に見えて、何故だか夏野の胸を締め付ける。

しばしの沈黙ののち、孝弘はゆっくり身体を起こした。

肩にかけていた手を放し、蒼太の頬《ほお》を一撫《ひとな》でしてから孝弘は促した。

「もう行った方がよいだろう」

先ほどの岡崎が送ってくれた助っ人だろうか。南の方角から揺れる松明が近付いて来る。

雷が――黒耀が妖魔を選《よ》って打ち払ったなどと、他の者にはとても言えぬ。自分たちもここにとどまるよりは、逃げたということにした方がよいだろう、と夏野も判じた。
すっと踵を返すと、孝弘は闇の中を北へ向かって歩いて行く。
孝弘の背中を見送る蒼太の目に寂しさを見て取って、夏野は思わず唇を噛んだ。
孝弘は蒼太と同じ山幽で、己は——恭一郎も——人間だった。
今はいい。
だが、五十年後は？
百年後は？
槙村なら一緒にいてやれる——
「ゆく」
闇を見据えて蒼太が言った。
「ああ、私たちもゆこう」
竹林とは反対側の東の闇へ、夏野たちは密《ひそ》やかに足を踏み出した。

†

黒川夏野——
孝弘が口にした名前を鹿島正佑《かしましょうすけ》は胸に書き留めた。
知らぬ名だったが、只者《ただもの》でないことは明らかだった。
狗鬼と鴉猿を追って来た鹿島が、息を切らせて竹林へ入った時、最初の雷が響いた。
何が起きたのか判らなかった。

とっさに身をかがめた鹿島の足元が、更に二度揺れた。悲鳴が途切れたことから、最後の地響きで鴉猿《やえん》が殺られたことを知って、恐怖にしばらく動けなかった。

竹林の向こうで、孝弘の声がした。

――命拾いしたな、黒川夏野――

同じ竹林に孝弘がいたとは思いも寄らず、鹿島は動転したものの、すぐに気配を消すべく息を潜めた。

這《は》うように竹林を進み、葉陰から表を窺った。

暗がりに三つの影が見えたが、鹿島には顔まではとても判別できぬ。

一番背の高い影は槙村孝弘に違いなかった。

孝弘のことは、主家の命で鹿島が伴をしている稲盛文四郎から聞き及んでいた。

「安良の手の者ではないか」と稲盛は言うが、そう容易《たやす》く決めつけられぬ。稲盛に言われて東都で人を使って孝弘をつけたこともあるが、孝弘が安良に通じているという確たる証拠は得られなかった。

やつは「黒耀様」と呼んでいた。ということは、槙村は妖魔に与《くみ》する者なのか。

稲盛様と同じく――

黒耀の存在は稲盛や鴉猿から聞かされていたが、噂通りの力を目の当たりにして、鹿島はすっかり怖気付いていた。妖魔の命を一瞬で奪い去った妖力もさることながら、何ゆえ黒耀が狗鬼や鴉猿を殺したのかがどうしても解せぬ。

気まぐれで殺されては、たまったものではない……

二十間ほど先で臭いを放っている鴉猿の焼けた屍を見やって、鹿島は眉をひそめた。

それに、あの黒川という者と子供はなんだ……？

声からすると女と思われたが、物言いや恰好《かっこう》は少年のそれだった。どちらにせよ、三十《みそ》路《じ》を過ぎた己よりもずっと若い者だろう。

三人の話は切れ切れにしか鹿島の耳に届かなかった。

しかし「黒耀」「探している」「滅ぼす」といった言葉の数々が、鹿島の不安を煽《あお》った。

あの二人――いや、子供も入れてあの三人は、一体何者なのだ？

子供の名は「蒼太」というらしい。

孝弘は稲盛を知っていただけでなく、残間山に潜んでいたこともつかんでいたようだ。

昨年、鴉猿に伴われて山名村から戻って来た稲盛は、腹を刺されていた。

稲盛はその身に仄魅を宿しているという。それゆえ人命を超えて生き長らえているのだとも。そんな稲盛を刺したのは、樋口理一位やその一行の者ではなく、宿している仄魅《しきみ》の母親だったと、鹿島は告げられていた。

傷が癒えるまではと、稲盛は鹿島と鴉猿を伴って残間山に身を隠した。

回復までに三月余りを要したが、常人なら命取りになっていただろう大怪我だ。

妖魔を身に宿しながら正気を保ち、尚かつここまで生き長らえている者を鹿島は他に知らぬ。稲盛への畏怖《いふ》と敬意を新たにした鹿島は、己の内に抗《あらが》い難い欲が芽生えてくるのを感じていた。

　このまま、稲盛に師事すれば、己もやがて稲盛のようになれるやも――天命を超えて生き、この世を手中にすることができるやもしれぬという欲だ。

主家の命とはいえ、もはや引き返せぬことは承知している。

ならばとことん上り詰めるだけだと、鹿島はようやく落ち着きを取り戻した。

まずは稲盛様にお伝えせねば――

三人が二手に別れて闇に消えたのち、鹿島はのろのろと身体を起こした。

第四章
Chapter 4

孝弘と別れてしばらくして、夏野たちは闇《やみ》の中を迂回《うかい》して宿屋に戻って来た。

朝を迎えると、明け六ツが鳴る前に草賀州府・笹目を出て、八ツ過ぎに西都・斎佳の東門を抜けた。

東都とは反対に、斎佳は東門から入都する者が最も多い。門から続く五条大路《ごじょうおおじ》を挟んで、三条から六条に渡る東側の十の町全《すべ》てが盛り場といっていいほど賑々《にぎにぎ》しい。

都内を流れる川は一本のみで、北は土筆《つくし》大路から南は久金《ひさがね》大路まで、北東から南西へと緩やかな弧を描いて流れる長瀬川《ながせがわ》には、一条橋《いちじょうばし》から八条橋まで、それぞれの大路に橋がかかっている。

防壁をくぐって入都すると、夏野たちは五条大路をまっすぐ進んだ。

土産物屋《みやげものや》や小間物屋、飲み食い処《どころ》がずらりと並んでいるのは晃瑠と変わらぬが、斎佳の店構えは晃瑠のそれより彩り鮮やかで、夏野でさえつい目を奪われる。

売り声も斎佳の方が一段高い。道幅が晃瑠よりやや狭いため、同じくらいの人出でも、派手な売り声と相まってひどく混雑しているように感じる。

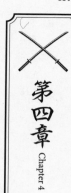

晃瑠で慣れたとはいえ、もとは葉双の田舎《いなか》育ちだ。絶えぬ人通りに、五町も行かぬうちに旅の疲労がどっと押し寄せた。

夏野の隣りを、蒼太は小さく頰《ほお》を膨らませ、不貞腐《ふてくさ》れた様子でついて来る。

「今少しの辛抱だ」

「……」

口を開くのも煩わしいらしい。

ただでさえ、術の張り巡らされた都内は蒼太には息苦しい場所だ。加えてこの人混みでは、人嫌いの蒼太にはたまらぬだろうと同情するものの、夏野とて明け方から既に十里を歩いている。「日に百里を駆ける」といわれる山幽《さんゆう》の蒼太はともかく、無用の回り道をしている余力が夏野にはない。

澄み上がった晴れ空のもと、若枝町《わかえだちょう》、中石町《なかいしちょう》、小坂町《こさかちょう》と、三つの町を抜けて五条橋の袂《たもと》に着くと、「砂糖水」と幟《のぼり》をかかげた水売りがいた。振り売りのように声を上げてはいないが、中秋でも今日のように晴れた日なれば、売り声がなくとも足を止める者は多い。

「さと」

夏野が誘う前に、蒼太が水売りに駆け寄った。まだ百も漢字を知らぬのに、甘い物好きだけあって「砂糖」という字は読めるらしい。幟を指差して蒼太が振り返る。

「さと、み、ず」

「うむ。一杯飲んでゆこう」

「さと……たく、さん」

砂糖水は一杯八文だった。懐《ふところ》の巾着《きんちゃく》から四文銭を五枚取り出して水売りに渡す。

「すまぬが、この子の椀《わん》に四文分砂糖を足してやってくれ」

「へい」

渡された椀の水を、夏野も蒼太も一息に飲み干した。

「荷をしょったままとは、着いたばかりですかい？」

夏野らをそこそこの身分だと踏んだらしい。水売りがやや言葉を改めて問うた。

身なりは少年でも、夏野が剣士なのは一目瞭然《いちもくりょうぜん》だ。また伊織のお伴《とも》とあって、一人旅の時のようにぼろではなく、地味でも仕立てのよい着物を身に着けていた。

「ええ」

「どっから来なさった？」

「晃瑠から」

「へ？　へへぇ……そりゃてぇしたもんだ」

目をぱちくりさせてから、水売りは微笑《ほほえ》んだ。底に少し残った砂糖を指ですくおうとする蒼太に、柄杓《ひしゃく》で水を足してやる。

「おまけするよ。兄さんも、ほら」

「かたじけない」

頭を下げて、夏野も空の椀を差し出した。

「晃瑠からってぇと、笹目を通ったのでは？」

「ああ、おとといに……」と、夏野は誤魔化した。

「そいつぁよかった。笹目は昨夜、妖魔《ようま》どもにやられたらしい」

「そのようだな。読売《よみうり》を見かけた」

「朝から都はそのことで持ち切りでさぁ。まさか東西道がやられるなんてなぁ。しかも都から十里ばかししか離れていねぇのに……」

「まことに」

「――しかし罰が当たったってのは、胸が空いたね」

「えっ？」

「読売にあったでしょう？　襲った妖魔どもの内、二匹は侃士《かんし》様に殺されて、残りの四匹には天罰が下ったって――」

「そんなことが？　読売は見かけただけで読んでおらぬのだ」

「あっしも聞いただけですがね」と、水売りは苦笑した。「皆大喜びでさ。とうとう、安《やす》良《ら》様の堪忍袋《かんにんぶくろ》の緒も切れた、ってね」

「安良様が？」

「そりゃそうでしょう。雷で妖魔どもを蹴散《けち》らすなんて、他の誰《だれ》にできるんで？　やつらは調子に乗り過ぎたんだ。だから安良様が天にかけ合ってくだすったんでさ」

そんな噂《うわさ》が流れているのかと、夏野は内心愕然《がくぜん》とした。

しかし考えてみれば、国民は黒耀のことを知らぬ。「妖魔の王」としてその存在を知る高位の理術師《りじゅつし》でさえも、まさかその王が、気の向くまに同じ妖魔を手にかける性分だとは思っておらぬ。また国民の中には、安良が希代の術師か、それこそ万能の神だと勘違いしている者も多かった。

また一つ伊織に伝えねばならぬことが増えたと、水売りに椀を返して夏野は足を速めた。

五条橋は、長さも形も晃瑠の一条大橋に似ている。右手に四条橋、左手に六条橋と、同じように長瀬川に弧を描いているのが見えるのは、東都とは違った風情《ふぜい》があった。

長瀬川を越えると、街の様相ががらりと変わった。

川沿いの中町《なかまち》は、斎佳の中心となる閣老の「御屋敷」の東側を囲む武家町だ。この中町と、御屋敷の北西の姫野町《ひめのちょう》、南西の松宮町《まつみやちょう》に、名だたる大名家や各州の州屋敷が集まっている。伊織を始めとする夏野たちが此度《こたび》滞在するのは、神月《こうづき》家縁《ゆかり》の八坂《やさか》家の上屋敷で、松宮町にあった。

門番に手形を見せながら名を告げると、すぐに控えの間に案内された。

州屋敷のそれと変わらぬ広さの控えの間で、蒼太とちんまり並んで座っていると、時を待たずして小夜《さよ》が現れた。

「夏野様、蒼太、無事に到着され何よりです」

「私事で遅くなり、申し訳ありませぬ」

「お疲れでしょう。今、湯浴みの支度をしていただいてますから」

旅の汚れを落とし、着替えた夏野が女中に案内された部屋へ向かうと、蒼太は既にさっぱりとした様子で、何やら黄色く大きな物を一心不乱に食《は》んでいた。

「夏野様もお一ついかがですか？」

蒼太は丸ごと口にしているが、夏野の皿には切り分けられた同じ菓子が載っている。切り口から見ると、直径三寸、厚さも二寸はありそうな大きな蒸し饅頭《まんじゆう》だ。餡《あん》はないが、色や匂《にお》いからして卵がふんだんに使われているらしい。

「は、しかし、あの――」

最後に休んだのは二刻も前だ。

腹は減っていて疲れてもいるが、鹿島理二位《りにい》や笹目での襲撃、黒耀の力を目の当たりにしたことなど、一刻も早く伊織や恭一郎に伝えねばと急いだ道のりだった。

そして――蒼太は嫌がるやもしれぬが――あの椽子《しようこ》と名乗った、妖《あや》かしらしき女子《おなご》についても、樋口様のお考えを伺いたい――

のんびり茶を飲んでいる場合ではないと思うのだが、察するに本庄理一位《ほんじようりいちい》や西原《さいばら》閣老に目通りする「手配り」で忙しいのだろう。部屋に伊織や恭一郎の姿はなかった。

「あの、樋口様はいつお戻りに？」

夏野が問うと、小夜は何やら困った顔をした。

「それが……そろそろ戻られると思うのですが……」

「鷺沢《さぎさわ》殿もご一緒ですか？」

「ええ、まあ……おそらく……」

「おそらく？」

問い返した夏野に、小夜は言いにくそうに小声で切り出した。

「その……鷺沢様と真木《まき》様は昨夜、刃傷沙汰《にんじようざた》に巻き込まれて、町奉行所に留め置かれているらしいのです。伊織様は昼過ぎにお二人の身請けに出たままでして……」

「に、刃傷沙汰？」

思わず声を高くすると、蒼太がようやく饅頭から口を離して夏野たちを見た。

†

「七ツには黒川殿らも着くだろうと、小夜に支度はさせていたのだが……」

「はい。おかげさまで、着いてすぐに湯を使わせていただきました」

「笹目のことで、清修寮《せいしゆうりよう》から朝も早くに呼び出されてな。幸い、九ツ過ぎには屋敷に戻ることができたのだが、飯を食う暇もなく、今度は町奉行所から遣《つか》いが来たのだ」

「さようで……」

上座に座った伊織が、じろりと己の前に並んだ恭一郎と馨《かおる》を見やった。下座は恭一郎の左に蒼太、馨の右に夏野の四人だ。上座は伊織の右隣りに小夜がいるだけで左隣りはまだ見ぬ当主の八坂達宣《たつのぶ》とその妻・照代《てるよ》のために空けてあった。

「奉行所でも言ったが」と、腕を組んだ馨が口を開いた。「やつらが先に抜いたのだ。しかもこっちは丸腰だ。俺《おれ》たちは売られた喧嘩《けんか》を買ったまでだ」

「奉行所でも言ったが」と、冷ややかに伊織が応《こた》える。「お前たちなら、他にいくらでもやりようはあったろう。丸腰なら尚更《なおさら》、真っ向からやり合うことはあるまい」

「ではどうすればよかったのだ？」

「逃げるが勝ちという時もある」

「莫迦《ばか》を言うな！ 丸腰でも戦わずして逃げ出すなぞ、恥さらしもいいところだ」

「花街で刃傷沙汰を起こし、牢《ろう》につながれるなぞ、それこそ恥さらしではないか」

「それは――」

口を尖《とが》らせた馨の杯《さかずき》に横から酒を注《つ》ぐと、恭一郎が口を挟んだ。

「伊織、この件においては俺は馨の味方だぞ。女たちを置いて、男の俺たちがすたこら逃げることはできん」

「くだらん見栄《みえ》だ。狙《ねら》われたのはお前たちなのだ。女たちにはいい迷惑ではないか。巻き添えにする前に表に出ればよかったものを」

「うむ。くだらん見栄だ。だが、見栄と金で成り立っているのが花街さ。それに……」

「それに？」

「表へ出るにも、それなりの身なりというものがある」

「……成程《なるほど》」

「そういうことなのだ」

伊織の隣りで小夜が顔を赤らめるのを見て、遅まきながら夏野も恭一郎が言わんとするところを悟ってうつむいた。

——昨夜、恭一郎と馨は連れ立って、斎佳一の花街・天本《あまもと》へ向かった。

座敷で一通り飲み、遊び、それぞれ女たちの部屋へ引き取ったところへ「蝮《まむし》の右京《うきょう》」の残党が匕首《あいくち》を閃《ひらめ》かせて乗り込んで来たそうである。

山幽にして妻だった奏枝《かなえ》の死後、恭一郎は斎佳に舞い戻り、二年ほど自堕落な日々を過ごしたことがあった。「鷹目《たかめ》の重十《しげじゅう》」という名の知れた香具師《やし》の元締めのもと、小金を稼いでは陽《ひ》が高いうちから賭場《とば》や花街に出入りしていた。

そんな恭一郎を見かねて馨は、重十の天敵だった右京を討ち取ることで、恭一郎を裏稼業から追い出すよう重十にかけ合った。右京一味の隠れ家に一人で乗り込み、右京を含む六人を斬《き》った。自ら出頭した町奉行所では一月《ひとつき》牢に入っていたが、事件により右京一味の非道な悪事が次々発覚したことで釈放された。

町奉行所の手配で右京一味はあらかた捕えられたものの、逃げのびた残党につけ狙われるようになった馨は、恭一郎を通じて柿崎《かきざき》道場へ——晃瑠へ——身を移したのだ。

昨晩、恭一郎たちを襲った二人は、五年前に都払となった残党で、半年ほど前に名を変えてこっそり斎佳に戻って来ていたという。

「どうやら、恭一郎の選んだ女が、やつらの一人の馴染《なじ》みでな」

嫉妬《しっと》した男が女の相手を確かめようと座敷を覗き、恭一郎と馨を認めた。

「それでなくともお前は目立つというのに……だからお前と花街へゆくのは嫌なのだ」

「何を言う。お前のでかい図体が目立たぬ筈《はず》がなかろう。俺がいなくとも、やつらはお前を見つけたさ」

大人げないやり取りだが、それを楽しむには夏野はまだ「子供」であった。

独り身の恭一郎たちが、時折花街に出向くことは知っている。道場の男たちの口にもそれらしき話が上ることがあるが、女の夏野はいつも一人蚊帳《かや》の外だ。

「女の嫉妬は怖いが、男のそれも相当だ。やつらは初め、俺たちが女と二人きりになり、眠り込んだところを討とうとしたらしい。だが、結句眠り込むまで待てずに、最中に飛び込んで来やがった」

「真木様」

「馨」

小夜と恭一郎が同時にたしなめた。

「ん？　ああ、蒼太にはちと早い話か……」

「馨――」

恭一郎が苦笑すると、馨はようやくうつむいたままの夏野に気付いたらしい。

「……ああ、すまん。おぬしのことはすっかり忘れておった。いやその、隣りにおるのは無論知っておったぞ。ただ、常から道場で皆に紛れておるからな。おぬしが女だというのを時々忘れてしまうのだ」

「真木様」

「あ、いや、だから、おぬしは男と比べて遜色《そんしよく》ない腕前で――」

「馨、もうよせ」

「うむ。すまん。この話はもうやめだ」

師範の馨に男たちと等しく扱われていると判《わか》ったのは嬉《うれ》しいが、馨を咎《とが》めた恭一郎は女の己を慮《おもんぱか》ってくれたのだと思うと、なんとも複雑な気持ちになる。

取り繕った馨にも庇《かば》ってくれた恭一郎や小夜にも、何か言わねばならぬと思いつつ、何も言えずに夏野がまごまごしているうちに、当主の八坂が妻を連れて現れた。

「聞いたぞ、鷺沢。斎佳に戻って来て早々、天本で一騒動起こすとはな」

腰を下ろした途端、磊落《らいらく》に八坂は笑った。

「八坂様、その話はもう……」

居心地悪そうに応えた恭一郎に、八坂が畳みかける。

「有事は全て知らせろと、大老様から仰せつかっておるが」

「どうか、ご勘弁くださいますよう――」

恭一郎が頭を下げると、八坂と妻の照代が二人して噴き出した。

しかし、膳《ぜん》が運ばれ、酒が注がれると、八坂は神妙な顔つきになって馨を見つめた。

「真木為良《ためよし》……その名の通り、世のため人のために尽くしてくれた。まずは礼と共に、私にもおぬしの父の冥福《めいふく》を祈らせてくれ」

「お心遣い、痛み入ります」

馨が丁寧に大きな身体《からだ》を折ったのを見て、夏野は初めて馨の父親が亡くなっていたことを知った。

「五日前だったそうだな。晃瑠からわざわざ戻ったようだが、父と言葉は交わせたか？」

「はい。日に二言、三言ですが……今際《いまわ》の際まで頭はしっかりしておりました」

「兄の市助《いちすけ》はよくやっているようだな」

「はい。役目もさながら、家長として通夜《つや》でも葬儀でも無事に務めを果たしました」

馨の父親は五日前に亡くなり、既に葬儀は終えたようである。死に目に間に合ったのは不幸中の幸いだが――

――真木殿は、お父上が亡くなったばかりだというのに、花街に……

花街に繰り出すくらいだから、てっきり持ち直したのだと思っていた。父親とあまり交流のなかった夏野でさえ、実父を亡くした悲しみは半年ほど尾を引いたものだ。

聞いた限りでは、馨の父親は実直な定廻《じょうまわ》り同心で、琴の名手の妻と共に四人の息子を育て上げ、都人にも親しまれていた。もしや、父親とは不仲だったのかと疑ったのも束《つか》の間《ま》、ならば危篤に晃瑠から駆けつけることもあるまいと思い直した。

だがそうでないなら……

夕餉《ゆうげ》を終えて、小夜と二人きりになってから夏野は問うてみた。

「その、初七日も終えておらぬのに、真木殿は何故……鷺沢殿も……」

やや非難がましい口調になった夏野に、小夜は微苦笑を漏らした。

「よく判りませんが、殿方には稀《まれ》にそういう時があるようでございますよ」

「はあ……」

「一人で耐えるにはつら過ぎる悲しみもあります」

「それで連れ立って、その……遊ぶことで気を紛らわせるということですか？」

「まあ、そういう意味もありましょうが——でも……」

「でも？」

「……母を亡くした時、私はたくさん泣きました。とにかく一人でいるのが怖くて、父にしがみついては泣き、弟を抱きしめては泣き……もしも今また大切な人を亡くしたら、私はやはり泣くと思うのです。伊織様にすがるか、夏野様の肩をお借りするか——きっとまた、大泣きすると思うのです」

温かい目を夏野に向けて、小夜は微笑んだ。

「しかし殿方は——真木様や鷺沢様は、そういう訳には参りませんでしょう」

小夜の言葉を聞いて、夏野はうなだれた。

「私はその……」

飲む、打つ、買う。どれも夏野には馴染みのないものだ。本来楽しみである筈のこれらだが、中には悲しみや怒りを忘れるために飲んだり、金策に血眼《ちまなこ》になって打つ者がいることは知っている。同じように、快楽を買うだけが花街ではないのだろう。

妻を亡くした後、恭一郎も昼間から酒を飲み、金が尽きるまで賭場や花街を渡り歩いたという。それはけして「楽しむ」ためではなかっただろうと思うのに、馨や恭一郎を慎みがないと決めつけた己が恥ずかしかった。

「長旅でお疲れでしょう。ゆっくりお休みなさいませ」

「小夜殿も……」

口ごもりながら、部屋を出て行く小夜を見送り、夏野は夜具に横になった。

一人で耐えるにはつら過ぎる悲しみ……

いつか――

いつか鷺沢殿が亡くなったら、蒼太は一人で泣くのだろうか？

そしてもしも――もしも蒼太が先に逝くことがあったら、束の間の温《ぬく》もりを求め、うつつを忘れるために、鷺沢殿は花街に向かわれるのだろうか？

嫌だ、と強く思った。

二人がいつか、それだけの悲しみを背負う時がきたら、傍《そば》にいるのは己でありたい。

一人で泣くのではなく、涙を隠して笑うのでもなく、己の胸で泣いて欲しい。

――いや、違う。

そうして欲しいと願うのはただの甘えだ。

私が……私がそうしたいだけだ。

押し寄せる想《おも》いに、夏野は思わず身体を丸め、胸に手をやった。

悲しみだけでなく――喜びも、苦しみも、あの二人と分かち合っていきたいと――

†

日中はまだやや暑いが、葉月も二十日とあって夜は涼しくしっとりしている。

寝間着だけで丸くなっている蒼太へ夜具をかけてやると、蒼太は微《かす》かに口元を動かしたが、目は覚まさずにそのまま寝息を立てている。

「流石に疲れておるらしい」

「人心地ついたのさ」

微笑と共に伊織が応えた。

人心地ついたのは俺の方だ——と、恭一郎は思うが口にはしない。

まだ力をうまく操れぬ蒼太だが、これまでのことから、いざという時にはなんとかなろうと思わないでもない。しかし、離れていると何かと懸念が湧《わ》いてくる。

笹目で狗鬼《こうき》の爪《つめ》にかかったという傷を見た時は、思わず顔をしかめてしまった。治癒力は高くとも、負った時の痛みは同じだ。傷は既にふさがりつつあったが、人ならば治るのに一月はかかろうかという大きな傷だった。

気苦労が絶えぬな、「親」という役目は……

気がかりだったのは蒼太だけではない。

春に六段に昇段したとはいえ、恭一郎にしてみれば、夏野の腕前は妖魔とやり合うにはまだ不安がある。伊織によれば理術の才は伸びているらしいが、「風針《かざばり》」や「詞《ことば》」が使えるほどではなく、術を知らぬ恭一郎にはその実力は判じようがない。

「ともかく、無事に着いて何よりだ」

「そうだな」

笹目での出来事を聞いて、たとえそれがただの気まぐれや運命だったとしても、黒耀が蒼太たちを護《まも》った事実に恭一郎は感謝していた。

稲盛につながる者として伊織が当たりをつけていた中に、西原利勝《としかつ》や鹿島理二位は既に入っていた。夏野が持ち帰った話が、それを裏付けたことになる。

「西原に会うのは、十日後になりそうだ」

「待たせるな」

恭一郎たちが斎佳へ来て既に三日目だ。伊織の――理一位の――訪問は、決まった時点で颯《はやて》にて西原家に知らせてある。

「内輪の宴《うたげ》でも、あれこれ支度がいるとのことだ」と、伊織はにやりとした。

「成程。叩《たた》けば埃《ほこり》の出る身だからな」

「黒川殿のおかげで、そう叩かずに済みそうだ。こちらも粛々と支度に努めるとしよう」

「お前が言うと、大事に聞こえぬな」

「そうか？　しかしこれは大事になるぞ」

「冗談はよせ」

「冗談にできればよかったのだがな」

いつも通り伊織は淡々としているが、言葉に嘘《うそ》がないことは長い付き合いですぐ判る。

気を許した友の前なればこそ、思わず小さな溜息《ためいき》が出た。

「そうか。大事になるか」

「だから、今のうちにゆっくり休め」

にっこり笑んで、小夜の待つ部屋へ戻るべく腰を上げた伊織へ、恭一郎は声をかけた。

「おい」

「なんだ？」

「今日は助かった」

天本で、匕首を手に飛び込んで来た男たちを相手に立ち回る羽目になった。幸い女たちに怪我《けが》はなかったものの、寝間と座敷の襖《ふすま》や鏡台が壊れ、座敷にいた幇間《ほうかん》の一人が浅手を負った。男たちの主張によって町奉行所で危うく「喧嘩両成敗」になりそうになり、恭一郎たちは仕方なく身分を明かしたが、身請人が伊織でなければ、一日二日は牢に留め置かれたと思われる。妓楼《ぎろう》へ諸々《もろもろ》の修繕費を払ったのも伊織だった。

「うむ。しかし償いと口止めに使った二十五両分、お前と馨にはきっちり働いて返してもらうからな」

澄まして言う伊織に恭一郎は苦笑した。

「このけちん坊め」

「けちん坊と呼ばれるのは心外だ。あれは俺が大老から——ひいては国民の租税から預かった大切な資金だぞ」

「当分ただ働きか……」

「なんなら大老に事の次第をお伝えして、無心してみてはどうだ？」

「まあ、俺や八坂様が伝えずとも、今頃《いまごろ》大老のお耳に届いているだろうがな……」

「莫迦を言え」

「なんだと？」

眉《まゆ》をひそめた恭一郎を置いて、伊織は笑いながら部屋を出て行く。

「きょう……」

蒼太の声に振り向くと、眠たげに目を瞬《しばたた》きながらこちらを見ている。

「すまん。起こしてしまったか」

「……んん」

微かに首を振った蒼太が、もぞもぞと少しだけ、並んだ恭一郎の夜具に身を寄せた。

何か思うところがあるらしい。

蒼太は既に十七歳らしいが、姿かたちは十歳——守り袋で誤魔化しても、せいぜい十一、二歳——のままだ。恭一郎と出会う前の五年間を一人で過ごしたために、思考も振る舞いもまだまだ幼いが、少年らしい意地があり、子供扱いされるのを嫌う。

幼子のように泣きじゃくったり、駄々をこねたりはしないものの、やはり近くにいると安心するのだろう。つかず離れずに身を寄せる時は、蒼太なりに甘えているのだと恭一郎は承知している。

「ねう」

ぶっきらぼうなのに、どこかか細い声で蒼太が言った。

「そうだな。俺ももう休む」

行灯《あんどん》の火を落として、恭一郎もごろりと横になった。

笹目でのことがこたえておるのか……

蒼太は黒耀に角を落とされ、左目を奪われた。再び黒耀の力を目の当たりにして、恐怖に震え、つらい過去を思い出したのではなかろうかと恭一郎は推察した。

薄闇に蒼太を見つめていると、気付いたのか、蒼太はぷいと恭一郎に背中を向けた。

手を伸ばし、その背中をそっと撫《な》でてやると、再びくるりと身体を返す。

「ねう」

「うむ」

ぽんぽんと肩を叩いて手を放すと、恭一郎は仰向けになって目を閉じた。

牢で目覚めた長い一日が、ようやく終わろうとしていた。

†

翌日、夏野と蒼太は伊織に連れられて、本庄鹿之助《しかのすけ》理一位への目通りを果たした。

護衛役として、また蒼太の父親として恭一郎は同行したが、小夜は遠慮して留守番だ。

人払いをした座敷で、伊織に蒼太の正体を告げられ、本庄は目を丸くした。

「おぬし、儂《わし》を担いでおるのか?」

「滅相もないことでございます」

伊織を凝視すること数瞬、本庄の驚き顔に喜びの色が滲《にじ》んだ。

「山幽にまみえる日がこようとはのう……」

感慨深くつぶやく本庄からは、土屋に似た穏やかで心地良い気が感ぜられ、夏野はほっとした。妖魔といえば狗鬼や蜴鬼《やくき》、鴉猿《あざる》が上げられ、見つけ次第討伐すべき人の敵とされている。国民のほとんどは山幽という妖魔の存在さえ知らず、理術師とて知識としては知っていても、実際に目にした者はないに等しい。

柔和な面立ちの本庄は今年五十七歳だ。夏野よりも二寸ほど背が低く、小太りで血色がいい。武家の出らしく、立ち居振る舞いはしっかりしているが、理一位だけあって、山幽と「妖魔の目を取り込んだ娘」への好奇心を隠さなかった。

伊織から事の次第を聞いた本庄は、興味津々で蒼太ににじり寄った。

「言われねば気付かぬな……」

しげしげと見つめられて、蒼太はあからさまに本庄を避け、恭一郎に身を寄せた。

「蒼太」

恭一郎に言われて、渋々眼帯と守り袋を外す。

じわりと蒼太の身体が一回り小さくなった。触れ込みの十二歳という歳《とし》にしても小柄な方だが、守り袋を外した本来の姿は一層幼い。

ほうっ、と本庄が感嘆の溜息を漏らした。

「樋口……おぬしが敵方でなくて何よりだ」

「はあ」

「隠れ蓑を使うとはうまくしたものよの。そして鷺沢、この子を息子と偽り、都へ連れ込むとは、おぬしも不敵なことをするのう」

「はあ」と、今度は恭一郎が相槌を打った。

「安良様はお気付きだそうだが、大老はこのことを知らぬとか？　だが、いつまでも隠しおおせることではあるまい？」

「いずれ……時を見て」

伊織が応えると、本庄は頷《うなず》いた。

本庄は角を見たがったが、それは蒼太が頑として拒んだ。「父親」の恭一郎にも触らせたことがないと聞いて諦《あきら》めた本庄は、今度は夏野の方へ向き直る。

「こちらも、言われねば気付かぬわ」

感心しながらかざされた本庄の手に、呼応するように左目が疼《うず》いた。

似たように手をかざした稲盛を思い出した夏野が、怖気付《おじけづ》いてやや身を引くと、本庄はすっと手を引いた。

「おっと、すまぬ」

にっこり笑うと、夏野と伊織を交互に見やる。

「すっぽり、綺麗《きれい》に嵌《はま》っておるな。このような相性、偶然……天の悪戯《いたずら》かのう？　面白いのう、樋口」

「ええ」

「剣も六段の腕前ならば、この時分に塾に入れるのはまだるっこいの」

「そうなのです」

理術師になるには通常、各都にある清修塾で二年学ばねばならぬ。

「今のままで、黒川は充分役に立っております。蒼太の目のおかげか、夜目も利くようになり、笹目では二匹の狗鬼を討ち取りました」

「そりゃすごい」

大仰に驚いてみせた本庄がせがむままに、夏野はこれまでのことを語った。

神社で蒼太の目を取り込んだ時のこと、蒼太の気を追う時に見える青白い軌跡のこと、予知のごとく見える「絵」のことや、山幽の言葉を解したこと……

本庄の目や声は飽くなき純粋な好奇心に満ちていて、夏野は思っていたよりもずっとくつろいで話すことができた。

あっという間に一刻が過ぎた。

「それにしても樋口、いくらおぬしが推す者たちとはいえ、この目で確かめるまではと思うておったが、こうして会うてみて合点がいったわ。この子らなら充分、稲盛を倒すのに役に立ってくれよう。おぬしの願い通り、佐内《さない》様に一筆したためようではないか」

「痛み入ります」

「石頭の佐内様とて、この二人に会えば驚くわ。ふ、ふふ……その時の様子を是非知らせてくれぬか？　いや、いっそ儂も同行してよいか？　いずれは間瀬《ませ》の屋敷に戻ろうと思うておるが、それまで晃瑠で過ごすのもよかろう」

「私としてはその方が助かりますが……西原はいい顔をしないでしょうな」

「治太郎《はるたろう》もだ」と、本庄は苦笑した。「まあ、そこはほれ、儂とおぬしの話術でうまく言い包《くる》めればよいのだ」

「話術ですか」

「うむ。都では欠かせぬ術じゃ。使い方次第では、黒いものを白くすることもできる恐ろしい術よ……」

そう言って本庄は笑ったが、漠然とした不安を夏野は胸の内に覚えた。

国民の崇敬する理一位を、西原がそう容易《たやす》く手放すとは考えにくい。なんだかんだ理由をつけて、本庄を斎佳に引き止めようとするだろう。

本庄はもっと話したがったが、本庄が滞在しているのは甥の屋敷で人払いできる時は限られていた。次は本庄に八坂の屋敷に来てもらうことにして、密談を終えた。

本庄の甥《おい》の治太郎は、理一位の叔父を迎え入れているだけでも、家の誉れと気負っている。夏野はともかく、今一人の理一位に加え大老の息子と孫を迎えて、治太郎だけでなく屋敷中の足が地に着かぬ様子である。本庄の呼び声にすっ飛んできた治太郎は、慌てて女中に膳を用意させた。

「すまぬな。儂も居候の身ゆえ」と、本庄が再び苦笑するのへ、

「お互い様です」と、伊織が微笑んで頷く。

理一位は閣老に匹敵する身分だ。お忍びでない以上、多少の形式ばった挨拶《あいさつ》や会食は避けられぬことなのだろう。しゃちほこばった治太郎は人好きのする四十代半ばの男で、本庄にからかわれながらも当主として客をもてなした。

まだ陽が高いうちに満腹で屋敷に戻った夏野を、思わぬ人物が待ち受けていた。

「坂東《ばんどう》殿！」

「お久しゅうござる。黒川殿」

斎佳の元目付《めつけ》・木下弘蔵《きのしたこうぞう》の用人《ようにん》、坂東友成《ともなり》である。

「どうして私がこちらにいると？」

道中はお忍びでも、伊織は公務で斎佳に来ている。よって目付の木下家が伊織の訪問を知っているのは至極当然なのだが、夏野は表向き、理一位の奥方付女中に過ぎない。着いてから様子を見て真琴《まこと》には文《ふみ》を送ろうと思っていたが、昨日今日と慌ただしく、手つかずのままだった。

「まあ私どもにも、あれこれつてがありましてな。黒川殿が理一位様のお伴で来ると聞いて、真琴様は黒川殿の到着を首を長くしてお待ちしておりました」

「そうでしたか」

「道中、葉双に寄られて到着が遅れたと聞きました。実は朝のうちにもお伺いしたのだが、

本庄様のお屋敷に行かれたとかで出直して来ました。お疲れのところ申し訳ないが、私も真琴様にせっつかれておりましてな。少しだけでもお顔を出していただければ……」

なんと既に近くの料亭で真琴が待っていると聞いて、夏野は慌てて身づくろいし直し、坂東と共に再び外へ出た。

真琴が待つ料亭・徳乃屋《とくのや》は、入母屋《いりもや》造《づく》り桟瓦葺《さんかわらぶき》の二階建てで、八坂家から八町ほど南の沢井町《さわいちょう》にあった。六条橋からほど近い、六条大路沿いの大店《おおだな》だ。

「夏野!」

夏野を見た途端、真琴が駆け寄って来て手を取った。

「真琴様、お元気そうで……」

「ああ、元気だとも。まあ座れ。よかった。今日はもう会えぬかと思ったぞ」

「遅くなり、申し訳ありません」

「何、どうせ息抜きのついでだ。屋敷はどうも退屈でたまらぬ」

真琴は年初めに婿《むこ》を迎えたが、日がな一日屋敷の奥にいるのを嫌って、何かと理由をつけては外に遊びに出ているらしい。

「遊びと言っても大したことではない。日中に少し、芝居やら買い物やらに出かけるだけだ。私ももう人妻ゆえ……」

はにかんだ真琴は前々からの華やかさに加えて、しっとりとした色香を漂わせている。

「夏野はどうなのだ?」

「どう、とは？」

「鷺沢と共に旅して来たのだろう？」

「樋口様や奥方様もご一緒です！　それに途中で別れて故郷に寄り道しましたし……」

寄り道の次第を夏野が話すと、真琴は痛ましげに眉をひそめたが、葉双で由岐彦《ゆきひこ》に会ったことを告げると「ほう」と目を輝かせた。

「椎名《しいな》様は兄の幼馴染みなのです。兄と夕餉《ゆうげ》を共にするというので、私を呼んでくださっただけで……」

「兄上様から何かそれらしき話はなかったのか？」

「ありませぬ」と、夏野はきっぱり言った。「今は国の大事でございますよ」

「それはそうだが――なればこそ――いつ何が起きるやもしれぬからこそ、大切な者をより大切にしたいとは思わぬか？」

「それは……しかし、それとこれとは話が別です」

「そうか。それと州司代様との祝言は、別の話か」

真琴がにやりとするのへ、夏野は顔を火照らせた。

「真琴様、からかうのはおやめください」

「からかってなどおらぬが……まあよい」

目を細めたのち、真琴は穏やかに問うた。

「馨に会うたか？」

「ええ……」

表に控えている坂東を気遣って、夏野は声を潜めた。

「気にするな」と、真琴が微笑む。「圭吾《けいご》は――婿殿は実にできた男でな。新枕《にいまくら》で……」

真琴に想い人がいることを知った上で、「寝食を共にするだけが夫婦ではない。一朝一夕には難しいだろうが、先は長い。少しずつ参ろうではないか」と話したという。

「膝を詰めて何を言い出すかと思えば……真面目《まじめ》な良い男よ。馨が言った通りだ」

「さようで……」

馨への未練はまだあるだろうが、惚気《のろけ》とも取れる言葉だった。真琴の、夫への好意をしかと感じて、夏野もようやく一緒に微笑むことができた。

「真木殿はお父上の初七日を終えたら晃瑠へ戻ると仰《おつしや》っていたのですが、樋口様の願いを受けて、しばらく斎佳にとどまり、樋口様のお手伝いをされるそうです」

「樋口様の御用聞きか。まあ、馨にはいい気晴らしになろうな」

「ええ」

花街での大立ち回りで伊織に借りを作った馨は、夏野たちとは別に、一人で昔のつてを頼りに西原家や鹿島家に探りを入れているらしい。

「樋口様が閣老に相見されるのは月末だとか。それまでは夏野も斎佳にいるのだな？」

「無論です」

「ならば是非、私に斎佳を案内させてくれ。夏野も樋口様の奥方様も、斎佳は初めてなのだろう？」

「はあ、大変ありがたいお申し出でございますが――」

本庄が屋敷に来る時の他は自由にして構わないと、伊織には言われている。ゆえに明日からは小夜や蒼太と斎佳見物に出ようと話しているが、真琴が一緒だと一事が万事、大ごとになりそうである。実際、今いるこの料亭も、夏野や小夜ならどうも近寄りがたい格式ばったところだった。

「案ずるな」と、察したように真琴が言った。「案内する時は、私もそれなりの身なりで行こう。けして目立たず、大人しくするゆえ」

大人しくというのはともかく、目立たずというのは無理だろうと思ったが、期待の眼差《まなざ》しに抗《あらが》えずに夏野は頷いた。

嬉しげに微笑むと、真琴は急に真顔になってじりっと膝を詰めた。

「……加えて、今一つ頼みがある」

ただならぬ様子に、夏野も身を乗り出して耳を澄ませる。

十六畳間に真琴と二人きりである。

襖の向こうには坂東が控えているが、他に人の気配は感ぜられない。廊下を渡る仲居《なかい》の足音が遠ざかってから、真琴がぐっと声を潜めて囁いた。

「明日でもあさってでもしあさってでも……いつでもよい。樋口様にお願いし、閣老にお会いなさる前にこちらにお連れしてもらえぬだろうか？　父上が何やら内密にお耳に入れたいことがあるそうだ」

「木下様が？」

妖魔が絡んだ話ならば内密にする必要はない。

西原閣老にかかわることではないかと、夏野は緊張した。

「本来なら屋敷にお招きしたいところなのだが、そうすると公に許しが必要になる上、密談は難しい。近頃、父上への監視が厳しくてな。今日は坂東を八坂家に送ったから、これから更に警戒されるだろう」

「そんなことに……」

「頼む、夏野」

「真琴様、おやめください」

両手をついて深々と頭を下げた真琴に慌てながら、押し寄せる不安と夏野は戦った。

†

善は急げと、夏野から話を聞いた伊織は、早速翌日の夜を都合した。

市中を見物がてら、妻や友を労《ねぎら》いたいと八坂へ願い出て、八坂はこれを快く了承した。

朝餉を済ませたのち、夏野は小夜と蒼太と連れ立って、真琴が待つ五条橋の近くの茶屋へ、伊織と恭一郎は清修寮へと別れて向かった。

蒼太は恭一郎たちについて行きたがったが、行き先が清修寮では正体がばれる危険が伴う。ならば一人で街を探険したいと申し出るも、どこに西原の目が光っているやもしれなかった。伊織の伴として来ているからには、一人だけ勝手に動いてはならぬと恭一郎に諭されて、渋々夏野たちに同行することになった。

真琴の案内で、川沿いの小坂町と由良木町《ゆらぎちょう》の表店をぐるりと見て回った。由良木町の方が落ち着いた大店が多いが、どちらの町も売り買いの活気が賑々しい。人嫌いの蒼太だが、真琴も小夜も見知った者だ。初めのうちこそむすっとしていたものの、二人が買い与える甘い物につられて徐々に機嫌を直していった。茶屋で一休みして、八ツ過ぎには四条橋を渡り、中町に屋敷がある真琴とは橋の袂で別れた。

川の反対側を歩いて八坂家へ戻ると、夏野は紺地に萩《はぎ》が、小夜は黒地に藤が描かれた着物にそれぞれ着替えた。蒼太は深紺の袷《あわせ》に銀鼠《ぎんねず》の袴《はかま》と地味だが、八坂家が用意したものだけに織も仕立ても一級品だ。

七ツには恭一郎と伊織も帰宅し、それぞれ真新しい羽織袴に着替える。狩衣《かりぎぬ》を脱ぎ、羽織袴となって一刀を差した伊織は良家の侍といったところだ。夏野は反対に丸腰でなんとも落ち着かぬが、小夜付きの女中として女物の着物を着ている以上致し方ない。正装ではないものの、いつもより華やかな装いで、七ツ半という時刻に夏野たちは八坂家を出た。

昨晩真琴と会した徳乃屋は塀に囲まれている。門から少し入ったところにある帳場から続く廊下は広く、一階は大座敷、二階は小座敷で、どちらも静かでゆとりのある造りであった。老舗《しにせ》ではないが、それゆえに西原家とのしがらみはなく、主《あるじ》が真琴の祖母と同郷ということもあって、木下家が贔屓《ひいき》するようになったと聞いた。役目柄、密談に使われることは主も心得ているとのことである。

外した刀を右手に持った恭一郎が、番頭に「筧《かけい》様ご夫婦とその一行」の到着を告げると、番頭は速やかに夏野たちを二階の小座敷に通した。襖を外せば倍の広さになる続き部屋の一つである。

膳に箸をつけながら、半刻ほど夏野たちが、昼間見て来たばかりの市中の様子などを話していると、隣りの部屋へ客が到着した。

女中が出入りする気配が途絶えると、襖戸の向こうから声がかかった。

「樋口様」

恭一郎が開いた襖戸の向こうには、二人の男がおり、神妙な面持ちで平伏した。一人は初老で、もう一人は恭一郎たちよりやや若い男である。

初老の男——真琴の父親にして斎佳の元目付が面を上げる。細身で頭は半白髪、きりっとした所作に似合った厳めしい顔をしている。

「木下弘蔵でございます。後ろは婿の圭吾と申します」

この方が真琴様のお婿様……

七段の剣士にふさわしく、木下よりは雄々《おお》しい身体つきだ。顔かたちはともかく、木下が婿に望んだだけあって、自他共に甘えを許さぬような姿勢が木下に似ている。

伊織と恭一郎がそれぞれ名乗ると、木下は改めて頭を下げた。

「こちらからお呼び立てしましたのに、遅くなり申し訳ありませぬ」

「早くに着いたのはこちらの都合で、旨《うま》いものにありつけたので妻も喜んでおります」

木下に尾行者がいることを懸念して、先着しておこうと言ったのは伊織であった。夏野たちの方も徳乃屋への道のりに気を配っていたが、つけて来る者はいなかった。

「それは重畳。早速ですが、どうぞこちらへ……」

伊織と恭一郎が立ち上がる。

「黒川。おぬしも参れ」

理一位の威厳と共に伊織が言った。

己はてっきり小夜や蒼太と待たされると思っていた夏野は、驚いて伊織を見上げた。

「樋口様」と、恭一郎も確かめるように伊織を見たが、伊織は構わずに木下に言った。

「この者の名は黒川夏野。こう見えて、晃瑠の柿崎道場で六段を賜った強者《つわもの》です。三日前、笹目で二匹の狗鬼を討ち取りました」

二人の目が驚きに見開かれた。

「また、類稀《たぐいまれ》なる理術の才を持つ者でもあります。その才は私だけでなく、お亡くなりになった土屋様、斎佳にご滞在の本庄様にも認められております。本来ならば塾に通わせたいところなのですが、今はその時が惜しい。黒川は鷺沢同様、私の腹心なれば遠慮は無用に願います」

「氷頭《ひず》州司の妹御で、侃士号を持つ黒川殿のことは娘から聞いておりましたが……まさかそこまでの人物とは思わず――無礼いたしました」

目礼のみだったが、相手は元目付だ。夏野は恐縮して頭を下げた。

「蒼太、小夜殿を頼むぞ」

小夜と二人で部屋に残される蒼太は不満を露《あら》わにしたが、元服した少年ならともかく、明らかに子供の蒼太の同席を木下に納得させるのは難しい。

対して夏野は己が、多少なりとも「大人」だと認められたような気がした。州司の妹だと、伊織が口にしなかったことも、己自身が評価された証だと思って嬉しくなる。二部屋の間の襖戸を閉めると、夏野は恭一郎と同じく、伊織の斜め後ろに座って控えた。

「早速ですが、閣老とご対面される前に、是非ともお耳に入れておきたいことがあって参りました」

「西原利勝――閣老その人のことですか?」

伊織の方からその名を出した。

「流石、樋口様。お見通しでしたか」

「よからぬ噂を聞いただけです。閣老はどうやら、いくつかの両替商と密につながっているらしい、と。これらの者は、とても儲《もう》けになるとは思われぬ利息で、妖魔どもに襲われた町村へ貸付をしているそうです」

「両替商だけではございません。札差や大名家からも、米や護衛の侃士を融通させているようです。閣老が働きかけていることは間違いないのですが、全て『善意』の名のもとに行われており、残念ながら確たる証拠は押さえられておりませぬ」

「残念ながらということは、木下様は私同様、閣老の善意を疑っておられる？」

「はい」と、木下はきっぱり言った。

「それは何ゆえに？」

「閣老は――西原利勝は、一見穏やかな好人物ですが、心中に燃えたぎる野心を秘めた男です。あの男は、幼き頃から己が望んだほとんどのものを手に入れてきました。力ずくではありません。狡猾に少しずつ人の心に働きかけ、己を善だと信じ込ませるか、それとなく恩義を抱くよう仕向けるかして、私欲を満たしてきたのです」

利勝は四十路《よそじ》を越えたばかりで、政治家としても男としても脂の乗り切った年頃だ。閣老職を継いだのは十年前で、四都の閣老の中では一番若い。

「それらに証拠はあるのですか？」

「ありませぬ。ただ、姪の最期の言葉を母親が――私の姉が聞いております」

――私がいなくなれば全て収まります。あの男には今後一切かかわらぬよう……――

自ら毒を含み、そう言い残した木下の姪《めい》は、ちょうど十年前、利勝が跡目を継いだ直後に側室を打診され断っていた。

「姪には既に言い交わした者がいたので、側室などもっての外……しかし西原は未練がましく、しばらくあの手この手で姪を口説こうとしていたようです。表向きはさっぱりしたものだったので、当時の私にはあの男の未練が見抜けませんでした。――未練はやがて執念に変わり、私があの男の内なる危うさに気付いた時にはもう手遅れでした」

言葉巧みに、家族や婚約者の命や未来を盾に、姪に決断を迫ったのではないかというのが、木下の推測だった。

「証拠はありませぬ」と、木下は繰り返した。「ですが、疑ってかかると、これまでに幾人も西原の周りで不審な死を遂げた者、不慮の事故に遭《あ》った者が見えてきました……たとえば前閣老の嫡男だった直利《なおとし》殿」

夏野は知らなかったが、現閣老の利勝は次男で跡目を継いだようだ。

眼鏡を正しながら、伊織が言った。

「西原直利は十三歳で亡くなった筈です」

「はい。年子でしたので、利勝はまだ十二歳でした」

思わず息を吞み、傍らの恭一郎を横目に見やるも、恭一郎は姿勢を正したまま、じっと木下を見つめている。

「触らぬ神に祟《たた》りなし——私は十年、あの男の本性に触れるまいとしてきました。それが姪の最期の願いだったと己に言い聞かせ、ただ目をつむってきたのです。利勝は無能ではありません。政を預かる者としてはむしろ非常に有能です。実際、斎佳は利勝に代替わりしてから一層栄えて参りました。都人は利勝の才覚を高く買っております。政《まつりごと》の世で、多少の裏金が行き来するのはやむを得ません。西原家に限らず、身分に応じて私腹を肥やしている者のことは大老に報告済みです。両替商や札差《ふださし》、大名家への礼は西原家から出ていると思われます」

木下がちらりと圭吾を見やり、頷いた圭吾が話を引き継いだ。

「――実父の助けを得て、それらしい事由をもとにざっと斎佳の帳簿を検めてみましたが、怪しい支出は見受けられませんでした」

圭吾は斎佳の勘定奉行の次男であった。圭吾自身も算術に秀でていると、昼間に真琴が言っていたことを夏野は思い出した。

「帳簿から不審な点が見つからなかったことから、役人の中から、大っぴらに閣老を褒《ほ》め称《たた》える者が出始めました。これこそが閣老の狙いだったのではないかと思います。実父を始め、他の者を巻き込んで帳簿を検《あらた》める前に義父《ちち》に相談すればよかったのですが、功を焦った私の過ちでした」

「西原が身銭を切っているのは、世間を味方につけるためか……」

恭一郎のつぶやきに圭吾が頷いた。

両替商たちは貸し付ける際、ほんの二言三言、利勝を――西都閣老を称える言葉を口にするらしい。札差や侃士も同様だ。生き残った者たちは、利勝が融通した米を食し、斎佳から送られて来た警固の侃士を見る度に、西原家の慈悲深さに感謝しているのだろう。

「厄介なことに、このところ少しずつ西原家とはつながりのない者たちも同様のことをし始めました。つまり、閣老に敬服して……表向き、閣老のしていることはまったくの善行にしか見えませぬから」

「それは厄介だ」と、恭一郎が相槌《あいづち》を打つ。「国民にはありがたい話だろうが」

「私が気になることは二つ――一つは、閣老の息のかかった両替商の動きがあまりにも迅速であること。殊に筒井屋《つついや》という両替商は群を抜いており、氷頭州の立塚村《たてづかむら》にも、村が襲われた二日後に現れたとか」

「うむ」

「今一つは、閣老が役人たちとの酒の席で、必ずといっていいほど、大老を持ち上げ、己の祖先を――その昔、大老に成り代わった西原家の二十数年を卑下することです」

――大老のことだ。抜かりはなかろう。安良様の信頼篤い大老なれば、近いうちに、必ずや妖魔どもを退治してくださるであろう。その昔、うちには身の程知らずがいたようだが、大老に――神月家に任せておけば間違いない……――

恭一郎と伊織が見交わした。

利勝が安良に妖魔討伐を申し出たことを、役人たちは知らぬ。

「成程、狡猾《こうかつ》だな」と、恭一郎が苦笑した。「そのように言われては、他の者は、今度は閣老を持ち上げねばなるまい」

「そうなのです」と、忌々《いまいま》しげに圭吾が応えた。

――いやいや、閣老のなさっていることもなかなか真似《まね》できることではありません――

――国の助けだけでやっていくのは難しい。町村の復興は閣老の仁徳あってこそ――

――国ももう少し、なんとかしてくれればよいものを……――

「しかも全て酒の上の話だ」

「ええ。闇老は実に話し上手なのです。あからさまにではなく、本当に少しずつ、皆の酔い具合を見ながらこういった話を持ち出すのです。それで私もしばらく、それが闇老の本心なのかと感心したほどでした。しかし今なら判ります」

……闇老の言葉は、自分の欲望の裏返しだ。

つまり闇老は――西原利勝は、再び西原家が大老職に就くことを望んでいる――

稲盛もまた、安良に成り代わるつもりでいる。

二人して国を牛耳ろうというのか……

夏野が己なりに考えを巡らせている間に、木下が言った。

「私の申し言に、私怨が混じっているのは承知の上でございます。もっと早くに気付いてしかるべきことでした。知って尚、事なかれにこの十年を過ごしたことが悔やまれます。圭吾にも委細を話しておくべきでしたし、隠居した身でこうしてしゃしゃり出てきたことも恥じております。しかし――しかし此度のことはとても看過できませぬ。既にあまりにも多くの犠牲が出ております。もしも……」

もしも西原が、稲盛や妖魔とつながっているのなら――

「木下様」

やや声が高くなった木下を、伊織が落ち着いた声で遮った。

「そうまで申されるなら、是非とも私に助力していただきとうございます」

「なんなりとお申し付けくださ い。そのためにご足労いただいたのです」

「鹿島正佑」

囁《ささや》くように伊織がその名を告げた。

「鹿島……理二位ですか？」

元目付だけに、西都の要人の名はそらんじているらしい。

「ええ」

「鹿島の主家は西原――まさか、鹿島が妖魔と」

「そのまさかだと、私どもは思っております」

木下だけでなく、圭吾の顔にも緊張が走った。

伊織が続けた。

「私が斎佳で費やせる時は限られております。御屋敷へは八日後に参ります。それまでに少しでもこちらの手札を増やしておきたいのです」

「かしこまりました」

木下が応える前に圭吾が両手をついた。

「鹿島理二位のこと、私の手でできる限り探りを入れまする」

「相手は理術師だ。細心の注意をもって当たっていただきたい」

「はっ。先走ってしくじらぬよう、義父に相談しながら進めとうございます。――義父上、どうか手筈をご教示くださいますよう……」

伊織に一礼してから、木下にも頭を下げる。

——圭吾は——婿殿は実にできた男でな——

真琴の台詞《せりふ》を思い出しながら改めて夏野が安堵《あんど》する傍ら、顔を和らげて伊織が言った。

「頼もしい婿殿ですな。木下様、娘御のご良縁、今更ながらおめでとうございます」

「理一位様より祝辞をいただくとは、大変恐縮でございます」

さりげなく婿を褒められたのが嬉しかったのか、ほんの僅《わず》かだが目元口元を緩ませて木下が頭を下げた。

木下たちから更に斎佳の政や経済の内情を聞き出すうちに、半刻が過ぎた。つなぎは真琴と夏野を介してつけることにして、夏野たちは隣りの部屋へ戻る。

——役者には劣るが美男には違いなく、頭も切れる——

昨年、馨への叶《かな》わぬ想いを抱きながら、己に言い聞かせるように真琴はそう言った。

圭吾様が真琴様へ仰ったように、一朝一夕には難しくとも、縁あって夫婦《めおと》になったからには、真琴様には幸せになってもらいたい……と、夏野は願った。

それに、圭吾様は確かに真木殿より整ったお顔だし、算術を始め学問にも秀でておられるらしい。剣の腕は真木殿には劣るやもしれぬが、それでも七段。文武両道の上、目付として仕官されているのだから、充分ではないか——

密談を終えて、少しばかり気の緩んだ夏野がそんなことを考えていると、ふと由岐彦の姿が頭をよぎった。

由岐彦こそ、役者に劣らぬ美男で、東都で州司代を務めながら御前仕合で上位を争うという、申し分ない文武両道の武士である。

「充分」などと、私はなんと思い上がったことを……

話しかけてくる小夜へ相槌を打ちながら、己の短慮を夏野は恥じた。

目を落とすと、どうしたことか、切なさが胸へこみ上げてくる。

私は――真琴様とは違う。

私には剣に生き、剣に死す覚悟がある。

……由岐彦殿は、私が剣術や学問を嗜んでも一向に構わぬと仰ってくれている。

その言葉に嘘はあるまいと信じているのに、由岐彦の想いに応えられぬのは、己の剣士としての覚悟ゆえだと思っていた。

だが本当に、それだけだろうか……？

「蒼太、起きろ。狸寝入り《たぬきねい》りはよせ」

恭一郎の声に夏野は顔を上げた。小夜と二人きりで残された蒼太は、夏野たちの密談中に膳を平らげ、ふて寝していたようだ。

「蒼太、おい、起きぬか」

笑いながら恭一郎が肩を揺らすと、口を尖らせ起き上がる。

隣りの部屋から、木下たちが出て行く気配がした。

婿を連れて、行きつけの店で一杯やった――

尾行者がいたとして、そう思い込ませることができればしめたものだ。

「折角、木下様が馳走《ちそう》してくださるのだ。帰る前に、もう一本飲んでゆこうではないか」

恭一郎が言うのへ、「よいな」と、伊織が微笑んだ。

「では夏野様、私たちはお茶と水菓子でもいただきましょうか？」

「ぷと」

「うん？　ここの水菓子は葡萄《ぶどう》なのか？　相変わらずお前は鼻が利くな――」

言いかけて、恭一郎も膳の上の空の小鉢に気付いたようだ。

どうやら待っている間に出された葡萄は、夏野たちの分も蒼太が平らげたらしい。

「その……」

小夜が苦笑を漏らした。

「ぷと。もと、くう」

「判った。今頼んでやるゆえ……」

小夜につられて笑った恭一郎が、立ち上がって仲居を呼んだ。

第五章
Chapter 5

「何用だ？」

名を名乗れ――

誰何《すいか》しようとして恭一郎は、男の正体に気付いた。

「なんだ。八郎《はちろう》か」

「八郎でさ」と、前歯を覗《のぞ》かせながら八郎が笑った。

「朝からうろちょろうるさいぞ」

「すいやせん。どうも声をかけづらくて……」

少し離れた往来に佇《たたず》む狩衣《かりぎぬ》姿の伊織を盗み見て、八郎が言った。

神職に就く者の他、理術師《りじゅつし》や都師《みやこし》も狩衣を正装としている。一見して伊織を理一位だと見破る者はまずいないだろうが、それなりの身分だということは明らかで、往来を行く町民はどことなく尊意をもって伊織を見やる。

伊織は朝のうちに清修寮を訪ね、昼を過ぎた今から、茶会という名目の「公務」に出向くところだ。恭一郎には退屈極まりない一日だが、行き帰りの護衛が己の役目である。

「それもそうか」

「へえ、そうなんで」

「……何用だ？」

「そのぅ……親父《おやじ》が、ちと会えねぇかと」

「親父がか」

「親父がでさ」

「息災らしいな」

「憎まれっ子、世にはばかるっていいやすからね……」

にやりとした八郎に、恭一郎も笑みを返した。

「俺《おれ》の一存では決められん。ちと伺ってくるゆえ、ここで待て」

「へえ」

大人しく道の端に控えた八郎を背中に、恭一郎は伊織のもとへ戻る。

「重十の遣《つか》いか？」

「なんだ、知っていたのか？」

「お前に会いたがる『親父』は、斎佳にそう何人もおらぬだろう」

「聞こえていたのか。地獄耳だな」

「聞こえてはおらぬが、見えたのでな」

そういえば、伊織は読唇術にも長《た》けていたかと、思い出した。

「なんなら俺の伴《とも》は馨に頼めばよい」

「持ち上げずとも行ってよいぞ。明日、俺が寮に行っている間はどうだ？　なんなら俺の伴《とも》は馨に頼めばよい」

「流石《さすが》伊織。話が早い」

「うむ」

頷《うなず》いて八郎の方へ踵《きびす》を返す。

「親父には早いやもしれんが、明日、四ツから八ツの間でどうだ？」

「ようございます。旦那《だんな》の役目は親父も心得ておりやすし、もともと年寄りは朝が早いすからね」

悪びれもせず言う八郎に、恭一郎は苦笑した。

恭一郎が斎佳から晃瑠へ戻って五年が経《た》つ。恭一郎が斎佳を出た時、八郎は十九歳だったから、今でもまだ二十四歳の若造だ。八郎は「鷹目の重十」の八男で、末っ子だからか跡目の一郎《いちろう》にも重十にも可愛《かわい》がられていた。昔から遣い走りばかりさせられていたが、自他共に裏稼業を生き抜く力量はとてもないと認めている。

「少しは仕事を任せてもらえるようになったか？」

「とんでもねぇ。相変わらず遣い走りでさ」

その代わりといってはなんだが、裏稼業に染まり切っていない分、他の者にはない明るさが八郎にはあった。

「そうか」

「そうなんでさ。……ところで、場所はどうしやしょう？　旦那が所望するなら昼商売も都合できやすが――」

　天本は夜だけだが、昼も客を取る花街もある。

「そいつは残念だが、遠慮しておこう」

「へへ、聞きやしたぜ、天本でのこと……」

「――七条橋はどうだ？」

　七条橋の東の袂《たもと》には、重十の息のかかった船宿がある。

「七条橋っすね。かしこまって候《そうろう》――」

　おどけて笑うと、八郎はすっと身を引いて、あっという間に道行く者に紛れて行った。

　再び戻って来た恭一郎へ伊織が問うた。

「七条橋にもそのような場所があったか？」

　昼商売、七条橋、と八郎が言ったのを「読んだ」らしい。

「誤解だ。あそこにあるのは船宿だけだ」

　応《こた》えてから、恭一郎はにやりとした。

「そういうところなら、俺にもいくつか心当たりがある。お前が望むなら、いつでも案内するが……」

「莫迦《ばか》を言うな」

　言い捨てて伊織は歩き出した。

「莫迦を言ったつもりはないぞ？　お前とて昔は共に遊んだではないか」

「お前や馨ほどではない。それに、それは独り身の時の話だ」

「妻がいても遊ぶ者はいるさ。独り身の時を思い出してみろ」

「お前こそ妻帯していた時を思い出せ。後妻がいるなら俺にも少しは心当たりがあるぞ」

言ってから、伊織は足を止めた。

「すまん」

「何故《なぜ》謝る？」

「余計なことを言ったからだ」

「先に言ったのは俺さ……確かに奏枝がいた時は、外で遊ぶことなぞ考えもしなかった」

ばつの悪い顔をした伊織へ顎《あご》をしゃくり、再び連れ立って歩き出す。

「……それにしても、お前に女の心当たりなどあるのか？」

「役人やら都師やらの娘だが」

「そいつはどうせ、お前目当ての縁談だろう」

伊織が妻帯したことはあまり知られていない。よって、役人の中にはいまだつてを頼りに縁談を持ち込む者がいると聞いていた。

「そうだが、心当たりには違いない」

しれっと言う伊織に恭一郎は噴き出した。

「こいつめ……大体、役人やら都師やらの娘が長屋に嫁いでくるものか。それに俺には蒼太がおる。女は遊びで充分だ」

「そうだな」と、伊織は頷いた。「もとより、並の女にお前の妻は務まらぬ」

「判《わか》っておるではないか」

応えながら恭一郎は亡妻を思い出した。

奏枝が生きていれば……。

蒼太と同じ山幽《さんゆう》の奏枝なら、俺が死したのちも蒼太を見守ってくれたろうに――

那岐《なぎ》州の、奏枝と暮らした山奥の家が思い出された。

――剣の稽古《けいこ》をしながら、畑を耕し、狩りをする。多少は蒼太も力仕事を手伝ってくれようし、もしも望むなら、剣や弓も教えてやれる。

日暮れに二人して家に戻ると、奏枝が笑顔で迎えてくれる。時には人里に下り、奏枝に小間物か着物を、蒼太には饅頭《まんじゆう》でも土産《みやげ》にできれば……

ふと思い描いた光景は、次の瞬間、血にまみれた。

荒らされた家と、土間を塗り尽くした大量の血痕《けっこん》。

……奏枝は死んだのだ。

束《つか》の間《ま》でも、莫迦な夢を見たものだと、恭一郎は内心自嘲《じちょう》した。

奏枝が生きていれば、おそらくは実子と共に、己はいまだあの家で暮らしていただろう。

しかしそれが過去の願望に過ぎないことを、恭一郎は知っていた。

――死した者は戻らず、過去は変わらぬ。

そもそも奏枝の死が、恭一郎を蒼太へ導いたといっても過言ではない。

俺は、今あるものを護《まも》るだけだ……

稲盛や鴉猿《あざる》、西原家のことなど、片付けねばならぬことは山積しているが、事が落着したら、蒼太と共に晃瑠を出ようと恭一郎は考えていた。

奏枝と暮らした家は、結界の外ゆえに今も空家のままと思われるが、あの家に戻るつもりはなかった。

西もいいが、やはり南か。

蒼太は寒がりで、如月《きさらぎ》まで綿入れを羽織り、炬燵《こたつ》に張り付いていた。

若いうちにあちこち放浪した恭一郎だが、知らぬ土地はまだたくさんある。都外でのんびり暮らす未来を思うと、やや気持ちが晴れてきた。

「おい、伊織」

「なんだ?」

「早く稲盛をなんとかしてくれ」

愁眉《しゅうび》と共に伊織が呆《あき》れた声を出す。

「できるものならとっくにしておる。これが近道だと思うからこそ、こうして斎佳まで来たのではないか」

「茶会に出るのも近道か?」

「そうだ。俺は俺のすべきことをなす。つべこべ言わずに、お前もお前のすべきことをやれ。――それはそうと、お前、茶の湯は心得ておろうな？」

幼い頃《ころ》に母親から仕込まれてはいるが、恭一郎が実際に茶席についたことは数えるほどしかない。

「茶会なぞ退屈なだけだ。俺は控えの間で待つゆえ……」

「なんのための用心棒だ？　それに、退屈なのは俺とて同じだ」

つまり、恭一郎を道連れにしようというのである。

「ひどいぞ、伊織」

「そうか？　返せる時に借りを返しておきたかろうと思ってな……」

役目より前に、天本での借りが恭一郎にはあった。

微笑する伊織を小さく睨《にら》みつけてから、仕方なく恭一郎は茶の湯の作法を反芻《はんすう》し始めた。

†

朝のうちに坂東が現れ、夏野と少し話して帰った。

どうやら「まこと」の具合が悪いらしい。

「昨日、おとといと、張り切り過ぎたのだろうと坂東殿が仰《おつしや》っていた」

夏野に再会できたのが余程嬉《うれ》しかったのか、真琴は二日続けて斎佳を案内してくれた。

装いこそ夏野たちに合わせて地味な着物にしていたものの、そのはしゃぎようと、身なりに似合わぬ金払いのよさで、これはどこぞの姫君のお忍びだろうと、店主たちも察した様子であった。

るのだ――

――姦《かしま》しいという字は三つの女からなっている。つまり、女三人分の騒がしさを意味す

そう「きょう」が教えてくれたが……

普通の「おんな」とは少し違う夏野と、控えめな小夜、「おんな」にしては堂々とした真琴の三人は、道行く他の三人組に比べれば大人しいものだった。

ただでさえ晃瑠より物売りの声がうるさい斎佳の大路で、店先に群がる女たちの騒々しいこと極まりない。

「かしましい」……

昨日、人混みと騒音が混じり合う中、頰《ほお》を膨らませて耐えていると、小夜が飴《あめ》を一袋買ってくれた。白くて、何やらつんとした匂《にお》いに躊躇《ためら》った蒼太へ、小夜が微笑《ほほえ》んだ。

――薄荷《はっか》ですよ。甘くてすぅっとするから、騙《だま》されたと思って食べてごらんなさい――

もう一度匂いを嗅《か》いでから、思い切って口にしてみると、小夜の言う通りすぅっと口と鼻を爽《さわ》やかな味わいが抜けていく。舐《な》めていると人混みの息苦しさが軽減するようで、大路を行く間、蒼太は一つ、また一つと薄荷飴を取り出しては舐めた。

真琴も男一人の蒼太を気遣い、前日と同じく、饅頭やら干菓子やらを買い与えてくれた。大きめの紙にたっぷり包まれた干菓子は一日経った今もまだ半分ほど残っており、朝餉《あさげ》を済ませた蒼太がつまんでいるところへ、坂東が訪ねて来たのだった。

「小夜殿も、今日は八坂様の奥方様とゆっくりしたいとのことだ。――私たちはどうしよ

うか？　屋敷で一日過ごすよりは、外の方がまだ気が紛れると思うのだが……」

「ん」

夏野も家でじっとしているよりは、身体《からだ》を動かしている方が性に合っているようだ。

表へ出るのに否やはないが、盛り場を行くのはごめんだった。

「じじゃ……」

「そうだな、神社参りにゆこうか」

「ん」

守り袋に護られているとはいえ、一際強い術で護られている神社を、初めの頃蒼太は敬遠していた。しかし、晃瑠の志伊《しい》神社に手習いに行くうちに、町中よりもむしろ神社にいる方が心地良く時を過ごせるようになっていった。

都の中でも外でも、神社には強い気を放つ御神体が祀《まつ》られている。それは安良の持つ気に酷似していた。

恭一郎に出会う前は、結界同様、ただ恐ろしいだけの神社だったが、守り袋を身につけ、都で人の振りを続けてみて蒼太は気付いた。

恐怖ではなく、畏怖《いふ》。

揺るぎない安良の気は恐ろしいが、同時にどこか温かく、心休まるものであった。

絵図を広げて、蒼太と夏野は北西にある双見《ふたみ》神社と、南西にある梨子《なしこ》神社の二つを訪ねることにした。

その旨を恭一郎へ告げると、恭一郎は財布を探り、一文銭と四文銭を全《すべ》て蒼太の手に載せた。

「小遣いだ。数えてみると百文とちょっとある。飯のかかりは別途、黒川殿へ渡しておくゆえ」

「ん」

「大人しくしておれよ？」

己の正体が知れれば、恭一郎の身にも危険が及ぶことは承知している。

「わかて、う」

「うむ」

恭一郎は微笑んだが、どうも近頃子供扱いされてばかりの蒼太は面白くない。

ぷいと踵を返して、蒼太は夏野が待つ玄関先へ向かった。

†

恭一郎が七条橋の船宿に着くと、「鷹目の重十」は既に部屋で一杯やっていた。

といっても、酒ではなく茶である。

恭一郎の知る重十は下戸《げこ》ではなく、どちらかというと飲む方だったが、今はどうだか判らない。香具師《やし》の元締めだけあって懐は豊かだから、茶も至極上等なもので、かぐわしい茶の香りが襖戸《ふすまど》を開いた恭一郎の鼻をくすぐった。

「無沙汰《ぶさた》をしております」

「よう来たな、鷺沢」

微《かす》かに目を細めると、顎をしゃくって、重十は恭一郎に座るよう促した。

「役目の合間にすまんな」

「今日は真木に任せてきました」

伊織の護衛は昨晩のうちに真木家に行って、馨に頼んで来た。重十に会うと言うと馨は渋面を作ったが、重十は斎佳の表にも裏にも精通している。世情を得るためだと告げると納得してくれた。実際、懐かしさよりも、重十のような男が今の政《まつりごと》をどう思っているか知りたかったし、だからこそ伊織もあっさり容認してくれたのだろう。

「そうか。真木に頼んだのか。親父のことは気の毒だが、あの兄なら安心だろう。儂《わし》のところに行くと、真木に言ったか？」

「ええ」

「真木は臍《へそ》を曲げたろう？」

「はい」

恭一郎が応えると、重十は声を上げて笑った。

「儂がまた、お前を悪さに誘うとでも思ったんだろう」

「そんなに信用ならんのかと、私が臍を曲げましたよ」

重十にそのつもりはなく、恭一郎にも応じるつもりがない。ただ、いまだ篤い馨の友情が恭一郎たちを微笑ませた。

「酒を持たせよう」

「それより、その茶を相伴させていただけるとありがたいのですが」

「そうか。これは長見州《ながみ》から取り寄せた銘茶だ。旨《うま》いぞ」

嬉しげに言って空いている茶碗《ちゃわん》を取ると、重十は手ずから恭一郎へ茶を淹《い》れた。

「もう一度お前の顔を見たかったのは本心だが、そのためだけに呼んだのではない」

「でしょうな」

「西原のことだが……」

重十もやはり、西都の政を憂える一人であった。

「もとより儂はやつが気に入らなんだが、近頃目に余って仕方ない」

重十は、恭一郎が斎佳にいた頃も、何かと西原への不満を口にしていた。「善人ぶっているのが気に障る」と事あるごとに言っていたが、木下の話を聞いた今となっては、重十の勘の鋭さに感心する。

「お前がいなくなって三年ほどして――つまり、二年ほど前から、儂ら裏稼業に対する締め付けが緩くなった」

恭一郎が黙っていると、重十がにやりとした。

「儂らにはいいことだと思うだろう？　だが、油断したやつらが次々と捕まっている。西原が悪党と手を組んだ証《あかし》さ。そいつらの利になるよう政を都合してやり、そいつらのたれこみをもとに敵を片付けてやる。愚民どもは喜んどるが、頭のいい商人たちは気付き始めている」

「持ちつ持たれつですからな」

堅気の者も、都で暮らすからには、大なり小なり、知る知らぬにかかわらず、重十のような者にかかわっている。町民よりも、商人たちの方がそういったことに鼻が利いた。

荒事だけが裏稼業ではない。重十は表向きは「香具師の元締め」だが、屋台や妓楼《ぎろう》、煙草屋《たばこや》、居酒屋、船宿などの経営から振り売りの采配まで手広くやっている。よって、もしも重十が捕まれば、やくざ者がいなくなったと喜ぶ者と同時に、行きつけや得意先を失って困る者も出てくる筈だ。

「清濁併《あわ》せ呑《の》まねば政はうまくゆかんが、濁りを呑み過ぎるのは上に立つ者としてよろしくねぇ。八二くらいがちょうどいいと儂は思うが、西原は七三――いや六四か」

重十は笑ったが、事は深刻だ。

「西原の誤算は小坂町の筒井屋だ。西原と親しい両替屋は三軒だが、筒井屋は変な色気を出して、他の二軒を出し抜こうとしたんだろう」

「貸し付けの申し出が早過ぎると、ちらほら噂《うわさ》を聞きました」

「噂になるようじゃ終わりだ。今頃筒井屋は震え上がっているだろう。咎《とが》めを受けて、今は大人しくしているが後の祭りだ。こうしてお前や――理一位《りいちい》様のお耳に入っているからには、西原は何か手を打たねばなるまい。あの男は儂より手下の過ちに厳しく、ずっとせっかちだ。御上《おかみ》の目を誤魔化したのちに、必ず筒井屋に報復するぞ。その時に何か弱みになるものでも拾えんかと、筒井屋を見張らせてある」

「それは……私どもに助力していただけるということですか？」

「西原が気に食わんだけさ」

そう言って重十は、淹れ直した茶で喉《のど》を湿らせた。

「商人とて、都がすっかり西原のものになったら、今度は西原を立てるしかなくなる。儂は道を外したやくざ者で、やくざ者は御上と反りが合わねぇのが世の常だが、御上もここらでなんとかしねぇと、西原に国を乗っ取られちまうぞ」

「心遣い、大老に代わって感謝いたします」

「つまらねぇ口を利くようになりやがって……」と、重十は苦笑した。

「恐れ入ります」と、恭一郎もにやりとする。

「ついでに言っとくが、西原はこの三月《みつき》ほどに、五、六人の遣いを貴沙《きさ》に送っている。維《い》那《な》の閣老は神月家の縁故だから、まずは貴沙から落とそうって肚《はら》なんだろう」

「成程《なるほど》。重ね重ね……」

「礼なら真木に言え。——あの男、一郎を通して儂に会えぬか問うてきた」

馨は恭一郎たちとは別に、市中を歩いて西原家や鹿島家を探っている。

「そうでしたか」

「天本での一件もあったから、しばしとはいえお前が斎佳に戻っていることは知っていたが、放《ほう》っておくつもりだった。だが、西原のこととなると話は別だ。ただ、儂が八郎をお前に直《じか》に送ったのは、真木には見込み違いだったろう」

渋々だったが、深く問わずに送り出したのは、己への信頼の証か。

改めて馨に感謝の念が湧いたが、同時に自暴自棄だった若い自分が情けなくもある。

「鷺沢、お前はまた強くなったようだな？」

「判りますか？」

昨年暮れに伊織の護衛をするようになってから、高利貸の榊清兵衛《さかきせいべえ》のもとで取立人をしていた時よりも稽古に費す時が増えた。山名村での一件以来、妖魔《ようま》たちとやり合ってはいないものの、伊織について都外に出る度に剣士として気持ちが引き締まる。

また、蒼太ではないが、恭一郎もある種の開放感を都外で得ていた。

建造物の少ない田舎《いなか》で、抜き身で稽古をしていると、刀を通して大きな力が伝わってくる。刀としての切れ味もさることながら、自然の波動に呼応することで遣い手を――己をより自由に、しなやかに動けるように、刀が導いてくれるような気がするのだ。

伊織に言わせれば、そういった力こそが理術に通じるものであり、八辻九生《やつじきゅうせい》という名刀や恭一郎自身の本領らしい。

「判るさ。いい顔をしている」

「親父殿の世話になっていた頃は、酒しか飲んでませんでしたからね」

「顔色だけじゃない。殺気がなくなった」

「でなきゃ堅気でやっていけません。今は息子もおりますし……」

「そういうやつの方が怖いもんだ」

にやりとして重十は顎を撫《な》でた。

「御上の役目で腐ってねぇかと思ったが、違ったな。安心した。——にしても、お前が父親か……息子はどうだ？　可愛いだろう？」

「ええ」

「あん時も、子供が手元にいれば違ったかもしれねぇな……」

「ええ……」

奏枝が死した時、子供だけでも助かっていれば、己は斎佳ではなく、あの家に戻っていただろう。

しかし蒼太と暮らすようになってから、そうした考えはめっきり減った。

蒼太は「我が子」だと思っているが、死した赤子の——己の本当の子供の——身代わりだとは思っていない。

「もう、過ぎたことです」

奏枝を想《おも》うと、いまだ胸は締め付けられる。

それでも——妖魔とは違う、人の短い命の中でも——時は確実に流れていき、過去は遠ざかるばかりなのだ。

「そうさな。儂もお前も、今あるものを護るしかねぇ」

数百からの手下を持つ重十だ。過去に亡くした「身内」は、一人や二人ではあるまい。

頷く恭一郎の茶碗に淹れ直した茶を注《つ》ぐと、重十はからかい口調になった。

「それはそうと、咲静《さきしずか》を覚えておるか？」

「無論、覚えておりますよ」と、恭一郎は苦笑を浮かべた。

咲静は天本の遊女で、恭一郎の馴染《なじ》みだった。

己より二つ年下で、馴染みになった時、咲静はちょうど二十歳《はたち》だった。ほどなくして奏枝に再会したため会わなくなったが、奏枝の死後、斎佳へ戻って来た時もまだ天本にいて、再び馴染みとなった。落籍《ひか》されることなく、二十七歳で年季が明けて出て行ったと、先日顔見知りの番頭から聞いていた。

「梨子神社の裏に、小日向庵《こひなたあん》という手習指南所を兼ねた養育館がある。咲静は今、そこで働いとるぞ」

「そうでしたか。よかった」

年季を無事に終えられる遊女は少なく、明けて郷里に戻る者は更に僅《わず》かだ。咲静の郷里を恭一郎は知らぬが、年季が明けても苦労する遊女が多い中、斎佳で無事に暮らしているいると知ってほっとした。

「しかし何ゆえ、親父殿がそれを私に？」

「知りたかったのではないか？　天本で騒ぎを起こす前に、番頭に訊《たず》ねたろう？」

「筒抜けか……少し気になったまでです」

「男の性《さが》だ。もっとも女に言わせりゃ、男のつまらん見栄《みえ》らしいが」

高笑いした重十としばし想い出話を語り合ったのち、恭一郎は船宿を後にした。

九ツ半といった時刻で、まだ陽《ひ》は高い。

七条橋を渡り、西の袂近くで蕎麦《そば》を手繰った。

長瀬川を少し北へ上がり、月越堀川《つきこしほりかわ》沿いを行けば世話になっている八坂家はすぐだが、蕎麦代を置いた恭一郎は七条大路を西へ歩き始めた。

重十が言っていた梨子神社は、七条大路と水主《みずし》大路《おおじ》が交わる南西にある。恭一郎の足なら、四半刻《しはんとき》ほどの道のりだった。

†

「いさ……」

「伊紗？」

驚いた夏野が訊《き》き返すうちに、蒼太が駆け出して行った。

急ぎ後を追ったものの、一町ほど走ってから蒼太が足を止めたのは、六条大路沿いの織《せん》月堂《げつどう》という菓子屋の前だ。

間口二間の店の前に、二十人からの列ができている。

「いさ、よい」

「十六夜《いざよい》か……」

斎佳に着いた当日に、小夜が出してくれた蒸し菓子の名が「十六夜」だった。黄色く丸いそれは、蒼太の両手に余るほど大きく、十六夜という名にふさわしい。

伊紗がいるのかと思ってついて来た夏野はがっかりしたが、人嫌いの蒼太が列を窺《うかが》うのを見て微笑んだ。

「どれ、私たちも並ぼうか？」

「ん」

店の奥からは甘い匂いが漂ってきて、並ぶ者が期待の眼差《まなざ》しを向ける。

「蒸し立て〜。蒸し立てでござ〜い」

手代が声を上げ、少しずつ列が前に進んだ。

「なな、じゅも……」

ひょいと前を見やった蒼太が顔を曇らせる。懐《ふところ》から巾着《きんちゃく》を取り出して、蒼太は小銭を数え始めた。

四文銭が八枚と一文銭が五枚、計三十七文である。

朝のうちに蒼太は恭一郎から百文余り小遣いをもらっていたが、双見神社へ向かうまでの五条大路でまず饅頭を、久金大路沿いで団子を、そして双見神社前で軽く握り飯を食べたのちに、また饅頭を買い食いしていた。

七十文とは饅頭一つに破格の値段だ。だが、十六夜の大きさや、卵と砂糖がたっぷり使われていることを考えればけして高いとはいえなかった。

黙り込んだ蒼太の肩にそっと触れ、夏野は言った。

「残りは私が出そう」

夏野は別途、飯代や船賃にと恭一郎から一朱をもらっていた。今のところ握り飯代しかかかっておらぬから、残金はたっぷりある。「甘やかさぬように」と、恭一郎に言われているが、明らかにしょんぼりしている蒼太につい助け船を出したくなった。

「……はん、ぶ、こ」

「よいよい。先ほど握り飯を食べたばかりだ」

言ってから、それでは今度は恭一郎に申し開きできぬと、夏野は慌てて付け足した。

「そうだな。折角だから、一口相伴させてくれ」

「ん」

嬉しげに頷いた蒼太の手に、四文銭を九枚渡すと、蒼太は律儀に一文銭を三枚返した。

一回に限られた数しか蒸せぬ上に、一人でいくつも買って行く者がいて、夏野たちは四半刻近く待たされた。

他の行列なら、蒼太は小莫迦にして通り過ぎただろうが、甘い物となると話は別だ。それに、余程この菓子が気に入ったらしい――

銭を握り締め、今か今かと前を窺う蒼太が可笑《おか》しかった。

ようやく夏野たちの番が回ってきて、おずおず蒼太が手代に金を差し出すと、引き換えに紐《ひも》でくくられ、十字に重ねた竹皮に包まった饅頭を渡された。

「蒸し立てで、まだ熱うございます」

竹皮の合間から、ほかほかした甘い香りが漏れてくる。待ちきれぬといった様子で、提《ちょう》灯《ちん》のように手に提げた包みを蒼太は足を緩めては確かめている。

梨子神社で参拝を済ませ、夏野たちは境内《けいだい》の隅に腰を下ろした。

紅葉にはまだ早いが、残暑も去り、気持ちのいい昼下がりである。

包みを開いて、ほどよく冷めた十六夜に蒼太がかぶりついた。

と、思いきや、慌ててまだ口をつけていない反対側を夏野に差し出す。

「これは旨そうだ」

手を伸ばして一口分千切ると、まだ温かいそれを夏野も口へ運ぶ。蒸し立てだけあって、先日食べた物よりも柔らかく、卵の味が引き立っている。

「うむ。旨い」

「うま、い」

蒼太も言うと、再び十六夜を口にする。

己よりも小さい身体で、よくもそんなに食べられるものだと、半ば呆れて見やってから、夏野は辺りを見回した。

各都にある神社は都を護る術の支柱であると共に、冠婚葬祭や人別管理を取り仕切ったり、指南所を設けて国民の教育に務めたりしている。斎佳の四大神社の一つとあって、梨子神社にも社務所の隣りに大きめの建造物があり、子供から大人まで様々な身分の者が出入りしていた。

都の喧騒《けんそう》から離れた境内で青空を見上げていると、この十日ばかりの出来事が嘘《うそ》のように思えた。

まことに嘘であればよかったのだが……

愁いを忘れたのも束の間、こうしている間にも稲盛は着々と次の襲撃の手筈《てはず》を整えているのだろうと暗澹《あんたん》とする。

葉双では、永尾《ながお》と宮沢《みやざわ》の初七日を終えたばかりだ。岡田《おかだ》や信児《しんじ》を始めとする道場の者は、一度に二人——いや、足を失《な》くした近江《おうみ》も含め三人の剣士を失ったことを嘆いているに違いなかった。

近江の容態を案じていると、笹目で妻子を庇《かば》った男や、腕を食い千切られた剣士のことなども次々と思い出される。

あの夜、夏野たちは夜半に宿屋に戻ったが、町は混乱を極めたままだった。もとより夏野たちの他、敵の数も、妖魔たちが黒耀《や》に殺られたことも皆知らぬ。下手に目立ってはならぬと、返り血を浴びて帰って来た夏野は、番頭に問われて「狗鬼《こうき》を斬りつけはしたものの、仕留めるには至らなかった」と誤魔化した。

襲撃を受けてから、まだ四日だ。

笹目はいまだ落ち着いておらぬだろう。

笹目だけではない。氷頭州立塚村が襲われたのは、笹目の襲撃のほんの六日前だ。これまではせいぜい月に一、二度だったのに、この十日間で稲盛は二度人里を襲っていた。たまたま重なったとは考え難い。

こうも頻繁に襲われては、人々の不安と恐怖は高まるばかりだ。そう思うと、のんびり斎佳を見物している暇はないと夏野は気が咎《とが》めた。

黙々と十六夜を食《は》んでいた蒼太が、ふと顔を上げた。

「きょう……」

「鷺沢殿?」

蒼太が見やった方を目で追うと、鳥居の向こうを、一人で歩いて行く恭一郎が見えた。

四分の一ほど残っていた十六夜を、蒼太は急ぎ竹皮に包み直して懐に入れた。

「きょう」

「蒼太、待て」

立ち上がって走り出そうとした蒼太の腕を、とっさにつかんだ。

「お役目の途中やもしれぬ」

今日は伊織の伴を馨に任せ、斎佳の知己に会って都の世情を探って来ると聞いていた。

「お役目の邪魔にならぬよう……」

「わかて、う」

ぷっと、蒼太が頰を膨らませる。

邪魔という言葉と、子供扱いされているのが気に入らぬのだ。

蒼太の苛立《いらだ》ちが夏野にはよく判る。

弟の螢太朗《けいたろう》が殺されたことを、夏野は長いこと知らなかった。母親のいすゞや兄の義忠《よしただ》が「子供だった」己を慮《おもんぱか》ってのことであったが、せめて侃士号《かんしごう》を得た時に——一人前の剣士になった時に――教えて欲しかったと、今でも恨めしい気持ちがある。

生まれた時から己を知っている親兄弟はまだ諦《あきら》めがつくが、どうやら恭一郎には、「子供」として蒼太と一括《ひとくく》りにされているようなのが、夏野にはなんとももどかしい。

この一年で、伊織や小夜、馨にさえ、「一人前」に向き合ってもらえるようになったというのに、恭一郎にはいまだ「半人前」と思われている気がしてならない。

確かに、剣は鷺沢殿に遠く及ばぬが――

それでも六段ならそこらの男どころか、五段のままの伊織にも負けぬ。

それに私とて、来年は二十歳になるというのに……

と、紀世《きよ》の言葉が思い出された。

――卯月《うづき》様は暗に、早く身を固めろと仰っているのです。夏野様も来年は二十歳ではありませんか――

黙ってしまった夏野を見つめて、蒼太が言った。

「……ゆきい、こ?」

はっとして夏野はつかんでいた蒼太の手を放した。

紀世の言葉につられて、由岐彦の顔がなんとなく頭に浮かんでいた。

由岐彦は己を一人の女として、妻に望んでくれている。

首を傾げている蒼太の様子から、心中を読まれたというよりも、頭に浮かんだ「絵」が伝わっただけだと思われる。それでも夏野は心穏やかではいられない。

「さ……鷺沢殿の後を追ってみよう。何か私たちに助力できることがあれば……」

言い繕って、夏野は蒼太を促した。

鳥居を出ると、恭一郎が一辻《ひとつじ》先を折れて行くところだった。小走りに辻へたどり着くと今度は恭一郎が神社の裏手へ入って行くのが見える。

入り口には「小日向庵」と書かれた、古ぼけた表札がかかっていた。

無言で蒼太と頷き合うと、そろりと足を踏み入れる。

庭木の間を隠れながら進むと、色づき始めた椛《もみじ》の向こうに恭一郎の姿が見えた。

向かいに佇《たたず》むのは一人の女だ。

丁子染《ちょうじぞめ》の着物で、女にしては短めの髪を無造作に後ろでくくった地味ななりだが、そこはかとない三十代の色香が感ぜられた。

笑い合う二人の様子からして、旧知なのは間違いない。

きゅっと己の胸を締め付けたものは、なんなのか。

判らぬままに、夏野は木陰に立ち尽くした。

†

「これは鷺沢様。とんとお見限りでしたわね……」

恭一郎の姿を認めて微笑んだ女は、咲静ではなかった。

「からかうな、舞静《まいしずか》」

「その名で呼ぶ者はもういません。親がくれた名はとうに忘れてしまいました。今は咲貴《さき》と……お静《しず》の源氏名《げんじな》から一文字もらいました。——ああ、あの子の方は本当に静って名だったんですよ」

「そうだったのか」

天本での馴染み・咲静には姐分《あね》にあたる舞静がいた。本物の姉妹ではないが、顔立ちが少し似ていて、妓楼では「二人静《しずか》」と呼ばれ、二人揃《そろ》って座敷に上がることが多かった。舞静はその名の通り、しっとりとした舞で男を魅了し、咲静はそんな舞静を立てながら和やかな物腰で客に酌をした。

静より年上だった咲貴は、恭一郎と変わらぬ年頃だ。年相応に老けてはいるが、妓楼の暮らしより今の方がずっとましに違いない。化粧気はなくとも、生き生きとした咲貴の顔を見て、恭一郎はひとまずほっとした。

「鷹目の親父から聞いて……その、お静がここで働いていると」

「親分さんが？　それは私の気持ちを汲《く》んでくだすったんですよ……」

翳《かげ》った咲貴の微笑みに、恭一郎は答えを悟った。

「お静は亡くなりました。もう四年も前になりますよ。年季が明けた途端、風邪《かぜ》をこじらせて、あっという間に逝ってしまったんです」

束の間言葉を失くした恭一郎へ、咲貴は温かい声で続けた。

「先ほどは、恨みがましいことを申してすみませんでした。私、親分さんにお願いしていたんですよ。もしも鷺沢様が斎佳に戻られることがあったら、一度でいいからこちらにご足労願えないかと……鷺沢様はお静によくしてくださいました。奥様を娶《めと》られた時も、晃瑠へ発《た》たれた時も、お静にちゃんと話してくださって」

「お静も俺によくしてくれた」

「お静は、鷺沢様が親分から離れて、晃瑠にお戻りになることを喜んでいました。それはもちろん、女としてはつろうございましたよ。でも惚《ほ》れた男が堕ちていくのを、ただ眺めているのはもっとつらいものです……私どもは、天本では親分さんに随分お世話になりましたし、今でも少し……ですから義理を欠く真似はできませんでしたが、鷺沢様の苦しみには及ばずとも、お静も苦しんでいたんです。お静はあれで強情でしたから、誰《だれ》にもなんにも言いませんでしたけど、姉ですもの。判りましたよ、私には」

恭一郎を見上げた咲貴が目を潤ませた。

「こんなに立派におなりになって——お静が生きていたら、どんなに喜んだことか。お願い申し上げます。どうか、あの子の冥福を少しでいいから祈ってやってくださいまし」

——落籍《ひか》してもらえばいいじゃあねぇか。お前がそんなに気に入ってるなら、親父は喜んで金を出すぜ——

酔ってそう言ってきた重十の三男・三郎《さぶろう》を殴りつけたことがある。

静が己に、「客」ではなく「男」として尽くしてくれていることには気付いていたが、亡き奏枝への想いは消せぬし、気に入っていたというのも、花街ごとにいた馴染みの中ではというだけで、静もそれは承知していた筈だ。

「……お静の墓はどこに？」

「お静も私も家とは縁が絶えていますから、お墓はありません。位牌《いはい》は私の手元に……」

「焼香させてもらいたい」

「ありがとうございます」

小日向庵は養育館としては大きい方だ。咲貴について廊下を渡って行くと、手習い中の子供たちが興味津々で恭一郎を見やる。

咲貴が寝起きしているという質素な部屋の隅に、静の位牌はあった。

位牌の前には、見覚えのある鼈甲《べっこう》の櫛《くし》が置いてある。奏枝が亡くなったのちに、博打《ばくち》のあぶく銭をただ使い切りたくて、わざと高値だったこの櫛を買い、その足で天本へ向かったことがあった。

「未練がましいとお思いでしょうけれど、お静が大事にしていたので……」

「未練を立ち切り難いのは、男も同じさ」

恭一郎が言うと、咲貴はにっこり微笑んだ。

酸いも甘いも知り尽くした女の笑みだった。

位牌の前でしばし静の冥福を祈ると、恭一郎は腰を上げた。

「ありがとうございます、鷺沢様」

繰り返した咲貴に恭一郎も微笑んだ。

「礼を言うのは俺の方だ」

再び廊下を渡って戻ると、幼い声が誰何するのが聞こえた。

「だれだ、おまえ？　あたらしい子？」

表に出て、声がした方を見やると、蒼太が七、八歳の男児に詰め寄られている。

恭一郎に気付くと、隣りの夏野共々、なんともばつの悪い顔をしてうつむいた。

†

「そんなとこいないで、出てこいよ」

愛らしい声で、男児は夏野たちを手招いた。

玄関先に出て来た恭一郎と女が、夏野たちに気付いて近付いて来る。

「これ、元太《げんた》。また手習いを抜け出して」

「ちがうもん。しょんべん行っただけだもん」

「嘘をつきなさい。厠《かわや》は反対側でしょう」

「ちぇっ。あ、何かいいにおいがする」

元太が歩み寄るのへ蒼太は後じさり、夏野の方へ身を寄せた。

「兄ちゃんにかくれるなんて、あまえっ子！」

「あま、こ、ちかう」

憤然として一歩踏み出した蒼太の懐からはみ出した包みに、元太が手を伸ばした。

「何これ？　まんじゅう？」

伸ばされた手から逃げるために蒼太は再び退《しりぞ》いた。

逃げたのは、子供とはいえ他人に触れられたくなかったからだ。

「けち！」

「……けち、ちかう」

蒼太は更にむっとしたが、けち呼ばわりされたままでは引き下がれぬと思ったのか、懐から包みを取り出して元太に差し出した。

ぱっと顔を輝かせて元太が包みに伸ばした手を、今度は女の手が止めた。

「元太、手習いに戻りなさい。おやつなら後で皆でいただくでしょう」

ぷうと元太は膨れたが、女に小さく睨《にら》まれて、渋々中へ戻って行った。

元太の背中を見送ってから、女は夏野と蒼太に向き直った。

「失礼いたしました」

それから蒼太ににっこり笑う。

「ありがとう。でも一人だけお菓子をいただくことはできないから……」

察するに、ここは手習指南所を兼ねた養育館らしい。

「それより、おぬしら……」

恭一郎が問いかけるのへ、夏野は慌てて言った。

「お参りをしていたところ、鷺沢殿をお見かけしまして、その、お役目中かと声をかけるのははばかられ……」

嘘ではない。

しかし後をつけた後ろめたさと、女の視線が気になって、夏野の口はもつれた。

「そういえばおぬしら、今日は双見と梨子へ参ると言ってたな」

「そうなのです」

「黒川殿、こちらはお咲貴。俺の昔の馴染みの姉だ」

「さようで……」

「お咲貴、黒川殿は晃瑠で俺と同門の侃士だ。此度《こたび》、同じ役目を仰せつかって、一緒に斎佳まで来た。この若さで六段の腕前だぞ」

恭一郎が言った「昔の馴染み」が、伊織のような旧友ではなく、花街での女を意味することに、夏野は数瞬遅れて気付いた。

——姉ということは、もしやお咲貴さんも花街の……？

咲貴に会釈され、夏野もぎこちなく会釈を返す。

蒼太と二人きりとあって、夏野は少年剣士の恰好《かっこう》で出かけて来た。咲貴は夏野の戸惑いを、少年の恥じらいだと取ったようである。

「こっちは蒼太。——俺の息子だ」

「鷺沢様の……？」

奏枝との子供にしては歳が合わぬと思ったのだろう。訝《いぶか》しげに咲貴は問うた。

「そうだ。まあその、亡妻とは祝言を挙げる前からの長い付き合いでな……事情があって、おととしやっと引き取ることができたのだ」

婚前に子をなしていたことを仄《ほの》めかすと、咲貴は納得したように頷いた。

「それはようございました」

「うむ」

「鷺沢様のような殿方には、どなたか傍《そば》にいらした方がよいのです」

「そうか？」

「そうですとも。……今は、奥様は？」

「おらぬ。こいつと二人、長屋でやもめ暮らしだ」

「まあ、鷺沢様ならいくらでも後添いが見つかるでしょうに」

咲貴の言葉はもっともだが、蒼太が妖魔である以上、恭一郎が後妻を娶ることはないだろう。

それに鷺沢殿は、まだ奏枝殿のことを――

いまだ衰えることのない恭一郎の奏枝への想いを考えると、切なさと共に別の――これまで知らなかった類《たぐい》の息苦しさを夏野は覚えた。

「家仕事にも随分慣れた。やもめ暮らしの方が気楽でいい」

「そんなことを言っておられるのも、今のうちだけですよ。大体、鷺沢様がお米を研いでいるお姿など、とても思い浮かびません」

「俺も自分が台所に立つ日がくるなぞ、斎佳にいた頃は思いも寄らなかった」

笑い合う二人に合わせて、曖昧《あいまい》な笑みを夏野も浮かべたが、息苦しさは続いている。

「これを――」

門まで見送りに出た咲貴へ、懐から包んだ物を恭一郎が取り出した。二十五両の「切り餅《もち》」よりずっと小ぶりだが、まとまった金であることは見て取れた。

「これで、子供らに菓子でも買ってやってくれ」

「鷺沢様……」

「重十親父や一郎兄貴にはとても及ばぬ。俺にできるのはこれくらいだ。お咲貴、お静の分も達者に――幸せに生きてくれ」

躊躇う咲貴の手を恭一郎が取り、しかと包みを握らせた。

かつては白く滑らかだったろう咲貴の手は、日に焼けて少し荒れている。毎日子供たちのために飯を炊き、洗濯や掃除をこなす、年相応の「母」の手だ。

「まことにありがとうございます」

恭一郎が放した手を胸に抱き、咲貴は深く頭を下げた。

羨《うらや》ましい、と思った。

顔を上げた咲貴に、女の媚《こび》は感ぜられない。

それでも咲貴を羨む気持ちが己には確かにあった。

二人が暇《いとま》の挨拶《あいさつ》を交わすのを、夏野は黙って聞いていた。

辻まで歩いてから夏野がちらりと振り返ると、咲貴はまだ門の前にいて、こちらを見守っていた。同じように振り返った恭一郎が手を上げると、咲貴は今一度深く頭を下げる。

いつの間にか、己が拳《こぶし》を握り締めていたことに夏野は気付いた。

あのように、恭一郎が夏野の手に触れたことはなかった。

触れて欲しいと思ったことも。

今になって、息苦しさの正体に夏野は思い当たった。

羨ましさではなく、妬《ねた》ましさ。

それはつまり――

私は……私は鷺沢殿を……

恭一郎に出会って、初恋ともいえる思慕を夏野は知った。あれからずっと、安良一といわれる剣士として、また蒼太の父親として、恭一郎を敬愛していることは確かだ。

だが今は、思慕や敬愛には収まらぬ想いが胸中にある。

恭一郎の心が今も奏枝にあることを知るがゆえに、所詮叶《しょせんかな》わぬ恋だと、知らずに己をとどめていたのだろうか。

呆然《ぼうぜん》としている夏野をよそに、蒼太は繊月堂と十六夜について、熱心に恭一郎に語りかけている。

包みを開いて、蒼太が食べかけの十六夜を三つに千切った。

欠片《かけら》の一つを恭一郎へ、一つを夏野に差し出す。

「なつの」

「か、かたじけない」

恭一郎と蒼太が欠片を口にするのを見て、夏野もそれに倣《なら》う。

「うむ。これは旨いな」

「うま、い」

微笑んだ恭一郎に蒼太は満足げに頷いたが、少し前と違って、夏野にはその味がさっぱり判らなかった。

†

朝から夏野が、溜息《ためいき》ばかりついている。

伊織と「せいしゅうりょう」へ向かった恭一郎も、出がけに溜息をついていたが、これはのちに「ほんじょう」や伊織と一緒に「ちゃかい」に行かねばならないかららしい。

柿崎道場では、柿崎がよく、手習い後の蒼太に茶と茶菓子を振る舞ってくれるし、それらを飲み食いしながら柿崎と語り合うのは楽しい。だが、同様に茶と茶菓子を飲み食いしつつ語る場でありながら、恭一郎の行く「ちゃかい」は苦痛でしかないようだ。

夏野の溜息の理由は判らぬが、人の世には、妖魔の己には判らぬ「じじょう」や「しきたり」があるから、蒼太はあえて訊ねなかった。

蒼太にとって朗報なのは、親類の相手をせねばならぬとかで真琴が、身体がすぐれぬとかで小夜が、それぞれ都見物を遠慮することになったことだ。

一人での外出はならぬと言い渡されているのは悔しいが、昨日と同じく、夏野と二人ならば悪くない。今朝も恭一郎から百文余りの小遣いをもらい、ほくほくの蒼太であった。

今日はまず六条橋を渡って南下し、斎佳の南東にある名取神社を訪ねてから土筆大路を北へ、北東の新坂《あらさか》神社で「おまいり」を済ませたら、長瀬川を舟で下ろうと話している。

晃瑠では限られた小遣いをやり繰りして、甘い物を食べ歩いている。健脚の山幽ゆえに自然と舟賃をけちってしまうが、蒼太は舟が好きだった。よって、舟でゆく長瀬川を蒼太は昨夜から楽しみにしているというのに、夏野はどこか塞《ふさ》いだままだ。

「なつの」にも「つきのもの」が……？

小夜がすぐれぬ理由が月のものであることを、蒼太は知っていた。そうとは言われなかったが、月のものがなんたるかは、恭一郎や柿崎から教わっていた。

とはいえ、しかとは理解していない。なんとなく女は月に一度、心身共に「やまい」のようになるらしい、といった程度の認識である。

月のものがきている間は、どことなく女臭さが増すらしい。しかし、夏野は今日も少年剣士の格好だ。見た目は少年そのものでも、溜息ばかりの姿は「めめしい」といえぬことはないが、蒼太にはよく判らなかった。

名取神社で参拝を済ませ、神社の前に並ぶ茶屋の一軒で団子を食べた。たっぷり餡《あん》の載ったそれを蒼太はあっという間に平らげたが、夏野は一口食しただけで、また溜息をついている。

「なつの……やま、い？」

「うん？　いや、私は違うぞ。小夜殿も明日になればご一緒できるやもな」

「しんぱ、い？」

病でなければ心配事かと、問うてみる。

「そう案じてはおらぬ。小夜殿はあれでなかなか強いお方なのだ。此度はおそらく、旅の疲れもあるのだろう……」

小夜のことなぞ訊いていない。

「ちか……なつの、しんぱ、い」

「私か？　私は平気だ」

言い切ってから、「これもお食べ」と、団子の残りをくれた。ありがたいが、浮かない顔の夏野がどうも気になる。しかし、夏野が「へいき」と言うからには、放《ほう》っておくしかないように思えた。

黙って大人しく団子を食べていると、今度は夏野の方から切り出した。

「蒼太は、その……誰か好いた女子はおるか？」

「なつの」

即答すると、夏野が驚いた顔をしたので、蒼太の方も驚いた。

好きな「にんげん」なら迷わず「きょう」を初めに挙げる。人間でなくとも、この世で蒼太にとって一番大事なのは恭一郎だ。そして、男女の区別がなくとも、二番手は夏野で間違いないほどに、この二年で蒼太は夏野に親しんでいた。

左目でつながっているからというだけでなく、事あるごとに己のことを気にかけてくれるから、蒼太は夏野を「すき」になったのだ。そんなに変なことを言っただろうかと、蒼太は訝しみながら夏野を見つめた。

「その、私の他に誰か……」

そう問われても、身近にいる女は限られている。

「……さ、よ」

稀《まれ》に道場で顔を合わせる柿崎の内縁の妻・新見千草《にいみちぐさ》や、昨年旅を共にし、西都で再会した木下真琴も、好きか嫌いかと問われれば好きだといえよう。

「小夜殿か……うむ……椽子殿はどうだ？」

「しょ……？」

首を傾《かし》げてから、それが黒耀が名乗った人名だったと思い当たった。

頭を振ると、夏野はあてが外れたようにまた一つ溜息をついた。

「そうか。……しかし、椽子殿は蒼太の仲間であろう？」

今度は蒼太が愕然《がくぜん》とする番だった。

――「なつの」は「しょうこ」が山幽だと知っている――？

「あ、いや、すまぬ。こんなところでする話ではなかったな」

人目をはばかったのか、夏野が打ち消した。

「しらん。しょ、こ……すか、ん」

懸命に言い繕ってから、己が黒耀を「嫌い」だと言わなかったことに気付いた。

好きか嫌いかと問われれば——

……嫌いとはいえぬ。

黒耀の力や冷酷さを恐ろしいと思う反面、本来の姿を隠し、独りで生き続ける黒耀を憐《あわ》れに思う自分がいる。

——それに、「ささめ」でおれたちを助けてくれた……

黒耀がどこか己に執着しているのは感じていた。たとえ気まぐれからだとしても、己だけでなく、夏野をも助けてくれたことを、蒼太は黒耀に感謝していた。

笹目を思い出したからか、ふと鴉猿の姿が頭に浮かんだ。

夏野が由岐彦から聞いた話によると、笹目の前に襲われた立塚村では、鴉猿と共に去って行った理二位がいたという。

すっと、視界の隅を「わるいもの」がよぎって行った。

見上げた蒼太の目に、一人の男の後ろ姿が映る。

男の放つ気には覚えがあった。

見つめた背中に、数瞬前に浮かんだ鴉猿の姿が重なった。

あの男、「ささめ」にいた……

「蒼太、どうした？」

囁《ささや》くように問うた夏野に頷くと、蒼太はすっくと立ち上がった。

†

男を追って、夏野たちは茶屋を後にした。

――あの男が、鹿島理二位……？

狩衣ではないが、着流しでも足取りには気品がある。

伊織の話では鹿島は今年三十路《みそじ》とのことだが、男は三十代にはとても見えない。中肉中背で血色が良く、幾度か盗み見た顔立ちは、二十代半ばの若者だった。

しかし鹿島が童顔ならば、昨年、土屋《つちや》理一位の一件で出没していた「若い男」はまさに鹿島だろう。

蒼太は、男が鹿島だと疑っておらぬ。

茶屋で男を見つけた時に、鴉猿の姿が重なって見えたと、後をつけながら蒼太は言った。

蒼太の人語は他の者には聞き取りにくいが、夏野には充分だ。

蒼太曰く、夏野たちは笹目でもあの男とすれ違っているらしい。蒼太の記憶力に夏野は驚くばかりだが、これも威力を増した「見抜く力」の一つだろう。無論、全てを覚えている訳ではなく、蒼太の言葉を借りれば「良いもの」と「悪いもの」の気は、知る知らぬにかかわらず記憶に引っかかり、思い起こすのに役立つようだ。

夏野たちが笹目を発《た》った朝、あの男も町を横切る東西道にいたと、蒼太は主張した。

夏野は蒼太の妖力を信じている。あの男が鹿島で稲盛に助力しているのなら、男が斎佳にいる間は、襲撃はないだろうと夏野は踏んだ。

そうなると今度は、何ゆえ鹿島が斎佳へ戻っているのかが気にかかる。

少しでも役立つものが得られればと、夏野と蒼太は男の後を追って行った。

男は土筆大路を北へ進み、中石町へ入った。

盛り場の方が尾行しやすい。夏野たちは見物客を装いながら、男とつかず離れずの距離を保った。

中石町の茶屋で一休みすると、男は急に重たくなった足取りで更に北の由良木町へ向かう。由良木町では煙草屋に立ち寄って、煙草を一包み手に入れた。店の親爺《おやじ》がわざわざ奥から取り出して来たところから、余程希少な煙草とみえる。茶屋では男は煙草を口にしなかったから、誰かへの土産物やもしれぬと、通りの向かいから窺っていた夏野は思った。

煙草屋を出て来た男は陰鬱《いんうつ》な面差しで、四条大路を歩き始める。

四条橋を渡ると、西側は中町だ。中町は、晃瑠の幸町《さいわいちょう》に匹敵する武家町である。人通りはぐんと減り、西都の中心にある閣老の御屋敷に近付くにつれ、大きな武家が多くなる。

蒼太が「悪い」と判じた男の気が少しでも感じ取れぬかと思ったが、離れている上に尾行中とあって夏野には難しい。よどみない足取りで進む蒼太の後に続くしかなかった。

通りすがりの屋敷の門番が、じろりと夏野たちを睨みつけた。土地にそぐわぬ不審な者だと思われたに違いない。剣士の装いの夏野はともかく、蒼太は明らかに場違いだ。

このままつけてゆくのは難しい――

どうすべきか考えながら辻を曲がると、ちょうど男が一町ほど先の門をくぐったところであった。

並んだ屋敷の数や様式を頭に叩き込みながら、男が入った門の前を通り過ぎる。

御屋敷の周りまで来ると、またちらほらと人通りが増えてきた。御屋敷の堀沿いを歩いて、夏野たちは松宮町の八坂家まで戻った。

武鑑《ぶかん》を借りて、絵図と照らし合わせて調べてみると、男が入って行った屋敷は藤堂《とうどう》家だということが判った。

蒼太におやつを持って来た八坂の妻・照代が、二人の手元を覗いて言った。

「藤堂様のお屋敷がどうかしたのですか？」

「その……迷子になった際に門番が親切にしてくれまして」

誤魔化してから、反対に問うてみた。

「照代様は藤堂家をご存じで？」

「奥方様を少し……若い方で自慢話が過ぎるところがあるので、あまり親しくはしておりません。お兄様が理二位様で、それを大層ひけらかすのです。まあ、そのお兄様のおかげで藤堂家に嫁げたのですから、ご恩を感じてのことでしょうけれど」

「奥方様は、どちらの家の出なのですか？」

「こちらです」

照代が武鑑を繰った先には、鹿島家の名が記されていた。「お兄様のおかげ」と照代が言ったように、藤堂家の方が鹿島家よりも段違いに格が高い。

「今度お会いしたら、私も少しは自慢したいものですわ。樋口理一位様をお迎えしているんですもの……ですが、それはいくらなんでも、はしたのうございますわね？」

「はあ、その……」

窺うように問われて、夏野は返答に困った。

一方で、藤堂家へ消えた男の暗い顔が気になった。

鹿島正佑理二位。

稲盛や鴉猿どもに与《くみ》する理術師――

武者震いに似た興奮を抑えた夏野の横で、蒼太は早速おやつの饅頭を食んでいる。

廊下を渡って来た用人が、敷居の手前で一礼した。

「氷頭州から、黒川様へ颯《はやて》が参りました」

「私へ？」

差し出された親指ほどの書簡筒を開け、中の文を取り出す。文といっても、颯で届けられるのは書付程度の小さなものだ。糊封を切ると、由岐彦からであった。

文には由岐彦が近々公務で、斎佳を訪れることが記されていた。

第六章 Chapter 6

鯉口《こいぐち》を切ったのが判《わか》ったのか、伊織《いおり》が振り返った。

次の瞬間、塀の陰から現れた曲者《くせもの》たちが、問答無用で斬《き》りかかって来た。

恭一郎《きょういちろう》は伊織を背中に庇《かば》いながら、先頭を切って襲って来た刀を弾《はじ》いて、曲者を峰打ちに仕留めた。

一旦《いったん》引いた手で突いた八辻《やつじ》の剣先が二人目の利き腕に刺さり、曲者が刀を落とす間に、抜き返した刀で三人目を討ち伏せる。刀を落としたまま、二人目が身を翻して逃げようとするところを、やはり峰打ちにて地面に転がす。

「本庄《ほんじょう》様！」

乗物に向かって伊織が叫んだ。

本庄鹿之助《しかのすけ》理一位《りいちい》と連れ立って、中町《なかまち》は五条大路《ごじょうおおじ》沿いの武家で茶会を済ませた帰りであった。伊織は徒歩だが、本庄は甥《おい》が用意した乗物に乗っている。護衛役の剣士は一人だが、乗物を担ぐ駕籠《かご》者の二人はどちらも屈強な若者だった。

頭巾《ずきん》に顔を隠した曲者は全部で八人いた。

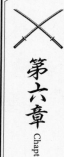

八人が皆、刀を手にしており、三人が伊織を、残りの五人が乗物の中の本庄を狙《ねら》ったようだ。狩衣《かりぎぬ》姿の伊織は今日は帯刀していない。

恭一郎が本庄の方を見やった時、駕籠者の一人は既に斬られていた。もう一人は匕首《あいくち》で応戦しているものの、脇腹《わきばら》から血を流している。倒れている曲者は、本庄の護衛役・松嶋《まつしま》淳太郎《じゅんたろう》が斬ったようだ。その松嶋は今一人の曲者と斬り合っていた。

乗物に駆け寄って、応戦しながら恭一郎は引き戸を開いた。

「伊織！」

曲者の刃《やいば》を恭一郎が弾く合間に、同じように駆け寄った伊織が本庄を乗物から降ろす。斬られた曲者の手から奪った刀を滑らせてやると、本庄を背中に庇い伊織も剣を構えた。

伊織たちに襲いかかる曲者二人を、横から割り込み左右に斬って捨てる。血振りもくれずに身体《からだ》を返すと、振り向きざまに抜いた小柄《こづか》を、駕籠者の前の曲者へ投げた。

小柄は、今まさに駕籠者へ斬りつけようとしていた曲者の肩に突き刺さった。曲者が怯《ひる》んだ一瞬の隙《すき》を逃さず、踏み込んだ松嶋が曲者を突く。松嶋が相手をしていた曲者は、既に斬られて地面に血溜《ちだ》まりを作っている。

「本庄様！」

伊織と松嶋の声が重なった。

座り込んだ本庄の右腕が血に染まっていた。どうやら最初の一撃で、乗物に突き込まれて負傷したようだ。

「大事ない……」

応《こた》えてから、痛ましげに本庄は辺りを見やった。

恭一郎が峰打ちにした初めの三人はまだ生きているが、伊織たちを襲った二人は斬らざるを得ず、松嶋が倒した三人も既に息絶えている。駕籠者も一人は殺され、もう一人は深手を負っていた。

今になって、近隣の武家から剣士たちが駆けつけて来る。

まさかの白昼の襲撃であった。

†

五条大路からだと本庄の甥の屋敷よりも、八坂《やさか》家の方が近い。

近くの武家の駕籠を借り、本庄を乗せると、恭一郎たちは八坂家へ向かった。

八坂家で伊織が手当てを施すと、本庄はようやく人心地ついた顔をした。命にかかわる怪我《けが》ではないが、還暦近い本庄には騒ぎ自体がこたえたようだ。別室で本庄が休んでいる間に、夏野《なつの》と蒼太《そうた》に手短に事情を語った。

斎佳《さいか》は晃瑠《あける》より一回り小さいため、晃瑠には五つある町奉行所が四つしかない。襲撃があったのは御屋敷の南東で、一刻ほど経たのち、三番町奉行所から遣いが来て、二人目の駕籠者が死したことを告げた。

事の仔細《しさい》を町奉行所に告げるために、松嶋が遣いと共に出て行くのと入れ違いに、馨《かおる》が二番町奉行の倉木典和《くらきのりかず》を伴ってやって来た。天本《あまもと》がある、斎佳の北東を担う二番町奉行の倉木とは、恭一郎も先日顔を合わせている。

「生け捕りにしてもらって助かった」

厳めしい顔は変わらぬが、伊織がいるからか、いくばくか丁寧な口調で倉木は言った。

「やつら、右京《うきょう》の残党に頼まれたと言っておるが、話を聞いてみるとどうも違うようだ」

生け捕りにされた三人が、「蝮《まむし》の右京」の残党に頼まれたと主張していることから、右京の根城があった二番町奉行所に遣《つか》いが行ったそうである。倉木自らが出張って尋問したところ、依頼主はどうも右京の残党だとは思い難い。

「大体、都に残っている一味は下っ端のみで、今は別の親分についている。復讐《ふくしゅう》を考えそうなやつらは先日の、おぬしらの騒ぎで捕まっておるしな」

「その節はご迷惑をおかけいたしました」

如才なく恭一郎は頭を下げた。

「うむ。それに、右京一味ならおぬしの腕前を知っておろう。おぬしがおるのに、駕籠者を入れて六人を八人で討ち取ろうなど無茶もいいところだ」

「ですな」と、馨が頷《うなず》いた。

四十代の倉木は、三年前に町奉行を仰せつかった。よって、恭一郎が荒れていた時や馨が右京を斬った時を知らぬが、話は聞いているようだ。

「それに、殺さずともよい、と言われていたそうだ」

「ほう」

興味深げに伊織が応えた。

曲者たちは、自分たちが襲った一行に理一位がいたことを知らなかったという。事の重大さに震えあがり、倉木の脅しもあって、ほどなくして知っている限りを白状し始めた。

依頼を受けたのはほんの二日前で、前金百両、後金二百両と破格の儲《もう》け話であった。

――用心棒は斬れるなら斬って構わん。だが用心棒への復讐が目的ゆえ、護《まも》られている二人には浅手を負わせるだけで充分だ――

そう、右京の復讐を匂《にお》わせた依頼主から頼まれた。

ゆえに、さっと襲って逃げるつもりだったと、曲者たちは言った。

八人ともそれなりに剣術を学んだ者たちで、道場帰りの若侍を装い、直前に頭巾を被《かぶ》って一斉に挑んだ。恭一郎と松嶋には心してかかったものの、恭一郎の腕前の他、見込み違いだったのは駕籠者たちだ。斬り合いになれば乗物を放《ほう》り出して逃げるだろうと考えていたのに、二人揃《そろ》って匕首で抵抗されて戸惑ったという。

「鷺沢と私だけでなく、本庄様と松嶋が一緒にいるところを襲えと、最初からやつらは言われていたのですね?」

「そうです。要人二人に用心棒が一人ずつ。要人の一人は乗物に乗っているだろうことや、逃げやすい、道の広い五条大路で狙えと、およその時や場所も教えられていたそうです」

依頼主は頭巾で顔を隠し、わざと声色を変えていたようだが、中肉中背のまだ若い男だったという。

部屋の隅に控えていた夏野と蒼太が顔を見合わせるのを見て、二人は何か知っているようだと恭一郎は推察した。

はたして倉木が辞去すると、待っていたように二人が近寄って来た。

「かし、ま」

「鹿島理二位《りにい》ではないかと……」

口々に言う二人は今日、鹿島が斎佳にいることを突き止めて来たそうである。

「鹿島が斎佳におるのは間違いないぞ」と、馨も言う。

馨は昔のつてを頼りに、西都の情報を集め歩いている。夏野たちから、鹿島が寄った由《ゆ》良《ら》木町《ぎちよう》の煙草屋《たばこや》のことを聞くと眉《まゆ》をひそめた。

「店の名を覚えているか？　場所は？」

「すみません。店の名までは確かめませんでした」

馨が聞き込んだところによると、由良木町には「石田屋《いしだや》」という煙草屋を兼ねた裏家業御用達《ごようたし》の万屋《よろずや》があるらしい。

場所は蒼太が覚えていると言うので、明日、馨と共に確かめることにして、少し早めの夕餉《ゆうげ》を内輪で囲んだ。

一休みしていた本庄も起き出して来て、怪我の痛みを押して箸《はし》を動かしながら、夏野や蒼太と話したがった。夏野は恐縮しながら受け答えしていたが、言葉がうまく通じぬ蒼太は苛立《いらだ》ちを隠さず、早々に部屋へ引き上げた。

「嫌われてしもうたかの？」

「そのうち慣れましょう」と、恭一郎は苦笑した。

「もっと、森や山幽《さんゆう》の話を聞きたいものだが……鷺沢《さぎさわ》、おぬし明日また、間に入ってくれぬかのう？」

「光栄に存じます」

「ふふ、これぞ怪我の功名じゃ。まったく治太郎《はるたろう》の駄々っ子が……」

本庄が甥に晃瑠行きを切り出したところ、予想通りの大反対に遭《あ》っていた。

何か不手際があったのかとおろおろしたのち、治太郎は道中の危険を説いて説得を試み、それでも本庄の気が変わらぬと知ると、泣き落としにかかったらしい。とはいえ、理一位を幽閉できる筈《はず》もなく、本庄は晃瑠に行くつもりで支度を進めていた。既に晃瑠に文《ふみ》を送り、佐内《さない》理一位のいる一笠《いちかさ》神社に逗留《とうりゅう》願いまで出している。それを聞いて治太郎は諦《あきら》めたようだが、今度は「樋口《ひぐち》様とは晃瑠で存分にお話しできるでしょう」と皮肉り、本庄は外出しにくくなった。ゆえに、本庄が蒼太や夏野に会うのは今日で二度目だった。

西原《さいばら》の御屋敷での宴は五日後だ。その数日後には斎佳を発《た》つ予定である。

本庄の後押しを得るために、恭一郎たちは斎佳まで来た。本人が晃瑠まで足を運んでくれるというのは、もっけの幸いだ。佐内理一位と三人で妖魔《ようま》襲撃への対策を練ると言われれば、西原とて了承せざるを得ないだろう。帰りもお忍びとあって気を張るだろうが、本庄には松嶋の他、二名の侃士《かんし》が護衛につくという。

町奉行所へ行った松嶋は、本庄家に報告へ上がってから、四ツ前になって八坂家へ戻って来た。本庄が眠っていることを確かめると、用意されていた続きの部屋に引き取った。

「きょう……」

部屋へ戻り、手燭《てしょく》の灯《あか》りを頼りに着替えると、恭一郎も布団に横になる。

「なんだ？」

隣りの布団から、寝ぼけた声で蒼太が呼んだ。

「たぱ、こ……」

「うむ。明日はその、鹿島が寄った煙草屋へ、馨を案内してやってくれ」

その馨も今夜は八坂家へ泊まる。

「……ん」

「そうだ。その帰りにな、何か好きな菓子を買って来い。なんでもよいぞ。本庄様が馳走《ちそう》してくださるそうだ」

夏野から蒼太が甘い物好きだと聞いて、本庄は菓子で蒼太をつることにしたようだ。本庄自身も甘い物に目がないそうで、斎佳の菓子を食するいい機会だと喜んでいた。

「ほん、じょ……？」

「そうだ。本庄様も菓子がお好きだそうだが、なかなか自由に出歩けぬ。お前の見立てなら間違いなかろうと、楽しみにしていらしたぞ」

「いさ、よい……」

「昨日の菓子か。うむ。あれは確かに旨《うま》かったが、由良木町からはちと遠くないか？」

由良木町と織月堂《せんげつどう》では、屋敷を挟んでちょうど反対側にあたる。

「……とく、ない……」

「まあ、お前の足なら都中が庭のようなものか」

「ななじゅ、も……」

「判《わか》った、判った。金は明日、馨に渡しておくゆえ……」

苦笑して布団の上から肩を撫《な》でてやると、蒼太は何やらもごもごつぶやいてから、再び寝息を立てはじめた。

寝ぼけていたのか。

明日には忘れているやもな——

くすりとして恭一郎も目を閉じたが、翌朝、蒼太はちゃんと覚えていた。

しかし蒼太がその日、十六夜《いざよい》にありつくことはなかった。

朝餉の用意が整っても起きて来ぬ本庄の様子を見るために、そっと襖《ふすま》を開けた松嶋が、乱れた布団の外に転がっている本庄を見つけた。

苦悶《くもん》を顔に浮かべた本庄は、既に息絶えていた。

†

知らせを受けて、安妻《あづま》番町奉行の木村晋太郎《きむらしんたろう》が同心を三人連れて飛んで来た。

本庄の亡骸《なきがら》は松嶋が寝泊まりした部屋へ移したが、伊織の指示で本庄が使った部屋は手つかずだ。夏野と蒼太は、伊織が木村と同心たちを案内する間、馨や小夜、八坂たちと共に大広間で待った。

やがて伊織と恭一郎が、木村たちと共に戻って来た。同心の一人と松嶋は、続き部屋にて本庄の亡骸と部屋を見張っている。

「水に毒が仕込まれた」ということで、伊織と木村の意見は一致していた。

本庄の枕元《まくらもと》には、喉《のど》を潤すために、水の入った徳利《とっくり》と杯《さかずき》が用意されており、本庄は杯を手にしたまま死していた。

毒がいつ仕込まれたかは定かではなかった。

松嶋は部屋へ引き取る前と、明け六ツに本庄の寝息を確かめている。

昨夜松嶋が八坂家に着いた時、徳利は既に枕元にあった。しかし、松嶋は続き部屋に控えていても、寝ずの番はしておらず、間の襖は閉じられていて、床で二刻ほど休みもした。明け六ツに本庄がまだ眠っていることを確かめたのちに手水《ちょうず》に立ったため、部屋をしばし離れている。

徳利を本庄の部屋へ運んだ女中はまだ十四、五歳と若く、尋問のため別室に連れて行かれた時にはまっすぐ歩けないほど震えていた。「毒のことなどまったく知らなかった」と言うこの娘が嘘《うそ》をついているとは、夏野にはとても思えなかった。

女中や用人《ようにん》だけでなく、八坂夫妻を始め夏野たちも、一人一人尋問に応えた。

理一位様がまた一人——

もともと国に五人のみだったというのに、昨年、最高齢だった土屋昭光《つちやあきみつ》が稲盛《いなもり》に囚《とら》われたのちに衰弱死した。本庄鹿之助が毒殺された今、残っている理一位は三人となった。

東都・晃瑠の一笠神社に詰めている佐内秀継《ひでつぐ》。

那岐州《なぎ》・神里《かみさと》を拠点に、諸国を渡り歩いているという野々宮善治《ののみやよしはる》。

そして安良《やすら》の命で、那岐州空木村《うつぎむら》から晃瑠に身を移した樋口伊織の三人である。

佐内は土屋に次ぐ年長者で六十六歳、野々宮は四十一歳、伊織は恭一郎と同い年の三十三歳で、理一位の中では一番若い。

昨夜己に親しげに話しかけてくれた本庄が、いまや冷たい亡骸となっている。

木村の尋問に応えながら、夏野は動揺を隠せなかった。本庄の死はもとより、一歩間違えば、伊織も死していたのではないかと思うとぞっとする。

稲盛や鹿島が関与しているに違いないと夏野は直感していたが、稲盛の存在さえ知らぬ木村にそれを告げる訳にはいかなかった。

大広間に戻ると、夏野は集まっている者たちを盗み見た。女中の中にはすすり泣いている者もいたが、多くの者は拳《こぶし》を握り締め、じっと下を向いている。困惑と悲しみが、部屋中を重く満たしていた。

人語が苦手な蒼太への尋問は一番最後で、恭一郎と共に呼ばれて行った。しばらくして蒼太が戻り、夏野の傍《そば》へ寄って来たが、座らずに立ち止まると、ぐるりと広間を見渡した。

じわりと、夏野の左目が熱を持つ。

鍔《つば》の眼帯の下から、蒼太が何かを見極めようとしているのが判った。

やがて蒼太は一人の女中に目を留めた。

握った拳を膝《ひざ》に、沈痛な面持ちをしている女中は三十代と思われる。小柄で地味な顔立ちと、特に目立ったところはない。

すっと蒼太が女中の方へ歩き出したので、夏野は慌てて腰を浮かせた。

「蒼太」

夏野が止めるのも聞かずに女中の前に立つと、女を見下ろして蒼太は言った。

「たぱ、こ……」

見上げた女の目が驚愕《きょうがく》に見開かれたのを、夏野は見逃さなかった。女はすぐに顔を伏せたが、同じく気付いたようで、奥で伊織の隣りに座っていた恭一郎が立ち上がる。

これ以上目立ってはならぬと、夏野は急いで蒼太に歩み寄った。

「蒼太、こちらへ……」

「ことも……ひとい、ち――」

再び顔を上げた女の目が、罪を告白していた。

「おぬしは、煙草《たばこ》を嗜《たしな》むのか？」

問うた恭一郎に、女は頭を振った。

「いえ……」

「煙草なら、私が頼んでいたもので――」

広間の反対側から、下男の一人が立ち上がって言った。

「その……いつも遣いのついでに頼んでおくので……」

「あらでも、昨日はお紗枝《さえ》さん、ずっと屋敷にいたわよね？」

「あ、そうだ。確か七ツ過ぎに、お紗枝さんを訪ねていらした人が――」

女中たちが口々に言う間、紗枝という女は蒼太を凝視していた。

尋常ならぬ様子を感じ取った女中たちが口をつぐんだところへ、木村が戸口へ姿を見せた。廊下で束の間《つかま》、聞き耳を立てていたようだ。

大広間を見張っていた同心に木村が頷いた。

「この者の持ち物を検《あらた》めよ」

それから紗枝という女に向き直ると言い渡した。

「一緒に来てもらおうか。潔白ならば大人しくしておればよい。しかし少しでも逃げる素振りを見せたら、罪を認めたとみなしてその場で斬るぞ」

†

女中部屋で検められた己の持ち物から、毒は見つからなかった。

しかし、己が潔白でないことは紗枝自身が承知している。

昨日、遣いの者から渡された毒は全て徳利へ入れ、包みは台所の残り火で燃やした。だが紗枝の帯の間には、薄い守り袋が挟んであり、中の札には毒が染みこませてある。荷物の次に検められるのは着物と己の身体だろう。

毒が見つかれば、それが違う毒でも、己が下手人とされるのは時間の問題だった。

紗枝は西原家が抱える隠密だ。

隠密の内では下っ端で、同じ身分の貴一《きいち》と所帯を持ち、市中の様子を探るのが主な務めであった。二人の子宝に恵まれたものの、隠密という役目柄、家族四人で暮らしたことはほとんどない。紗枝が住み込み女中で働く時は貴一が家を守り、反対に紗枝が家にいる時は貴一は他の都へ送られることが多かった。どちらも務めを仰せつかっている間は独り身で通し、万一の事態には家族に累が及ばぬようにしてある。

紗枝は二重三重のつてを介して身元を隠し、半年前に口入れ屋から八坂家に女中として雇われた。神月家縁《えにし》の八坂家に届く文を盗み読むのが、紗枝の務めであった。

八坂家は政《まつりごと》の儀式などを司《つかさど》る高家《こうけ》の一つだ。機密の多い役目ではないが、八坂家にいれば誰がなんの儀式に参じるか、いち早く知ることができる。女中の仕事の合間に文を盗み見るなど、幼い頃《ころ》から仕込まれてきた紗枝にはお手の物だ。さほど気負わずにこなしてきた八坂家での務めだったが、半月前に一変した。

樋口理一位が、奥方を伴って斎佳へ来ることになったのだ。斎佳での滞在先が八坂家に決まり、しかも非公認とはいえ大老の息子と孫まで同行するという。

主家の西原家も勤め先の八坂家も、それを幸運と喜んだが、屋敷が上を下への大騒ぎになる中、紗枝は嫌な予感に胸を押さえた。

案の定、伊織たちが来てから、頻繁に内情を催促されるようになった。紗枝が外に出られる機会は限られている上に、伊織や恭一郎が並ならぬ洞察力を持っていることはすぐに判った。伊織たちの動きを知らせるのに、毎日、苦心と緊張を強いられるようになった。

それでもまさか、私にこのような命をくだされるとは――

「昨日、訪ねて来たという男のことを教えてもらおうか？」

「はい」

木村の問いに、紗枝は観念して頷いた。

「しかしその……」声を低めて紗枝は言った。「あれは私の情夫でございます。ここでは話しにくいこともありますゆえ、どうか町奉行所の方へ……」

「罪を認めるというのだな？」

「けして逃げはしません。私は――私は、あの男に騙《だま》されたのでございます！」

隠密として渾身《こんしん》の芝居であった。

伊織と恭一郎が大広間に留め置かれているのは、紗枝にとって幸いだった。

――あの二人なら、私の嘘を見破ったに違いない。

しかし木村はうまく騙されてくれた。

後ろ手に縛られはしたものの、騒ぎにしたくないという木村の手配で、紗枝は駕籠に乗せられ八坂家を後にした。

駕籠の小窓は閉じられていたが、隙間《すきま》から紗枝は表を窺《うかが》った。

逃げるためではない。

ほんの僅《わず》かの隙間を通して、市中にいる夫の貴一と二人の子供を紗枝は想《おも》った。貴一は紗枝より三つ年上の三十六歳。長男の貴也《たかや》が十二歳。長女の奈枝《なえ》においてはまだ三歳で、乳離れしてすぐに別れていた。

昨日の夕方、紗枝を呼び出した男は、これまでの者と違っていた。

下男に煙草を頼まれるようになってから、そのことを「つなぎ」に伝えると、紗枝が自分で出かけられない時には届けてくれるようになった。しかし昨日の男はいつものつなぎの者ではなく、初めて見る者で、煙草の注文もしていなかった。

――頼まれていた煙草だ――

そう言って渡されたのは、いつも届けられる煙草と同じ包みだった。驚きを隠して会釈した紗枝だったが、同じように微笑《ほほえ》んだ男の次の言葉に凍りついた。

――……本庄が来ているだろう？――

――えっ？――

――中にもう一つ包みが入っている。今夜は泊まっていくだろうから、それを本庄の飲み物に仕込め――

男のいう「それ」が「毒」だと瞬時に解した。

――そんな――

――やらねば、お前の子供らを殺《や》る――

笑顔を張り付けたままで男が言った。

――えっ？――

――貴也と奈枝。二人とも預かっている。裏切りはもとより、しくじれば此度《こたび》は片目では済まぬぞ。二人の命はないものと思え――

――そんな――

二人が囚われているという証拠はない。だが、男は紗枝のことを充分知っている。

本庄は明日には甥の屋敷に帰ってしまう。子供たちが無事かどうか、家に戻って確かめる時は紗枝になく、相手もそれを承知していた。

貴也は二年前、右目を失明した。

通りすがりの酔漢に、目潰しを投げつけられたのだ。まともに食らった右目は十日ほど充血し、治まった時には視力のほとんどを失っていた。傍目《はため》には判らぬが、貴也の右目は、今はぼんやりとした光が映る程度らしい。

酔漢は捕まらず、事件は悪質ないたずらで片付いてしまったが、あれが本当は、維那《いな》で貴一がしくじった「罰」だったことを、紗枝と貴一はのちに知らされた。

同年の年初、北都・維那で貴一は、役目で預かっていた「荷」を落としてしまった。すぐに気付いて探し始め、親切な数人の助けを得て「荷」は無事に貴一のもとに戻ったのだが、それを届けるべき刻限は既に過ぎていた。

貴也が目をやられ、それが「暗殺が遅れた」せいだと告げられて初めて、貴一は己の預かっていた「荷」が「毒」だったことを知った。

遅れても暗殺の目的は果たされたというのに、罰として子供を傷つけたのは、主家当主である西原利勝《としかつ》の指示だったと「お頭」から聞かされた。

紗枝は母親を知らぬが、父親も祖父も西原家に仕えた隠密だった。しかしながら、紗枝は貴也を――子供をあのように傷つけられたことで利勝に恐怖を抱き、人望よりも力をもって従わせるやり方に、父親や祖父が抱いていたであろう西原家に対する敬意や忠誠心を二年前に失った。

貴一は貴也もいずれ隠密にと考えているようだが、片目では難しいだろう。ましてや利勝のもとでは、ふとしたことでいとも容易《たやす》く切り捨てられてしまうのではないかと、紗枝は恐れた。

――あの子……

六日前、夏野と共に屋敷に着いた蒼太を見て、紗枝は二年前の貴也を思い出した。貴也とは反対側だが、眼帯をかけた蒼太は、身体つきや年の頃があの時の貴也に似ていた。

蒼太が「見抜く力」を備えた妖魔だとは、紗枝は思いも寄らぬ。

蒼太に男との話を聞かれていたのだと思った。言葉は不自由でも、煙草に毒の包みが入っていたことや、子供を人質に取られたことなど、話はしかと理解している。ゆえにもう逃げられぬと、紗枝は観念したのだった。

後悔もあった。

国民の一人として、紗枝も理一位を崇敬していた。紗枝のような身分には安良同様、雲の上の存在だが、彼らのおかげで妖魔に怯《おび》えずに暮らせるのだと教えられて育った。術の才などなくとも、目の当たりにした伊織や本庄からは、理一位ならではの聡明さが感ぜられて恐れ入ったし、そんな彼らが女中や下男にも気さくに話しかける様子には心打たれた。

本庄を弑《しい》することは国皇《こくおう》・安良を——国民を裏切る行為であった。

国の要人が妖魔の対策に追われている今、本庄の死がどれだけの損失となるか判らぬことはなかったのに、それでも紗枝は本庄よりも我が子を選んだ。

自責の念はひとしおだったが、みすみす捕まるつもりはなかった。なんとかやり過ごし、再び夫と子供のもとへ戻れぬだろうかと、紗枝なりに考えを巡らせていた。

——蒼太が己の前に立つまでは。

一つしかない目で己を見下ろした蒼太が、二年前の貴也の姿に重なって見えた。

貴也に責められているような気がした。

——取り返しのつかぬことをした。

いや、もしも昨晩に戻れたとして、私は再び本庄様を殺すだろう。

何度問われても、私は本庄様より貴也と奈枝の命を選んだだろう。

だが……

二年前に選んでいればよかった、と紗枝は悔いた。

二年前、利勝が子供に父親の責を負わせた時に、西原家から離れるべきだった。あの時ならまだそれができたのに、己にも貴一にもその勇気がなかった。

不信を抱く主家に仕え続けた己の愚かさを、紗枝は呪《のろ》った。

かくなる上は——

せめて家族に累が及ばぬよう、己の始末は己でつけるしかあるまい。

表向き紗枝は独り者だ。八坂家も口入れ屋もそう思っていて、口入れ屋を介する前にも念には念を入れてあるから、調べられてもそう易々と身元はばれぬ。

遅かれ早かれ貴一は己の死を知るだろう。

逃げて欲しい、と紗枝は思った。

己の死を警鐘に、夫には子供たちを連れて逃げて欲しい。

……打ち首になる訳にはゆかぬ。

毒を持って来た男のことを、町奉行に明かす気はなかった。

理一位が死しているのだ。罪を認めたからには、拷問を用いてでも町奉行所では紗枝に全てを白状させるだろう。男のことを知らぬのは本当だが、あの男は西原家につながる者には間違いなく、己も隠密と知れればやはり打ち首は免れぬと思われた。西原家を売れば刺し違えることもできようが、相手が西原家ともなれば御上《おかみ》の調べには時がかかる。

その間に西原家は——利勝は必ず、夫と子供に報復を果たすだろう。

後ろ手に回された手首を紗枝は動かし始めた。

下っ端でも縄抜けくらいは心得ている。情夫に騙された憐《あわ》れな年増《としま》女だと同情してくれたのか、縛り付けている縄はさほどきつくなかった。いとも容易く縄を外してしまうと、紗枝は帯の間から守り袋を取り出した。

袋から毒の染みこんだ小さい札を取り出すと、紗枝は最後にもう一度、隙間から覗く空を見上げた。

秋晴れの、雲一つない青空である。

昼の九ツを告げる鐘が鳴り始めた。

三つ目を数える前に、紗枝は札を口に含んだ。

——逃げて。

あなた、お願いです。どうか、貴也と奈枝を連れて逃げてください……

火がついたように痛む喉と胸に手をやり、嗚咽《おえつ》をこらえながら紗枝は鐘を数えた。

六つ……

七つ……

八つ……

九つ目の鐘はもう、紗枝の耳には届かなかった。

†

「たぱ、こ……かし、ま」

紗枝という女中に毒を隠した煙草の袋を持って来たのは鹿島だと、蒼太は夏野に耳打ちしたが、それをそのまま町奉行には告げられぬ。

紗枝が駕籠で連れられて行ったのち、清修寮《せいしゅうりょう》から寮頭、斎佳にいる三人の目付《めつけ》から木下《きのした》圭吾《けいご》ともう一人、そして御屋敷からは閣老の代わりに側用人《そばようにん》が、知らせを受けて八坂家に到着した。圭吾によると、今一人の目付は御屋敷へ向かい、閣老と共に事の次第を安良と大老へ報告し、今後の指示を仰ぐらしい。

事が事だけに、八坂家の者は夏野たち一行を含め、皆、大広間へ留め置かれた。食事の支度や用足しなどには同心の見張りがつき、八坂や伊織とて例外ではない。

紗枝が町奉行所へ着く前に自害したことを、夏野たちは八ツ過ぎに知った。

自害した紗枝の亡骸は町奉行所で検めさせることにして、自ら戻って来た安妻番町奉行の木村が用人や女中頭に紗枝のことを訊《たず》ねる間に、ようやく事件を知らされた本庄の甥の治太郎が駆けつけた。

「どういうことですか！」

取り乱した治太郎は、目上かつ上位階級の八坂に食ってかかった。

「このような不手際……許されぬ——許されぬことですよ！」

八坂の用人と馨が止めにかかり、我に返った治太郎は無礼を詫《わ》びたが、同心に付き添われて出て行く前に、なんとも恨めしげに大広間を見渡した。

暮れ六ツが鳴る少し前に、夏野たちは大広間から解放された。屋敷の外に出ることは許されておらぬが、とりあえず蒼太と二人で部屋へ戻って一息ついた。

大広間とはいえ、屋敷中の者と一緒くたに長い間詰め込まれ、不機嫌極まりなかった蒼て言った。

太も、他の者と離れて落ち着いたのか、ごろりと仰向《あおむ》けになると、顔だけ夏野の方へ向け
「ほんじょ……しん、だ。いち……いおい、と、ふた、り」

「そうだ。理一位様は三人になってしまわれた……」

「さい、ば……いち、こお、す?」

「どうだろう? 理一位様がいなくなって困るのは、西原とて同じだろう」

国皇や大老と同じく、国民には理一位も大きな心の支えだ。現に年初に土屋の訃報が知れ渡った時は国中がその死を嘆き、晃瑠でも土屋のために喪に服す国民を多く見かけた。

国民なくして国はない。稲盛が国皇に、西原が大老になったところで、人心を失っては無意味だろうと夏野は思うが、そもそも夏野自身は、国皇や大老に成り代わりたいなどという野望を抱いたことがない。己には判らぬ理由が稲盛たちにはあるのやもしれなかった。

恭一郎や伊織の考えも訊ねてみたいが、二人はお偉方の面々と密談中だ。

それに、樋口様ではなく本庄様を狙ったのは何ゆえだったのか……

紗枝は半年前から八坂家に仕えていたという。伊織であればいくらでも機会はあっただろうし、安良や大老も若き伊織に期待を寄せている。本庄を亡くしたことには強い悲しみと憤りを感じるが、伊織でなくてよかったと思う己がいるのも真実だ。

小さな溜息《ためいき》が聞こえて蒼太を見やると、仰向けになったまま目を閉じている。顔色は良くないが、くつろいでいるのが感ぜられて、夏野はほんのり嬉《うれ》しくなった。

つながっている。

左目だけでなく、信頼という絆《きずな》で――

夏野が見つめていると、蒼太は眉根《まゆね》を寄せて一つ伸びをした。

薄目を開けて、ぼそりとつぶやく。

「つか、いた」

「そうだな。私も疲れた」

「はらへ、た」

「そうだな、私も……」

つられて応えかけた時、足音を立てて馨がやって来た。

「飯だぞ」

馨の後ろには折敷《おしき》を手にした小夜《さよ》がいた。折敷には飯碗《めしわん》と汁椀《しるわん》が三つずつ載っている。

蒼太が飛び起きて、謝意のこもった目で小夜を見上げる。

「これでしばらく凌いでください。お代わりは今炊いているので、またのちほどに」

それだけ言うと、夏野たちに礼を言う暇《いとま》も与えず、小夜は廊下を引き返して行った。

屋敷中の者が驚愕《きょうがく》と緊張、悲しみで疲労困憊《こんぱい》な上、空き腹を抱えていた。皆が解放される少し前に、小夜が木村に願い出て、女中を連れて部屋を出ていたのを思い出した。

あれは夕餉の支度のためだったのか……

昼前に冷め切った朝餉を食べたきりであった。

炊き立ての米と熱い味噌汁《みそしる》の匂いが、夏野の若い食欲をそそった。待ちきれないといった様子で、蒼太と馨が箸に手を伸ばす。

折敷を真ん中に、三人でそれぞれ飯碗を手に取った。飯碗の端に添えられた青菜の漬物に、小夜の心遣いを感じる。

「小夜殿はまこと、よくできた妻女よ」

「ええ」

「はらへ……いく、さ、てき、ん」

「そうだ。腹が減っては戦はできぬ。食える時にたっぷり食っておくことだ」

「ん」

頷き合う男二人は頼もしいが、「戦」という言葉が夏野の胸に引っかかった。

稲盛率いる妖魔たちだけでなく、西原と西原につく人々とも、これからは戦わねばならぬのだと思うとどうにも気が重い。

毒殺という手段も陰湿だ。斬り合いならば、己も少しは役に立とうし、敵味方もはっきりしている。だが毒では己には防ぎようがない。蒼太も昨年毒殺されかかったが、助かったのはひとえに妖魔の治癒力ゆえだ。

たとえばこの味噌汁に……

箸が止まった夏野に、馨が声をかけた。

「疑い出したらきりがないぞ」

「それに此度の狙いは本庄様で、伊織はひとまず大丈夫だろう」

「……そうですね」

「と言いますのは？」

殺さずともよい、と、伊織たちを襲った曲者たちは言われていたという。浅手を負わせることができれば、本庄が八坂家へ身を寄せると鹿島は踏んだのだろう。

「そして本庄様はこの屋敷でお亡くなりになった。あの紗枝とかいう女中が全てを引っかぶって自害したようだが、それだけではこの件は落着せぬぞ。鹿島は――西原は必ず、伊織と八坂家の落ち度を責めるだろう。西原は既に、伊織が稲盛退治に乗り出したのを知っている。やつは本庄様を弑すると共に、伊織と神月家を貶めるつもりなのだ。此度、本庄様を狙ったのは、伊織は表向き西原が呼んだ客だからだろう。伊織が、はたまた理一位様が二人も一度に暗殺されれば、世間は八坂家よりも閣老の責を問うだろうからな」

「成程《なるほど》……」

下手人が判明したとはいえ、神月家縁の八坂家で理一位が死した事実は変わらぬ。いくら知らなかったといえども、紗枝のような女中を雇ったことは、八坂家の落ち度とされてもおかしくない。伊織が事を防げずに己だけ助かったことも、絶好の非難の種になる。

それにしても……

思わぬ洞察力に感心して、夏野は馨をまじまじと見つめた。

「む。その目はなんだ、黒川？」

「は、その、真木《まき》殿の思慮深さに恐れ入りまして……」

「おぬし、俺《おれ》をなんだと思っておるのだ？」

「なんだというと……真木殿は、あの柿崎《かきざき》先生に認められた剣の師範――」

「莫迦《ばか》にしておるのか？　俺は剣だけの男ではないぞ？」

飯碗を置いて腕を組み、厳めしい顔で馨が詰め寄る。

「莫迦になど――わ、私は真木殿に敬服しております」

「――ならばよい」

頷いてから、馨はにやりとした。

「……まあ、先ほどのあれは、伊織の受け売りなのだがな」

「えっ？」と、夏野が驚くと同時に、襖の向こうで小さく噴き出す音がした。

「きょう」

蒼太が立ち上がって襖を開くと、新たな折敷を携えた恭一郎が立っていた。

「自ら明かすとは潔いな、馨」

「ふん。俺が剣だけの男なのは、お前も知っとる通りだ」

夏野の向かいに腰を下ろし、恭一郎は携えて来た折敷を真ん中に押しやった。折敷の上には握り飯が八つ載っており、早速蒼太が一つつまむ。

「そんなことはなかろう。お前の顔の広さに、伊織も感心していたではないか。毒の出どころはお前が目星をつけた煙草屋で間違いないだろう。白を切ろうとも必ず吐かせてやると、木村殿も息巻いておられた」

「あんなのは……ちょっと調べれば誰にでも判る。俺は所詮《しょせん》、ただの剣士に過ぎん」

正面切って誉《ほ》めそやされたことに照れたのか、馨はぶっきらぼうに応えた。

「……俺の取柄も剣だけだ」

恭一郎の声には、微《かす》かなやるせなさが滲んでいた。

「斬り合いならともかく、毒とはお手上げだ。……歯がゆいもんだ」

「うむ」と、馨も短く頷く。

私にあるのも、剣だけ――

二人に賛同しかけて、夏野は思い直した。

違う。

私には蒼太の目がある……

妖魔を――たとえ一部でも――その身に取り込んで尚《なお》、狂わずに生き長らえている。

二年前にはただの世間知らずだった己が、今こうして国の大事にかかわっている。

二年の間に、何度か命の危険にさらされたが、蒼太や恭一郎を知る前に戻りたいとは夏野は微塵《みじん》も思わない。

蒼太の目を取り込んでしまったのは偶然だったが――あれがもしも――

もしも、運命といえるものなら。

私はそれを受け入れたい。

あのまたとない出会いに感謝し、天が私に課した使命を果たしたい……

——剣と術、双方に秀でている者は少ない——

安良の言葉が脳裏によみがえった。

学びたい、と強く思った。

けして理術をおろそかにしてきた訳ではないが、己は剣士だという自負が、常に剣を優先させてきた。

伊織のように理一位を目指そうとは思わぬ。それだけの時も才も今はないことも歴然としている。しかし、以前伊織は夏野に言った。己には伊織とは違う才があり、伊織とはまた違った形で、剣にも術にも深くかかわっていくだろう、と。

私は甘えていた。

才があると言われ——蒼太の目だけを頼りに、自らつかみ取る努力を怠ってきた。

己の才を磨き、蒼太の目を活かすことができれば、毒を「見抜く力」とて得ることができるやもしれぬ……

「なつの。にぎ、めし」

一つ目をぺろりと食べてしまい、二つ目を手にした蒼太が折敷を夏野の方へ押しやった。

「ありがとう、蒼太」

微笑んで一つつまむと、蒼太も口元を少しだけ緩めた。

「——ところで、伊織はどうした？」と、これも握り飯を頰張《ほおば》りながら馨が訊ねた。

今頃やつは大層気の利く嫁がいる。今頃やつは

「湯が沸いたので、先に風呂《ふろ》に入るそうだ」

「放っておいてよいのか？」

「俺は用心棒であって三助ではない。大体、やつには大層気の利く嫁がいる。今頃やつは小夜殿に背中を流してもらってご満悦だろう」

「む。それもそうか」

私は小夜殿のようにはなれぬ……

恭一郎への恋心を己の内に認めた夏野だったが、己が小夜のような「良妻」になれるとは到底思えぬ。よって、夫婦になりたいなどと大それた願いは持っていなかった。

私は剣と術を活《い》かすことで、皆の役に立てればよい。

皆と……鷺沢殿の……

向かいに座る恭一郎をまともに見られず、目を落とした夏野は握り飯を黙々と食《は》んだ。

†

背中を流し、湯から上がった伊織の着替えを手伝う。

寝間着に着替えるのかと思いきや、紬《つむぎ》に袴《はかま》を用意するように言われた。一人暮らしが長く、着替えも一人の方が早いだろうに、己に任せてもらえるのが小夜には嬉しい。

小夜が手渡した眼鏡をかけ直すと、伊織は穏やかな声で言った。

「さっぱりした。俺はまだ寮頭と話すことがあるゆえ、そなたは先に休んでくれ」

「はい。では、片付けを終えましたら……」

女中と二人で飯炊きを始めてから、小夜は襷《たすき》がけのままだ。

「そなたが休まぬと皆が休めぬ。片付けは女中に任せればよい」

伊織の言葉に小夜ははっとした。

己はここでは、空木村の田舎《いなか》娘ではない。身分だけなら八坂の妻よりも高い、理一位の奥方なのだった。

「申し訳ありません。出過ぎたことをいたしました」

八坂家は用人や剣士たちを始め、女中、下男、門番など五十人ほどを上屋敷に抱えている。夫妻合わせて十数人の樋口家とはまるで違う。飯の支度もさぞ大変だろうと、皆の空き腹を思って台所へ立った小夜だったが、反対に夫の顔を潰《つぶ》したのかと不安になった。

「いや、八坂様もそなたの働きに感謝しておられる」

疲れの取れぬ顔で伊織は微笑んだ。

「空き腹のせいで、皆一層苛立っておったからな。こういう時は旨《うま》い飯が何よりの薬だ」

「大した物も用意できず……」

「非常時だ。皆、承知の上さ。それに、炊き方一つ、匙《さじ》加減一つで、同じ米や味噌がこうも美味しくなるものかと奥方様も感心しておられた。何より、そなたの願いでなくば、木村殿は聞き入れなかっただろう。こんな時になんだが、俺は内心、鼻が高かったぞ」

伊織が言うのへ、小夜は身を縮こめた。木村が慮《おもんぱか》ったのは己ではなく、あくまで「理一位の奥方」だ。夫の言葉は嬉しいが、飯炊きくらいしかできぬ己が恥ずかしい。

いや、これからは家事の他にもう一つできることが増えた。

「あの」

「なんだ？」

「これからは、お外での食事にはどうか気を付けてください。ご一緒させていただける時は、私が先に毒見いたしますが――」

「莫迦を言うな」

思わぬ強い口調に驚いた小夜が見上げると、険しい顔の伊織と目が合った。

「毒見をさせるためにそなたを娶《めと》ったのではない。二度とそのようなことを考えるな」

静かだが、今まで聞いたことのない厳しい声だった。

慄《おのの》きが伝わったのか、今度はやや困った顔をして伊織は小夜の手を取った。

「俺のためを思うなら、どうかそのような真似《まね》はしないでくれ」

「伊織様」

「俺と一緒になったことを悔いておるか？」

「いいえ、けして」

「ならば俺の望みを少し聞いてくれぬか？」

「なんなりと」

「――健やかでいてくれ」

両手で小夜の右手を挟み、祈るように伊織は言った。

「これからしばらく血なまぐさいことが続くだろう。性には合わぬが、俺にも役目と意地がある。だが、事が済んだら、俺はそなたを連れて空木へ戻りたい。以前のように空木で二人、穏やかに暮らすのだ。なればこそ、毒に限らずそなたに命を落とされては困る」

「で、では、伊織様も――」

時には剣を取って戦うこともある伊織だ。恭一郎がついているとはいえ、伊織が都を離れる度に小夜はその身を案じてやまない。

「うむ。俺もまだ死にたくはない。この世には俺の知らぬ理が山ほどあるゆえ……」

夫は、人では小夜を一番に好いているそうだが、人より真理を重んじる理術師《りじゅつし》でもある。寂しいと思う前に、小夜はついくすりと笑みを漏らした。気付いた伊織が、ばつの悪い顔をしたのがまた可笑しい。

「すまぬ。その……」

「いいえ。伊織様の志は承知しているつもりです」

小夜が微笑むと、伊織の手に力がこもった。

「……この世は様々な基《もと》から成ると、話したのを覚えているか？」

「はい」

小夜には漠然としか判らぬことだったが、この世の全ては様々な「基」でできているらしい。それは常人の目には見えぬ至極小さなものであり、伊織たち理術師はその基を見極めることによって、理術といわれる力に変じさせるのだという。

「俺は長年この世の基と理を学んできたが、国を成すのは基ではなく人だ。基にこだわるがゆえに、国から俸禄をもらう身でありながら、これまで俺は国や政というものを軽んじてきたように思う。――だがな、小夜、人が集まり国になるなら、そなたこそ俺を国につなげる者だ。俺にはそなたの命は国に等しい」

回りくどさは照れ隠しだろうか。

伊織と夫婦になってじきに二年になる。まだ若い己の至らなさを悔やむことはあっても、小夜が夫の愛情を疑ったことはない。

「光栄に存じます」

にっこりすると、伊織もようやく微笑みを返す。

「……いかんな。そなた一人幸せにできずに、どうして国が護れよう」

「私は――」

幸せです、と言いかけて小夜は口をつぐんだ。伊織の傍にいられるだけで幸せなのは本当だが、伊織は理一位として国の大局の渦中にいるのである。

「些少《さしょう》ながら、私もお手伝いを……」

「うむ、頼んだぞ。ただし毒見はなしだ」

念を押して頷くと、小夜の手を放して、寮頭に会うべく伊織が立ち上がる。

その背中を見送りながら、夫の温《ぬく》もりの残る右手を小夜は胸に抱いた。

第七章 Chapter 7

安良の指示で、本庄理一位の死は翌日に公にされた。

西都での事件なれば、長く隠しておけることではない。

騒ぎを受けて、長月朔日《ながつきついたち》に予定されていた御屋敷での宴《うたげ》は取りやめられたが、閣老・西原利勝自らが八坂家へ現れたことで、伊織や恭一郎だけでなく、夏野や蒼太も形ばかりの目通りを果たした。

閣老を迎えた座敷には、伊織と八坂達宣《たつのぶ》を始め、恭一郎、清修寮の寮頭、三人の目付《めつけ》、安妻《あづま》番町奉行の木村晋太郎たちがずらりと並んだ。

「末席にいるのは、私の直弟子、黒川夏野と鷺沢蒼太でございます」

伊織の紹介は名前のみだったが、西原は既に夏野や蒼太のことを聞き及んでいる筈《はず》だ。

一礼した夏野が顔を上げると、西原と目が合った。

五尺三寸の夏野よりは一回り大きいものの、思っていたより小柄である。目鼻がはっきりしていて、法令線が深い。人好きのする顔立ちに気品が相まって、上に立つ者としては申し分ない風貌《ふうぼう》だ。

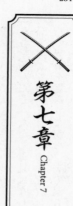

「ご苦労」

短く労《ねぎら》った声は温かかったが、ざらりとした嫌な気配を瞳《ひとみ》の向こうに感じた。

「下手人は自害したと聞いたが……まこと遺憾《いかん》にたえぬ」

沈痛な面持ちで西原は声を震わせた。

「樋口理一位《りいちい》、あなたが無事なのは不幸中の幸いですが、これ以上理一位様を失う訳には参りません。下手人の黒幕が判《わか》るまで安心できませぬゆえ、斎佳におられる間と晃瑠へ戻られる道中、私の方からも警固の者を遣《つか》わせましょう」

「お心遣いはありがたいのですが、手は足りております。鷺沢の腕前は安良様も認めるところ。また弟子の黒川も六段の侃士《かんし》にございます。帰りは晃瑠の柿崎道場にて師範を務める真木も同行しますし、大昔になりますが、私自身も侃士号を賜《たまわ》っております。むしろ、閣老の方こそ警固を増やされた方がよいでしょう。本庄様が狙《ねら》われたのは、理一位ゆえではなく、斎佳の要人としてではないでしょうか」

警固にかこつけて手の者を送り込みたかったのだろうが、断られるのも見越していたようだ。西原はあっさり引き下がった。

「成程《なるほど》……こちらこそお気遣い痛み入ります。ならば鷺沢、樋口様を頼んだぞ」

恭一郎は大老の息子だが、伊織の護衛役でも身分は一介の武士に過ぎない。呼び捨てにして身分の差を示しながらも、嫌みな素振りは微塵《みじん》も見られぬ。これでは国民どころか役人まで騙《だま》されてもおかしくないと、夏野は内心ぞっとした。

「はっ」

恭《うやうや》しく一礼したのち、恭一郎はかしこまった声で付け足した。

「安良様からも勅命をしかと承っております。斬《き》り合いならけして負けませぬ。樋口様の警固はどうか私にお任せください」

真面目《まじめ》な物言いだったが、皮肉が込められているのは明白だ。

「——頼もしいな。流石《さすが》、安良一の剣士といわれるだけはある」

すぐさま応《こた》えた西原の口元には微笑さえ浮かんでいたが、ほんの刹那《せつな》、棘《とげ》のように小さくも鋭く放たれた殺気に夏野は気付いた。

「余計なことを……」と、身内だけになってから伊織は恭一郎をたしなめたが、

「安良様を先に持ち出したのはお前だぞ」と、恭一郎はにやりとした。

「お前までやつの的になることはない。ああいう輩《やから》はしつこく、しぶといぞ」

「だが、鷹目《たかめ》の親父《おやじ》曰《いわ》くせっかちだそうだ。そういう輩は大成せぬさ。それに、俺《おれ》は既に村瀬の一件でやつの恨みを買っている」

妻を殺された事件の絡みで、恭一郎は西原家縁《えにし》の村瀬《むらせ》家の兄弟二人を討ち取っている。非は村瀬家にあり、村瀬家を取り潰《つぶ》したのは西原自身だが、神月家へ更なる敵対心を抱かせたのは間違いない。

「それもそうか」と、伊織は頷《うなず》いた。「宴はなくなったが、折を見て今一度西原に相見しよう。本庄様が黒川殿たちを認めていたのは、清修寮も承知している。本庄様亡き今、そ

のご意向に背くほど西原は短慮ではあるまい。相見までに鹿島の尻尾《しっぽ》をつかめればよいが、そうでなくとも一旦《いったん》晃瑠に戻らねばならぬだろうな……」

次の日に行われた本庄の葬儀は、甥《おい》の治太郎が取り仕切った。八坂と伊織、恭一郎が参列したが、夏野たちは留守番だった。

——更に五日が経《た》った。

昨日、本庄の初七日を終えたものの、外聞を慮《おもんぱか》って伊織は蟄居《ちっきょ》を続けており、夏野たちも外出を控えている。

伊織のもとには清修寮の寮頭や目付の木下圭吾を含め、入れ代わり立ち代わり客が来ては話し込んで行く。小夜は八坂の妻・照代《てるよ》の相手をする傍ら、照代の願いもあって晃瑠の料理や味付けを女中たちに教えて過ごしていた。

夏野は朝のうちは伊織の教えを思い出しながら術の修業に勤しみ、昼からは庭で八坂が抱えている剣士たちと共に剣の稽古《けいこ》に励んだ。手が空いていれば恭一郎も庭に出て来て竹刀《しない》を振るが、大抵は伊織の傍《そば》に控えていて日中顔を見ることは少ない。

一方で蒼太は、外出が叶《かな》わずにすっかりふてている。

八坂の息子は既に二十五歳で、孫はまだいない。遊び相手や玩具《がんぐ》はいらぬが、絵草紙一冊ない屋敷では、蒼太も暇を持て余して仕方ないようだ。剣の稽古に誘ってみたが、他の剣士も一緒というのがどうも落ち着かぬらしい。子供用の竹刀もないから思うように打ち込めず、すぐに飽きてしまった。

そんな蒼太だから、夕刻に馨が現れると玄関先まですっ飛んで行く。

調べが終わった後に実家へ戻った馨は、相変わらず市中を歩き回っており、報告がてらに毎晩八坂家に寄るようになっていた。甘い物はもちろん、貸本の絵草紙も手土産《てみやげ》にしてくれる馨の到着を、蒼太は毎日首を長くして待っていた。そこらの子供のようにはしゃぎこそせぬものの、手土産に大喜びしていることは蒼太を知る夏野にはよく判る。

七ツ近くになって、稽古の汗を流した夏野は、廊下を走って行く蒼太とすれ違った。

「かおう」

「うむ。私もすぐ行く」

身なりを整えて恭一郎と蒼太の部屋へ行くと、蒼太は既に土産の大福を頬張《ほおば》っていた。

「なつの。だいふ、く」

「一つ頂戴《ちょうだい》いたします」

馨に頭を下げてから大福を一つ手に取ると、伊織と恭一郎が現れた。

大福を各々手にしている己と蒼太を交互に見やって、恭一郎が微笑《ほほえ》む。やはり蒼太と同じく子供扱いされている気がして、夏野は遠慮がちに大福を食《は》んだ。

「市中はどうだ？」

恭一郎が問うのへ、馨が眉《まゆ》をひそめた。

「よくない。伊織、お前の読み通りだ。悪い噂《うわさ》が広がりつつある。あの治太郎も一役買っているようだぞ」

「そうか……」

本庄が暗殺されたこと、下手人が罪を認めて自害したことは公にされた。下手人の紗枝の裏にいるのは鹿島、その鹿島に命じたのは稲盛か西原利勝に違いないと夏野たちは考えているが、表向きは謎《なぞ》のままだ。鹿島のことは目付の木下圭吾と養父の弘蔵《こうぞう》、斎佳の清修寮の寮頭にだけ明かしてあり、他の目付や町奉行たちには伏せてあった。

安妻番町奉行の木村晋太郎は、裏の万屋といわれている煙草屋の石田屋を締め上げ、毒を売りさばいていたことは白状させたようだ。しかし、石田屋が毒を売った相手は複数いて、本庄に使われた毒を買ったのが誰《だれ》かまではまだ突き止められていなかった。

その間に、伊織が予想した通り、斎佳では伊織と八坂家に対する噂が立ち始めた。

本庄鹿之助が女中の仕込んだ毒で死すなど、同じ理一位・樋口伊織と八坂家——ひいては神月家の落ち度ではないか、という噂だ。

「心無い者は、裏で糸を引いているのは伊織だと言い出す始末だ。本庄となんらかの理由で仲違《なかたが》いし、和解に至れず殺し合いを……」

「莫迦《ばか》なことを——」

伊織への侮辱に夏野は憤った。

「まあそれはほんの一握りの、ものを知らん与太者たちの言い草だ。多くの者は伊織や大老を——神月家を信じている。だからこそ、此度《こたび》のことにがっかりしておるのさ。樋口様がついていながら、何ゆえみすみす本庄様を死なせてしまったのか……」

「耳が痛いな」

冗談めかしているが本心だろう。疲労が積もった顔で伊織は応えた。

「そのような曲者《くせもの》を雇い入れるとは、八坂家も一体何をやっておるのだ。大老の身贔屓《みびいき》で八坂に任せたばかりにこのような始末に……という具合なのだ」

忌々《いまいま》しげに饕は大福にかぶりついた。

「伊織が八坂家におることも、八坂家が神月家につながることも、そこらの都人は知らなかった筈だ。それが茶屋や居酒屋でも囁《ささや》かれておるのだから、誰か――おそらく鹿島やその手下が言いふらしたに違いない。しかし、いまや治太郎も事を口にしてはばからん」

「理一位という身内の誇りを亡くして悔しいのだろうが、伊織や八坂家を恨むのはお門違いだ。まあ、あの男なら驚かんがな……」

恭一郎が言うのへ、人目も気にせず八坂に食ってかかった治太郎が思い出された。

「治太郎は、お前のこともこき下ろしておるようだぞ、恭一郎」

「そうか？」

「うむ。そもそも本庄様が八坂家へ寄ったのは、茶会の帰りに曲者に襲われ、怪我《けが》をしたからだ。安良一の剣士が用心棒についていながら、理一位様に怪我を負わせるとは情けない。もとより御前仕合に出てもおらぬのに、安良一とは眉唾《まゆつば》だろう。浪人同然の男が理一位様の伴《とも》なぞありえぬ。己の妾《めかけ》の子なれば、これもまた大老の身贔屓に他ならぬ……」

「ぶ、無礼な！」と、夏野は声を高くした。

恭一郎が大老の庶子であることは公然の秘密だが、だからといって大っぴらに口にしてよいことではない。しかし此度は、恭一郎が伊織の伴をしていること以前に、伊織の斎佳訪問そのものを知らぬ役人も多かった。本庄の死でそのことを知った役人は――殊に下位階級ではなくそこそこの身分の者は――けして良い気はしなかっただろう。

「そもそも、本庄様の護衛役は松嶋殿ではないですか。鷺沢殿は本来護《まも》るべき樋口様には傷一つ負わせず、乱闘の中、曲者を三人も峰打ちして捕えた功労者です！」

「黒川殿の評はありがたいが……」

憤然として言った夏野は、恭一郎に見つめられて口をつぐんだ。

「本庄様に怪我を負わせてしまったのは、松嶋同様、俺の落ち度でもある。安良一を名乗った覚えはないし、これからも名乗る気はないが、主家を持たぬ浪人の俺が伊織の用心棒となれたのは、父上の親心が多分に斟酌《しんしゃく》されたからだろう。治太郎の言うこともまったくの事実無根ではないさ」

「しかし……」

「しかし、父上と伊織を軽んじるとは、やつは人を見る目がない」

「そうとも。なんとかぎゃふんと言わせてやりたいが」

「まあ、俺たちが稲盛をひっ捕らえることができれば、自ずと世間も味方してくれよう」

「ひっ捕らえることができそうなのか？」

期待に満ちた目で馨は伊織と恭一郎を交互に見たが、伊織は浮かない顔で応えた。

「判らん……笹目《ささめ》が襲われ、鹿島は斎佳にとどまっている……稲盛とてそう遠くないところにいるとは思うのだが――」

「俺が鹿島をつけるというのはどうだ？」

馨が意気込むのへ、伊織はようやく微苦笑を漏らした。

「鹿島をつけるのは一案だと考えているが、馨、お前には到底無理だ」

「む……」

馨は六尺超えの大男である。町中でも頭一つ抜け出ているのだから、都外で目立たぬ筈がない。

「では、私が尾行するというのは……？」

おずおず夏野は切り出してみたが、男三人、否、蒼太も含めて四人にじろりと睨《にら》まれて身をすくめた。

「黒川殿。志はありがたいが、万が一にもおぬしや……蒼太が稲盛の手に落ちる危険は避けたいのだ」

伊織の言葉は穏やかでも、力不足だと言われているのは明らかだ。

稲盛なら己から蒼太の目を取り上げることもできよう。葉双《はふたつ》行きの時のように、蒼太が同行することにでもなれば、己の命だけでなく、蒼太の命をも危険にさらすことになる。

「伊紗とつなぎが取れればよいのだがな……」

恭一郎が言った。

稲盛を追って去ったきりの伊紗だが、山幽《さんゆう》の槙村孝弘《まきむらたかひろ》曰く、半月ほど前には辻越町《つじこしちょう》にいて孝弘と会っている。

笹目で顔を合わせた孝弘を思い出した。

——もしも槙村が蒼太を見張っているのなら、槙村も斎佳におるやもしれぬ。

そう思って夏野はちらりと蒼太を見やった。孝弘が斎佳にいるなら、蒼太には判るのではないかと思ったからだ。

夏野の視線に気付いたのか、見上げた蒼太と目が合ったが、蒼太はすぐにうつむいて二つ目の大福を口に運んだ。

「あの紙切れを使えばよいのではないか？」

「符呪箋《ふじゅせん》は命の証文であって、狼煙《のろし》でも颯《はやて》でもないのだ」

馨の問いに、恭一郎の代わりに伊織が応えた。

「あれに使われているのは、いわば呪《のろ》いの詞《ことば》だ。結界が妖魔《ようま》を捕らえてその身体《からだ》を蝕《むしば》むように、符呪箋も羈束《きそく》された者の命を奪う。恭一郎が羈束した時に、伊紗《いさ》の血は詞と結びついた。血というものはどれも赤いが、実は一人一人、少しずつ違うのだ。——前に蒼太が言ったが、天地はこの世の全《すべ》てとつながっている。恭一郎にその意があれば——少し時はかかるが——離れていても、符呪箋と天地をつなげることで、既に詞と結びついている伊紗の息の根を止めることができる」

「だが、馳《は》せ参ぜよと命ずることはできんのか。便利なのか不便なのか判らんな、術というやつは」と、馨は顎《あご》を撫《な》でた。「……そして恐ろしいものだな、詞というのは。その詞とやらで、稲盛や西原を呪い殺すことはできんのか？」

「できるものならとっくにやって、俺は今ごろ空木におる」

「それもそうか……しかし、こう、なんとか稲盛や西原の血をあの紙切れに――」

「符呪箋で捕えられるのは、今のところ妖魔だけだ」

「何故《なぜ》だ？」

「詞が働きかける理が違うからだ。詞というのは理の具象――つまりは自然のからくりを、俺たち自身により判りやすく、より紡ぎやすく、置き換えているだけなのだ。生き物が死すには様々な理由がある。俺たちはそのほんのいくつかの理を知るだけで、符呪箋に記された理は、妖魔どもに癪《しゃく》を与えるようなものだ」

「ちょっと待て。俺たちというのは誰のことだ？　少なくとも俺にはさっぱり判らん」

「俺たちというのは、人のことさ。結界や符呪箋に使われている理は様々だが、基《もと》となる理は全て安良様が授けてくださったものだ」

「安良様が……しかし、お前が言うように、人も妖魔も基は同じならば、いつか全ての理が明らかになれば、人を殺せる符呪箋もできるのではないか？」

「いつか全ての理が明らかになれば、この世にできぬことはなくなるだろう」

それは素晴らしいことのように聞こえたが、夏野は何故か身震いした。

「――恐ろしいことだな」

夏野を代弁するようにつぶやいた馨に、伊織が微笑した。

「そうだ。恐ろしいことだ。だが俺は、それでも知りたい……」

「伊織」

「案ずるな馨。千年経っても、我ら人が知る理はほんの僅《わず》か……大海の水一滴ほどに過ぎん。なればこそ稲盛はあがいているのだろう。俺たちの——人の命はあまりにも短い。稲盛の気持ちも判らぬでもないが、この世の全てが理でできているのなら、天命にも理がある筈なのだ。生まれ、死ぬという人の理……俺がいつか逝く時は、少なくともそれを見極めるだけの力を備えていたいものだ」

「逝く、などと軽々しく口にするな。理一位様が既に二人も亡くなっとるのだぞ。今、お前に死なれては困る」

「うむ。俺も今あえて死す気はない。互いにあと五十年は生きたいものだな。毎日来てもらえるのはありがたいが、お前はとにかく目立つゆえ、馨こそ身辺には気を付けてくれ」

苦笑しながら伊織が労うと、馨は軽く舌打ちをした。

「こと……ば……」

食べかけの大福を手に、蒼太が伊織を見上げた。

「こと、おぼ、え……おれ、ちか……」

「そうだな。詞をうまく使えるようになれば、蒼太の力も伸びるやもな」

共にいる時が増えたせいか、伊織も蒼太の人語を解するようになってきた。

「だが……理に働きかけるには強い意志が必要で、詞は意志をより明確にする手段の一つに過ぎぬ。蒼太が力を使う時、強く念じるのと同じようなものだ。蒼太は、俺たちが使うような長々とした詞がなくても力を振るうことができる。ゆえに詞よりもまず蒼太自身の力――お前という理を知ることで、今よりずっと強くなれるぞ」

「おれ……」

伊織をまっすぐ見つめて蒼太が言う。

「おれ、つよ、く……ないた、い」

「うむ。共に精進して参ろうぞ」

温かく応える伊織に蒼太も頷く。

――私という理……

たった今伊織が言ったことを思い返しながら、夏野は考えた。

私という者が生まれ、意志を持ち、ここに――この世に生きている意味……

†

二日後。

十日ぶりに夏野と蒼太は外出が叶った。

伊織と小夜、恭一郎は引き続き屋敷にとどまっているが、本庄の初七日を終えたこともあり、「遣い」という名目でならよいだろうということになったのだ。

「こちらは二番町奉行の倉木殿へ、こちらは双見《ふたみ》神社の宮脇宮司《みやわきぐうじ》へ……それからこちらは木下様へ」

目付として伊織を訪ねてきた圭吾によると、真琴《まこと》の父親にして元目付の木下弘蔵は、四、五日前から風邪《かぜ》に臥《ふ》せっているという。

「どれも中身は当たり障りのないものだ。よって、もしも曲者に遭《あ》ったら、文《ふみ》を囮《おとり》に逃げてくれ」

「はい」

遣いは鹿島や西原の監視を確かめるためでもあった。

「やはり、俺が行った方が――」

言いかけた恭一郎を伊織は一瞥《いちべつ》する。

「蒼太もおるし、黒川殿の腕なら大丈夫だ。少しは黒川殿を信用しろ」

「しておるさ。ただ、こう毎日屋敷にいては身体が鈍《なま》って仕方ない」

眼鏡を正して、確かめるように伊織は問うた。

「要するに、お前も蒼太同様、退屈しておるのだな？」

「蒼太ほどではないが、退屈しておる」

「……率直さはお前の美徳だが」

再び眼鏡に手をやると、伊織は澄まして続けた。

「役目というのはそういうものだ。馨のように、好きなことだけをして稼げる者は限られている。世の多くの者は俺やお前のように、時にはつまらぬともたまらぬとも思えることに、粛々と勤《いそ》しまねばならぬことがあるのだ」

「お前もそうか？」

「俺もそうだ」

「――また道連れか」

「まあそういうことだ」

道連れの意味が夏野にはよく判らなかったが、屋敷詰めで恭一郎も腐っているようである。それこそ蒼太ほどではないが、不貞腐《ふてくさ》れた様子の恭一郎が何やら可笑《おか》しかった。

「ほら、これで皆に件《くだん》の菓子を買って来い」

恭一郎から百文銭を二枚もらった蒼太が嬉しげに頷く。

件の菓子とは「十六夜」のことである。馨は毎日、なんらかの菓子を土産にしてくれていたが、並び待つほどの暇はなく、十六夜を買って来てくれたことはなかった。

「やつ……もと、る」

八ツまでには戻ると約束して、夏野と蒼太は屋敷を出た。

長月も六日となり、ほどよく涼しい風が清々しい。門の外で一つ大きく伸びをすると、夏野は蒼太をいざなって、まずは中町にある木下家の上屋敷へ足を向けた。

「まあ近頃《ちかごろ》の無理が祟《たた》ったのだ。本庄様のことでも随分気落ちしておられたゆえ……」

風邪がうつっては悪いと、弘蔵ではなく、娘の真琴が出迎えた。

そう言う真琴も顔色が悪い。

「真琴様のお加減は……？」

「私か？　私ならなんでもない。――それで結句、夏野はいつまで斎佳におるのだ？　こうして外に出られるのなら、また遊びに来い」

「はあ、それはまだなんとも……」

本来なら朔日に御屋敷での宴を終えて、今日にでも晃瑠への帰路に就いている筈であった。本庄へ毒を盛った紗枝については町奉行所がまだ調べの手を緩めておらず、世間の伊織たちへの風当たりも強い。再度の相見については「しばらくお控えあれ」と西原家からは通達があったようだが、それがいつまでなのかは夏野には皆目見当がつかなかった。

「屋敷へ来るのが難しいようなら、徳乃屋《とくのや》でもよいぞ。梶《かじ》も夏野に会いたがっておる」

梶市介《いちすけ》は夏野の亡父・卯月慶介《うづきけいすけ》の幼馴染《おさななじ》みで、夏野が生まれる前に斎佳に移り、今は真琴の父親の側用人《そばようにん》だ。今日は残念ながら、弘蔵と共に風邪で臥せっていた。

「私も梶殿に会いたいのは山々ですが……樋口様にお伺いしてみます」

八ツまでには戻ると言った手前、長居はできぬ。半刻ほど話すと、名残惜しげな真琴に暇《いとま》を告げた。

門まで、坂東《ばんどう》が見送りに出た。

「樋口様のお心遣い、痛み入ります。大殿もそうですが、真琴様も久しぶりに明るい顔を見せてくださいました」

「真琴様は大丈夫だと仰《おっしゃ》っていましたが、どうも顔色が優れぬようでした。真琴様も風邪を召されているのではないでしょうか？」

夏野が問うと、坂東は躊躇《ためら》いがちに頰《ほお》を掻《か》いた。

「その……真琴様のは風邪ではありませぬ」

「とすると、気鬱《きうつ》か何か……？」

「いえ、その……ご懐妊かと……」

尻すぼみに、だが嬉しげに坂東が言った。

はっとした夏野の口がもつれる。

「あ……さ、さようですか」

「さようでござる」

「……私には言いにくかったのでしょうね」

真琴は圭吾と夫婦としての絆《きずな》を築きつつあるが、馨への想《おも》いを捨て切れてはいない。馨を知る夏野に、懐妊をどう切り出したものか悩んでいるのではなかろうか。

——それとも私が「子供」ゆえか……？

確かに己はおぼこだが、そこまで世間知らずではないと、夏野は落胆した。夫婦が床を共にせぬ方がおかしく、ましてや真琴は武家の——木下家の一人娘である。懐妊は、友として、また武家の末席にいる者として、心からめでたいと思える知らせだ。

夏野の心情を察したのか、坂東がくすりとした。

「他意はござらんよ、黒川殿。真琴様は、時折変に意地っ張りになられるゆえ、此度のご

懐妊も、そんなことはない、まだ早い、と言い張っておるのです。——とはいえ、胸中で

は承知しておられる様子。その証《あかし》に、大殿の看病をすると言って屋敷にこもりきりのくせして、風邪がうつっては困ると大殿には近寄らんのですよ」

忍び笑いを漏らす坂東につられて、夏野も顔をほころばせた。

「おめでとうございます」

「はは、いやその、実にめでたいことでございます」

莫迦《ばか》丁寧《ていねい》に応えて、坂東は白髪《しらが》の増えた頭に手をやった。

長きにわたって木下家へ尽くし、真琴を生まれた時から知る坂東としては、さぞ感慨深いことだろう。喜びを全身に滲《にじ》ませている忠義者へ、夏野も丁寧に頭を下げた。

門を出て木下家を離れると、蒼太が夏野を見上げて問うた。

「まこ、と。ごか、い、た?」

真琴が何か誤解して、気分を害していると勘違いしているようである。

「いや、誤解ではない。ご懐妊というのはな……」

はばかることではないと思うのに、つい声が低くなる。

「その……お腹《なか》の中に赤子を授かることなのだ」

「あか、こ」

「うむ」

「あか、こ……」

繰り返して、蒼太は黙り込んだ。

詳しく問われては困ると思ったのが顔に出たのか、それ以上何も訊《き》かずに再び歩き出した蒼太に、夏野はほっとした。

長瀬川沿いを北上し、四条橋を東に渡って由良木町へ入る。土筆大路《つくしおおじ》を北へ折れると、倉木のいる二番町奉行所のある中久保町《なかくぼちよう》へ向かう。

伊織の遣いとあって倉木が直々に応じてくれたが、昼前だというのに町奉行所は喧騒《けんそう》に包まれていた。

「昨夜もまた、天本で騒ぎを起こした者がおってな……」

由良木町との境で長瀬川に隣接する天本は、二番町奉行所の管轄だ。

嫌みのつもりではないだろうが、恭一郎と馨の騒ぎを思い出したからこそ「また」と口にしたに違いない。夏野に責はないのだが、町奉行所という場所柄かどうもきまりが悪かった。もともと夏野は堅苦しいことが苦手だ。挨拶《あいさつ》を済ませて文を渡すと、早々に町奉行所を後にした。

神社参りなら物見遊山《ものみゆさん》には入らぬだろうと、中久保町から更に少し北の新坂《あらさか》神社へ立ち寄り参拝を済ませると、二条橋を西へ渡り、二条大路を双見神社へ向かう。

尾行されている、と感じたのは、火宮《ひみや》大路を越えた頃だ。

「かし、ま」

双見神社前の茶屋に座ると、蒼太が夏野に耳打ちした。

「ひとい」

「鹿島が？」

それも一人で夏野たちをつけているというのである。

八坂家を出た時にも、木下家を訪ねる前にも後にも、尾行者の気配は感ぜられなかった。

「じゃ……いた」

「新坂神社にいたのか。とすると――」

鹿島は己と蒼太を見知っていることになる。

紗枝という内通者がいたのだから、恭一郎や小夜と同じく、伊織について来た夏野たちのことを聞き及んでいるのは当然だろうが、顔を知られているとは思わず、夏野は少なからず驚いた。

昼九ツの鐘が聞こえてこようかという時刻だった。

茶屋を出て歩き始めると、再び後をつけてくる気配がする。

双見神社の宮司に文を渡したのち、参拝しながら、どうしたものかと考えを巡らせる。

新坂神社からつけて来たのであれば、木下家や町奉行所に寄ったことは知られておらぬだろう。このまま八坂家に戻ったところで、鹿島は既に夏野たちを知っているのだから問題はないと思われた。

――下手に撒《ま》かぬ方がよい。

予定通り織月堂に寄ってから、悠々、八坂家へ帰宅しようと決めたところへ、蒼太が夏野の袖《そで》を引いた。

「あやく。いそ、く」

「そう急がずともよい。ここはゆっくり――」

「かえう」

蒼太に引っ張られるままに鳥居を出る。少し前に一休みした茶屋の前を通り過ぎると、水主《みずし》大路を右へ折れた。

「これ蒼太、そんなに強く引っ張るな。なんなのだ、一体？」

戸惑いながら夏野が問うと、蒼太が応える前に背後から声がかかった。

「黒川様ではございませんか？」

振り向くと、黒紅色の地味な御高祖頭巾《おこそずきん》に、揃《そろ》いの着物を着た少女がいた。頭巾からは目鼻しか覗《のぞ》いていなかったが、少女が誰かは一目で判った。

「椽子《しょうこ》殿……」

ぱっと夏野の袖から手を放すと、蒼太も正面から椽子を見つめた。

†

黒耀《こくよう》が頭巾の口元を少し下げると、仄《ほの》かに赤く染まった唇が現れた。

鳥居を出る前に、蒼太は黒い闇《やみ》を見た気がした。

鹿島の気配よりも、微《かす》かに感じただけの黒耀の気配にぞくりとした。

知らぬ振りをして立ち去りたかったが、そうは問屋が卸さなかった。

「やはり黒川様。無事に斎佳にお着きになったようですね」

「ええ、なんとか無事に」

用心深く夏野が応えた。

「しかし、今、斎佳はとんでもないことに……黒川様たちも喪に服されていらっしゃるのでしょうか？　本庄理一位様のために？」

黒耀ほど真っ黒ではないが、夏野も蒼太も本庄の葬儀からこっち、墨色の着物を着せられていた。往来に喪服の若者が三人集まっている訳だが、土屋の時と同じく、西都には本庄のために喪に服している国民も多く、格別目立ってはいない。時折、ちらりとこちらを見やる者がいるのは、頭巾を被《かぶ》っていてもそれと判る黒耀の優麗さゆえと思われる。

「ええ」

「おいたわしいことです。土屋様に続いて本庄様までお亡くなりになるとは」

「橡子殿」

黒耀をまっすぐ見つめて、夏野が声を潜《ひそ》める。

「あなたは……あなたは一体何者なのです？」

夏野の問いに目を細めると、黒耀はその愛らしい唇に笑みを浮かべた。

「私ですか？　私はこの通り、ただの小娘に過ぎませぬ」

「その――あなたは……私はあなたが、蒼太の仲間ではないかと――」

「――私が？　蒼太の？」

くすくす笑う黒耀は、箸《はし》が転げても可笑しい年頃の、人の女子《おなご》そのものだ。

「私は小娘ですが、蒼太よりずっと世知に長《た》けております。蒼太は男子ですし、まだほんの童《わらべ》ではありませぬか」

他の者に童と言われたらむっとしたろうが、安良に匹敵する時を生きてきたやもしれぬ黒耀だ。黒耀に比べれば、己は童どころか、まだほんの赤子であった。

黒耀の言葉を吟味しているのか、夏野は迷いを見せたものの、人の行き交う大路で「ようま」だの「さんゆう」だのと口にはできぬ。

「椽子殿。その……私どもはつけられております」

躊躇いがちに切り出した夏野に、黒耀は小首を傾《かし》げて戸惑った。

「つけているのは術師です。こうして私どもと話していると、椽子殿も疑われるやもしれません。ただの術師ではありません。理二位を賜った者です。椽子殿はうまく身を隠しておられるようだが、用心に越したことはない」

そっと蒼太の肩に触れてから、黒耀が感応力で囁いた。

『この者は……もしや、私を庇おうというのか？』

『「なつの」は、あなたの正体を知らないから……』

『人の分際で、笑止な』

囁きは冷ややかだったが、害意は感ぜられなかった。

それでも――まさか都で人を殺せるほどの力が振るえるとは思わぬものの――蒼太は夏

野の前に一歩踏み出した。

「なんのことやら判りませぬが、私はそろそろお暇した方がよいようですね。お気遣い痛み入ります、黒川様」

にっこり笑うと、黒耀は肩から手を放し、今度は蒼太の左頰に触れる。

ひやりとした白い手に身を固くして、蒼太は黒耀の漆黒の瞳と相対した。

「蒼太、お前はいつも膨れっ面ばかり……」

『そんなに私が気に入らぬか？』

『黒耀様、おれは……』

『黒川……面白い娘だ。笑わせてもらった礼に、一つよいことを教えてやろう』

『よいこと？』

『ふふ、そうだな。「よいこと」かどうか……「よいこと」になるかどうかは、お前と黒川次第だ』

『おれと「なつの」次第……』

『稲盛は斎佳のすぐ傍《そば》におるぞ。北の堀前町《ほりまえちょう》に』

頰を撫でると見せかけ、黒耀の親指が鍔《つば》の眼帯の上を滑った。

視力を奪われた時の、目玉をえぐられるがごとき痛みが思い出されて、びくりと身体が身構える。

思わず閉じた目を開いた時、眼帯の裏に絵が見えた。

闇の中で、そこここに火の手が上がっている。

逃げ惑ういくつもの影。

逃げる影たちを追い、襲う四足の影たち……

『あれは——』

微《かす》かだった足音がどんどん大きく、近くなる。

叫び声。

閉ざされた鉄扉にすがる人、人、人……

混じり合う煙と血の臭《にお》いを嗅《か》いだ気がして、蒼太は顔をしかめた。

「なんだこれは?」

驚愕《きょうがく》に満ちた夏野の声に、蒼太は我に返った。

夏野にも同じ絵が見えたらしい。

いつの間にか、黒耀の手は頬を離れていた。

「今のは一体——」

蒼太と黒耀を見比べた夏野へ、黒耀は優美に微笑んだ。

「そう申されましても……私にはさっぱり。蒼太の機嫌を損ねてしまったようですし、こ
こらで私は退散いたします」

口元を再び頭巾で隠しかけ——黒耀は手を止めた。

「……ご武運をお祈りいたします、黒川様」

「椽子殿――」

一礼して踵《きびす》を返した黒耀を追いかけようと夏野は一歩踏み出したが、たった今見た絵を思い出したのか立ち止まった。

「蒼太、あれは一体、どこの門だ？」

ざわりとした気が、額の生えかけの角を嬲《なぶ》る。

「きた……」

流れて来る「わるいもの」を見据えて身体の向きを変えると、蒼太は北東を指差した。

†

喪服姿の女が離れてすぐ、南北二手に分かれた夏野と蒼太に、鹿島は迷った。

どちらを追うべきかまごまごしている間に、夏野は北へ、蒼太は南へ、あっという間に遠くなる。

尾行を気付かれていた可能性もあるが、己を撒《ま》こうという訳ではなさそうだった。

――何か、大事が起きたらしいな。

新坂神社で夏野たちを見かけたのは偶然だった。

鹿島は笹目での襲撃の翌日、狗鬼《こうき》と鴉猿《あざる》が黒耀に殺されたことを、少し離れた村にいた稲盛に報告すべく笹目を発った。

そこで初めて「黒川夏野」が、昨年山名村《やまなむら》で稲盛が怪我した時に、樋口理一位といたことを教えられた。その際「蒼太」と思《おぼ》しき子供を連れていたことも。

稲盛が山名村のことを詳しく語らなかったのは、理一位に返り討ちに遭い、大怪我を負ったのを恥じているからだと鹿島は思っていたが、稲盛曰く、山名村でも「黒耀」が邪魔をしたという。

もっと早くに教えてくれたらよかったものを――

不満はあったが、稲盛に直《じか》にぶちまけないだけの分別はあった。

鹿島家の主家である西原家からの命で、鹿島が稲盛と行動を共にするようになって一年が過ぎた。百五十年を生きてきた稲盛に一年ぽっちで信頼されるとは思っていないが、国の主権がかかっているだけに鹿島も命懸けだ。委細を知らされぬのを不満に思う反面、余計な口を挟んで切り捨てられては困ると、稲盛の一挙一動にびくびくせざるを得ない。

夏野たちに遅れること三日。

斎佳へ着いた鹿島は、閣老との密会で本庄の暗殺を命じられた。

――本庄理一位を……ですか?――

――そうだ。どうせ稲盛は、全ての理一位を弑《しい》するつもりなのだろう?――

――しかし、何も斎佳で……――

西都で理一位が暗殺されたとなれば、それがどんな形であれ、西都を束ねる閣老の不名誉になりかねぬ。

――今殺《や》れば、樋口と大老、両方の無能を世に知らしめ、稲盛にも恩を売ることができる。そのためにも本庄には、八坂家で死してもらわねばならんな――

西原利勝の、その人徳溢《あふ》れる顔がにやりと歪《ゆが》むのを見て、鹿島は心底慄《おのの》いた。

利勝には、身内でさえも真相を知らぬ黒い噂がいくつかあった。

西原家の長男で利勝の兄だった直利《なおとし》は、十三歳の時に鼠捕《ねずみと》り用の毒を誤って含み、死している。幼子ならまだしも、十代の少年がそのような誤りを犯す筈がない。

直利は長男として甘やかされて育ち、一年遅くに生まれたゆえに兄とは雲泥の差をつけられていた利勝は兄を妬《ねた》んでいた。ゆえに利勝が殺したのだろうと噂した用人は、一月《ひとつき》と経たずに辻斬《つじぎ》りに斬られた。

前閣老は利勝を恐れながらも、その才と性質を利用したふしがある。

利勝が閣老職を継ぐ前にも、帳簿の誤りを指摘した勘定方や御屋敷の修繕をした都師《みやこし》などが不審な死を遂げていた。

しかし鹿島家は、西原家を主家とし、その恩恵にあずかってきた一族だ。理一位暗殺とは大逆罪だが、ここまできたら「毒を食らわば皿まで」である。

利勝の狙《ねら》いは大老職だが、度々の襲撃にもかかわらず、国民の安良や大老への信頼はいまだ篤い。苛立《いらだ》ちが募っている利勝から、あれこれ指示を受けるも、稲盛がそれらを疎《うと》ましく思っているのが鹿島にはよく判る。焦りが見られるのは稲盛も同様なのだが、安良に成り代わろうとしている稲盛なれば、術師でもない利勝は、その気になればすげ替えることのできる一役人に過ぎぬのだろう。いずれ二人が共存への道を見出すか、決裂するかはまだ判らぬが、鹿島は当面、どちらの機嫌も損ねぬよう努力せねばならなかった。

利勝に命じられるがままに、鹿島は本庄暗殺を請け負った。

この手のことは、知る者が多いほど尻尾をつかまれやすい。利勝とその側用人・武内清《たけうちきよ》典《のり》の命令のもと、面倒なことは全て鹿島一人に押し付けられた。

大老の庶子にして今は伊織の護衛役の恭一郎が、昔、斎佳で荒れていたことを利勝たちは知っていた。ゆえに鹿島は右京一味の代理人を装い、曲者たちに本庄の一行を襲わせたが、八坂家に毒を運び、女中の紗枝を脅した後には流石に気が滅入った。

理一位たちは、かつて鹿島が憧《あこが》れ、崇敬してやまぬ存在だった。稲盛には理一位かそれ以上の力があると思うものの、塾で学び、理二位の称号を得た鹿島には、理一位を弑することにどうしても躊躇いがあった。

だが、迷う時も、道も、鹿島には残されていなかった。

本庄暗殺が遂行され、隠密の紗枝が自害した。

自害するだろう、とは思っていたが、読み通りになって鹿島はほっとしていた。紗枝の身上は武内から教えられていた。子供の名を使って脅したことは確かだが、実際に子供を捕らえてはいなかった。町奉行所での紗枝の出方によっては、更に余計な手間になると案じていたのが、紗枝の自害でかたがついた。

本庄の死後、西原も武内も対応に追われ忙しくなり、鹿島は「次の命令を待て」と通達されたきりだった。

暇を持て余していると、どうしても自責の念に駆られてしまう。

本庄の初七日が終わったのをよいことに、昨夜こっそり鹿島は天本へ繰り出した。しかし明け方に隣りの妓楼《ぎろう》で刃傷沙汰《にんじょうざた》が起き、巻き込まれてはたまらぬと早々に天本を後にする羽目になった。

どこかで安らぎを求めていたのか、なんとなく新坂神社へ向かったところ、覚えのある声が聞こえてきた。背格好から夏野と蒼太だと判じて、後をつけたという次第であった。

「待たれよ」

喪服姿の女を追って、鹿島は声をかけた。

夏野と蒼太は既に見失っている。二人がどこへ行ったかは知らぬが、どうせ帰るのは八坂家だと高をくくり、鹿島は二人と話していた女に探りを入れようと考えた。

「――私のことですか？」

振り向いた女は、女というよりもまだ幼い少女だった。

年の頃は十二、三歳。頭巾からは目鼻しか見えぬのに、黒々とした瞳に宿る光と白磁のごとき肌に、鹿島は不覚にも狼狽《ろうばい》した。

黒紅色の着物から、これも滑らかな白い手を少女は伸ばし、頭巾の口元を少し下げた。

頭巾の下から現れた紅梅色の唇に、つい目を奪われる。

歴然とした少女の美しさが鹿島をたじろがせた。

――一体、どこの家の姫なのか。

これほどの女子が、噂にならぬ筈がないものを……

束《つか》の間《ま》、鹿島は本来の目的を忘れたが、理二位の威厳を取り戻すべく背筋を正す。

「そうだ。そなただ。私は、か——上島《かみしま》と申す」

思わず本名を名乗りそうになって、鹿島は内心慌てた。

「上島様」と、少女が微笑む。「私になんのご用ですか？」

「その……先ほどの二人はお知り合いか？」

やや改めた口調で鹿島は問うた。

「ええ。といっても、旅路でお会いしたことがあるというだけの顔見知りですが」

「さ、さようか。いや、それこそ私の顔見知りの子らに似ておってな……随分、慌てて別れを告げたようだが、何かあったのだろうか？」

「ああ、それなら——」と、少女は優美に微笑んだ。「なんでも稲盛様というお方が、葦《よし》切町《きりちょう》にいらしているようで、二人とも、おもてなしの支度をせねばと……」

「稲盛様が？」

思わず声が高くなった。

葦切町といえば北の堀前町だ。

聞いておらぬ……私は聞いておらぬぞ！

「それは——ならば私もゆかねばならぬ」

「そうですか。では……」

丁寧に頭を下げる少女に頷くと、鹿島は踵を返した。

一月《ひとつき》の間に、立塚村《たてづかむら》、笹目《ささめ》と立て続けに襲った後だ。黒耀に邪魔されたこともあり、しばし様子を窺《うかが》おうと、稲盛は言っていた。

足腰はしっかりしているが、齢《よわい》百五十とあって稲盛は屍《しかばね》のごとき様相だ。笹目の襲撃でさえ、目立たぬようにと、結界を破ってすぐに鹿島に任せて退いた。そんな稲盛が何ゆえ斎佳の近くに——人が入り乱れる堀前町にいるのか鹿島には判らなかった。

ゆく、と言ったものの、一体どこへ向かったものか鹿島は逡巡《しゆんじゆん》した。

黒川は一体どうやって、稲盛様が堀前にいることを知ったのか？

蒼太に引っ張られて夏野は神社を後にしたが、夏野自身はさほど急いでいるように見えなかった。

——とすると、あの蒼太という子供が何か……

そもそも、あのような子供が理一位に同行しているのがおかしいのだ。昨年の山名村といい、此度のことといい——

蒼太は大老の孫かつ、理一位の伊織が同行を求めるほどの才を持つ子供なのだと、利勝から教わった。子供といっても莫迦にはできぬ。伊織が十歳になった頃には、既に神童といわれていたことを鹿島は知っている。

双見神社へ着くまでは、それという素振りもなかったのだから、双見神社で何かつなぎを受けたのやもしれぬ。蒼太が伊織に見込まれた者ならば、夏野ではなく蒼太がつなぎを受けることもあるだろうと鹿島は推察した。

それでは夏野は蒼太の護衛役かと、勝手に思い巡らせたところで、蒼太に嫉妬《しっと》している己に気付いた。

理一位が伴に起用するほどの術の才……

それだけの才が私にもあれば、こんな始末にはなっていなかった――と鹿島は胸中でこぼした。

もう戻れぬ。

稲盛か西原が天下を取れば、己も日の目を見られる。

そう何度も自身に言い聞かせてきたが、望んでも望んでも理一位に届かぬように、尽くしても尽くしても己が報《むく》われることはないようにも思えて不安に駆られる。

葦切町か西原家か、ひととき迷った末に、鹿島は葦切町に向かうことにした。

人目をはばかる稲盛が入都するとは考え難い。鹿島に颯もつなぎも送れぬほど急いで堀前町へ来たのなら大事に違いなく、どのみち直に会わねばならぬと踏んでのことだ。

一旦南へ向けていた足を、急ぎ北へ踏み出した。

水主大路を北へ戻りながら、ほんの少し前に別れたばかりの少女の姿を鹿島は探したが、いつもなら目立つ筈の喪服姿があまりにも多い。

――名だけでも聞いておけばよかった。

微かな後悔を覚えたが、今はそれどころではない。

二条大路を右へ折れ、北門のある火宮大路を目指して行くと、徐々に胸がざわめいてきて足を速めた。

火宮大路を北へ折れた頃には、汗だくで息も荒くなっていたが、嫌な予感は膨らむばかりで、鹿島は脈打つ胸を押さえながら更に北門への道を急いだ。

†

人の合間をかいくぐり、八坂家まで蒼太は駆けた。

常日頃、目立たぬよう口を酸っぱくして言われているが、やむを得まい。それでも近道を兼ねて路地と大通りを折れながら、できうる限り人目を避けた。

「きょう！」

屋敷に飛び込むと、女中たちの驚きをよそにまっすぐ恭一郎のいる部屋へ向かう。

ちょうど馨が訪ねて来ていて、部屋では男三人が密談中だった。

「何事だ？」

大事を察して顔を曇らせた恭一郎へ、黒耀と会ったことは省いて、鹿島につけられていたことや、先ほど見た絵について話した。

「なつの、もん、いた」

――私はこのまま北門へ向かう。蒼太は一刻も早く、このことを樋口様と鷺沢殿へお伝えしてくれ――

夏野を一人で行かせるのは不安だったが、止めても無駄なことは判っていた。それに恭一郎に知らせるならば、己の足の方が夏野よりずっと速い。

「葦切町が襲われるとして、それは一体いつか判るか？　今日か明日か？」

「しらん。でも、すぐ」

嫌な気配――「わるいもの」――は、ひたひたと確実に近付きつつある。

今日か明日か。己の見た光景が現実になるまでさほど猶予はなさそうだった。

「とにかく俺は、黒川殿の後を追って葦切町へ行ってみる。――俺がゆくのはまずいか？　名分はどうする？」

「脅迫文でも届いたことにしよう。俺は寮へゆく。葦切町の結界を確かめるにも張り直すにも、寮からの助っ人が欲しい」

「俺は手形を取りに一旦家に戻らねばならん。戻ったついでに心当たりに声をかけてゆこう。暇を持て余していて、手柄を立てたい冷や飯食いの剣士ならごまんと知っておる」

恭一郎と伊織に応えて馨が言った。

気の置けない友だけに、すぐさま決断すると三人三様に支度を急ぐ。

小夜と八坂に急用を告げ、伊織も腰に刀を帯びた。同じように愛刀を腰に差した恭一郎と馨と共に蒼太は再び表へ出た。

八坂家から少し北へ進み、五条大路を東へ折れる。そのまま五条橋へ向かう馨とは、月《つき》越堀川《こしほりかわ》で別れた。斎佳の清修寮は御屋敷の北西に当たる姫野町《ひめのちょう》にある。清修寮の入り口まで伊織を送ると、あとは月越堀川沿いをひたすら北へ上がる。

「……槙村も近くにいるのではないか？」

一条大路を越え、火宮大路を抜けて北門にたどり着いてから、恭一郎が問うた。

東門ほどの通行者はない北門だが、それでも蒼太たちの前には百人余りが列を作って出都を待っている。

「しらん」

それは本当だったが、孝弘特有の気配は見つけられずとも、どこかで事の行方《ゆくえ》を見守っているような気はしていた。

「外に出たら、やつの居所を探せぬか？　やつなら、俺たちの知らぬことをたくさん知っているだろう……」

術の張り巡らされた都を出れば、孝弘の気を追えるやもしれぬ。だが、孝弘に会いたいという気持ちはあっても、恭一郎と孝弘を引き合わせることには不安があった。夏野のように「つながって」いなくとも、恭一郎は勘が冴《さ》えている。

同じ山幽の孝弘に会えば、どうしても恭一郎と己の――人と妖魔の――違いを考えてしまう。どうしても、やがてくる恭一郎の死を恐れてしまう。

そんな「よわい」おれを、「きょう」はきっと見破るに違いない……

また「悪いやつじゃない」と伊紗は言い、蒼太もそうは思っていても、孝弘――ムベレト――は妖魔に違いなく、「ひと」にいい感情を持っていないことは確かだ。これまで蒼太は夏野の危機を幾度か救ってきたが、己の力を操るには至っておらぬ。孝弘という妖魔に会って、万一、不測の事態が起きた時、己と「つながって」いない恭一郎を護り切れるかどうか、蒼太は心許《こころもと》なかった。

蒼太が応えられずにいると、恭一郎がそっと背中に触れた。

「気が進まぬのならよいのだ」

見つめた恭一郎の瞳は温かい。

それだけで何故だか泣きそうになって、蒼太はさっと目を落とした。

恭一郎の手が背中を離れたが、恭一郎が隣りにいるだけで心強い。

失いたくない。

そのためにも――おれはもっと、強くなりたい。

四半刻《しはんとき》ほど待って、ようやく蒼太たちの番《ばん》がきた。面番所で揃って鉄製の特別手形を差し出すと、門役人が目を丸くして二人を伴頭《ばんがしら》のところへ案内する。

「何か、変わったことはないか？」

「いいえ、特に何もございません」

恭一郎の問いに伴頭は首を振った。

「樋口様のもとへ、脅迫文が届いたのだ」

「樋口理一位様に――」

「曲者が葦切町に潜んでいるという密告もあってな。調べに参るところだ。何が起きても、即、応じられるよう心しておいてもらいたい」

「はっ」

初老の伴頭が年下の恭一郎に向かって頭を下げる。

脅迫文や密告は「うそもほうべん」というやつらしい。蒼太の脳裏を、閉じた鉄扉を叩く人の群れがかすめた。

門を出ると、五感――いや、「見抜く力」を含めた六感の全てが朗然とした。

ふつふつと己の中に活力が湧《わ》き上がってくる。

「さて、いざ参らん」

「ん」

恭一郎の言葉に、蒼太は力強く頷いた。

†

一方、蒼太たちより一足早く北門を抜けた夏野は、葦切町で逡巡していた。

漠然と嫌な気配は感じていたが、それがどこから来るのかまでは、気を集めても夏野にははっきり判らなかった。

蒼太と共に見た「絵」には狗鬼らしき姿があった。

稲盛は、葦切町の結界を破ろうとしている……

そう思い、町の端に向かうべく足を踏み出すも、結界は町をぐるりと囲んでいる。どこが破られるのか判らぬ以上、一人でうろうろしていれば怪しまれるのは夏野自身だ。

町の真ん中を走る大通りは、斎佳へ出入りする者たちで賑《にぎ》わっている。

今すぐ逃げろと叫びたかったが、実際に叫べば狂人扱いされて終わりだろう。

蒼太がいなければ、私はただの役立たずだ――

己の無謀さと無力さに、夏野が往来でがくりと肩を落としたところへ、思いがけない声を聞いた。

「夏野殿？」

顔を上げると、向かいから大通りを足早に横切って来る由岐彦の姿があった。

「由岐彦殿！」

「そなた、一体何ゆえここに――？」

「由岐彦殿こそ……」

公務で近々斎佳へ行くと、届いた颯にはあったが、到着の知らせはなく、本庄が毒殺されたことですっかり失念していた。加えて、氷頭州《ひずし》から来るなら東門の方がずっと近いというのに、北門の堀前町に由岐彦がいるのが解せなかった。

「葦切には叔父夫婦が住んでおってな」

本庄の訃報を受け初七日まで出立を遅らせた。遅れたついでに北門へ回り、入都前の一晩を葦切町で小間物屋を営んでいる叔父の家で過ごすことにした。一旦は叔父の家に行ったものの、店を閉めるまでは遊んで来いと言われて、町内見物に出て来たという。

「それは……いけません」

絞り出すように言った夏野に異変を察したのか、由岐彦は通りの端に夏野をいざなった。

「一体どういうことなのだ？」

覗き込むようにして問うた由岐彦に、夏野は声を潜めて告げた。

「ここは近いうちに襲われます」

「なんだと？」

「立塚村のように……」

「まさか！」

「詳しくは言えませんが、確かな筋からの知らせです。樋口様も阻止すべく動いてくださっています」

　証拠はないが、蒼太の「見抜く力」は伊織も一目置いている。蒼太から話を聞けば、伊織は必ず動いてくれると夏野は信じていた。

　伊織の名を出したのが効いたのか、由岐彦の顔が険しくなった。

「近いうち、とはいつなのだ？」

「早ければ今夜にでも。しかし私自身も知らせを受けたばかりで、とにかく駆けつけてみたものの、一人では何もできず……どうにかして、皆を逃がす方法はないでしょうか？」

　事が事だけに由岐彦も迷ったようだ。が、それはほんの数瞬で、夏野を労《いた》わるようにひそめた眉を開いて由岐彦は応えた。

「町を空にするのは無理だ。下手に騒ぐと無用の混乱と誤解を招く。公文書でもない限り、樋口様の名を出しても信じてもらうのは難しいだろう。下手に噂が広がり、反対に樋口様こそ妖魔に通じる者ではないかと、のちのち西原に申し立てられても困る。襲撃の日時が明らかでないのなら、まずは町役人に見廻《みまわ》りを増やすよう、私からかけ合ってみようではないか。それから州屋敷に颯を送り、手隙《てすき》の侃士を送ってもらおう」

「か、かたじけのうございます」

流石、州司代を務めるだけあって頼もしい。少し前の心細さは軽減したが、由岐彦の厳しい顔に夏野ははっとした。

急ぎ町役場へ向かおうとする由岐彦に、夏野の方から切り出した。

「その前に、叔父様の家に……」

州司代という役柄か、由岐彦は身内のことを口にしなかった。叔父夫婦への躊躇いを押し隠そうとする由岐彦には強い敬意を抱いたが、身内を救いたいと思うのは人情だ。

「夏野殿」

静かな声で由岐彦が応えた。

「気持ちはありがたいが、町役場が先だ」

――侍にはなれやせんでした――

立塚村で蜴鬼《やくき》に足を嚙《か》まれた近江《おうみ》の言葉を思い出した。

――永尾や宮沢殿が命懸けであいつらを食い止めようとしている時に、俺はうちの者だけでも助けたいなんて、身勝手な考えが頭をよぎっちまって……――

話を聞いて、己なら武家の矜持《きょうじ》を貫いただろうと思ったくせに、それを曲げるよう由岐彦に勧めた己が恥ずかしかった。

「……申し訳ありませんでした」

「さ、ゆこう」

由岐彦に促されて夏野は歩き出した。

町役場にて由岐彦は州司代の身分を明かし、「見廻りを増やして欲しい」と頼み込む。

「見廻りですか？」

怪訝《けげん》な顔をした町役人に、低いが厳しい口調で由岐彦は言った。

「ここにいる黒川は樋口理一位様が目をかけられている剣士で、私と同郷だ。此度葦切町へ参ったのは、樋口様のお命を狙う輩が北門から入都するという密告があったからだ。曲者はまだ町には着いておらぬようだが、番所を避けることも考えられる。よって町中だけでなく、今日明日は結界回りも警戒してもらいたい」

「樋口理一位様を……」

成程、暗殺者なら話に無理がなく、見廻りも増やしてもらえる。

「無駄足になるやもしれぬ。それならそれに越したことはない。その時はこれで皆を労ってやってくれ」

半信半疑だった町役人も、由岐彦が懐から一両差し出したことで信じる気になったようだ。曲者を捕らえることができれば手柄になるし、徒労に終わっても皆でたっぷり飲み食いできるのだから悪い話ではない。

己だけではとてもこのように説得できなかったと、落ち着き払った由岐彦の背中を夏野は見つめた。

町役場を出て今度は鳩舎《きゆうしや》に行くと、由岐彦は墨と筆を借り、中町にある氷頭の州屋敷に宛《あ》てて書付を作った。しかしながら、堀前町からだと、閣老の西原が詰めている御屋敷にしか届かぬという。躊躇う夏野たちに鳩舎の者が言った。

「中町まででしたら、飛脚の方が早いですよ」

「ならば、一番足の速い者を頼む」

持ちつ持たれつなのだろう。鳩舎の隣りが飛脚屋であった。これも酒手を弾むと飛脚は大喜びで、門を抜けるのに四半刻ほどかかるが、遅くとも半刻のうちに中町にある氷頭州屋敷に着いてみせると大見得を切った。

七ツの鐘が鳴ってしばらく経っている。

都の門は、時の鐘にかかわらず酉刻《とりのこく》三ツにきっちり閉まる。何も知らずに往来を行く者たちに、片っ端から逃げるよう告げたいのを夏野はぐっとこらえた。

由岐彦の叔父・椎名基由《もとよし》は、早々に戻って来た由岐彦に驚いたが、すぐに入都するよう告げられ更に驚いた。

「それは一体……」

「委細はのちほど……お願いです。私と父の名に免じて、どうか急いでください」

椎名家の三男に生まれた基由は、冷や飯食いが嫌で家を飛び出し、旅先で出会った妻のたつと所帯を持った。子供はおらぬが夫婦二人で、葦切町で細々と商売している。

両手をついて頭を下げた由岐彦に、呆気《あっけ》にとられながら基由が言う。

「そう言われても、女房を置いてく訳には――」

店先で客の対応に追われているたつを見やって基由は言った。斎佳に小間物を仕入れに行く基由は手形を持っているが、たつにはそれがなく、手形がなければ入都はできぬ。

「ではせめて、西の白鷗町《はくおうちょう》か東の大瑠璃町《おおるりちょう》まで」

「都でなくてもいいということか。とすると、なんだ？　この町に何かあるのか？　もったいぶらずに教えてくれ、由岐彦。二十年余りも前に葉双を出て、たどり着いたのがこの町だ。町の大事を放《ほう》って儂《わし》だけ逃げる訳にはゆかん……」

基由の言うことはもっともだった。店先のたつをちらりと見やって、由岐彦は囁くように基由に告げた。

「ここは、妖魔どもに狙われております」

「なんだと？」

基由は声を高くしたが、由岐彦の眼差《まなざ》しから事の大きさを悟ったようだ。叔父と甥《おい》といっても、そう何度も顔を合わせたことはない筈なのに、荒唐無稽《こうとうむけい》と思われても仕方のない言葉を信じてもらえるのは、身分よりも由岐彦の人柄ゆえだろう。

「……間違いないのか？」

「十中八九。日時は判っておりませぬが、今夜にでも仕掛けてくるやもしれません」

「町のみんなはどうするのだ？　見殺しか？」

「逃げて欲しいのは山々ですが、町の者は私の言うことに耳を貸してくれましょうか？」

「……下手したら気狂い扱いか。お前にそんな汚名を着せては、あの世で兄上に合わせる顔がない。――そうだ、雨引《あまびき》のおきねばあさんは息災か？」

急に問われて戸惑った由岐彦の代わりに、夏野が応えた。

「きね殿ならまだご健在です」

「そりゃよかった。由岐彦、ささやかだが一つ案を思いついたぞ。――おい、店を閉めるぞ！　今日は早仕舞いだ！」

たつが呆気にとられている横をすり抜け、店を覗いていた客に頭を下げる。

「すいません、笠《かさ》ですか？　お代は結構です。どうぞ持ってってくださいまし。ちょいと事情がありまして、今日はこれにて店を閉めさせてもらいますんで」

笠を押しつけると、客も、表に出ていた両隣りの店者も目を丸くする。

右隣りの古着屋の店主が声をかけた。

「基《ろく》ちゃん、一体どうした？」

「六ちゃんも逃げた方がいい。儂の故郷の葉双にはな、雨引のおきねっていう、その名の通り、雨を呼ぶこともできる希代の術師がいるんだ」

「それがどうした」

「そのおきねばあさんが言うには、この町は近々、でっかい禍《わざわい》に見舞われるらしい」

「何、いかれたこと言ってんでぇ」

六ちゃんと呼ばれた男は笑い飛ばしたが、基由の真剣な顔を見て笑みを引っ込めた。

「笑いたきゃあ、笑えばいい。おきねばあさんの予言は当たるんだ。見栄《みえ》を張ってる場合じゃねぇ。儂は行く。とりあえず白鷗町か大瑠璃町まで逃げとくさ」

「おいおい基ちゃん……あの、おきねばあさんというのは一体……？」

おずおず由岐彦に問うた男に、由岐彦は重々しく頷いた。

「私も葉双の出ゆえ、きね殿のことはよく知っている。なればこそ一刻も早く、叔父上にお伝えせねばと戻って来たのだ。叔父上の言う通り、信じる、信じないはおぬしの自由だ。私は信じている」

「私もです。私の故郷も葉双です。きね殿の力は本物です」

身なりの確かな二人の剣士に言われて、ようやく少しは信じる気になったらしい。男が夏野と由岐彦を交互に見やる間に、風呂敷包《ふろしきづつ》みを一つずつ背負った基由とたつが出て来た。たつはまだ事情が呑《の》み込めていないようだ。

「あんた、本当に――」

「本当に当たるんだ。頼む。ここは黙って儂の言うことを聞いてくれ。お前に何かあったら、儂は悔やんでも悔やみきれん」

「基ちゃん……」

基由は男だけでなく、往来で何事かと窺っている近所の者や旅人に向かって聞こえるように大声で言った。

「行くよ。急いでるんだ。急いで逃げないと手遅れになる」

それだけ言ってたつの肩を抱くと、さっさと前を見て歩き出した。

「叔父上、確かに妙案でした」

「何もしないよりましだろう。万が一、杞憂《きゆう》に終わったら、その時は儂一人が笑い者になるだけさ」

基由はにやりとしたが、夏野は蒼太と見た「絵」を思い出して身震いする。

「……皆、逃げてくれるでしょうか？」

「あれを聞いていた者たちが、うまく噂を広げてくれればいいが……」

明日あさってならまだ猶予がある。だが、嫌な気配は一層強くなりつつあった。術師のきねの名を借りたのは妙案だったが、噂が広がるにも今少しの時が必要だ。

基由とたつと共に、西都を囲む堀沿いまで行くと、役人が入都に並びかけた人々を散らしているところだった。鉄扉が閉まる前に捌《さば》ける人数だけを残し、残りの者には明日にするよう呼びかけている。西刻二ツを過ぎたのだろう。鉄扉の半分は既に閉じられていた。

ふと見やると、門役人にかけ合っている少年が一人いた。どうやらちょうど少年の前で列を閉めきられてしまったらしい。

「今少し、早く並べばよかったのだ」

「道中、足を痛めてしまい……これでも精一杯急いで来たのです」

足を引きずる少年はまだ十四、五歳で、粗末な身なりをしている。

「駄目だ、駄目だ。明日出直して参れ」

「しかしもう宿代が……」

　ぎりぎりの路銀で旅をして来たのだろう。足の怪我さえなければ、今夜は都内の訪ね先で眠ることができた筈だ。

「──どうか入れてやってくれませぬか？　たった一人ではないですか」

　つい口出しした夏野を、門役人がじろりと睨んだ。

「たった一人と言うが、一人許せばまた一人と、切りがなくなる。決まりは決まりだ。明日出直してもらうしかないな」

「しかし──」

　食い下がる夏野の後ろから、基由が声をかけた。

「坊、儂らと一緒に大瑠璃町へゆこう」

「大瑠璃町へ？　でも……」

「なぁに、舟で行くから足は痛まん。東門の方が門役人も多いから、明日は多少寝坊したって昼前には都入りできるさ。舟代も宿代も心配すんな。その代わりと言っちゃなんだが、道中の面白い話でも聞かせてくれ。女房と二人きりじゃどうも暇を持て余しちまう」

「面白い話……ですか？」

「なんでもいいんだ。坊がどこから来て、どこへゆくのか──」

「わ、私は茂吉《もきち》といいます。松音《まつね》州から……斎佳へ奉公に……」

「そう。そういう話でいいんだ。さあゆこう。急がないと日が暮れちまう」

基由の手招きに誘われるように、ひょこひょこと少年はついて来た。

斎佳の防壁をぐるりと囲む堀には、堀前町を行き来する舟が、西回りでも東回りでもそれぞれ右手に堀壁を見ながら秩序を守って航行している。

東回りの船着場に行くと、茂吉とたつを先に舟に乗せた基由に、いつの間に用意したのか、懐紙に包んだ金を由岐彦が手渡した。

「私を信じてくださったお礼です。この機に大瑠璃町で骨休めしてきてください」

「ありがたく受け取っとくよ」

基由が頷くと、由岐彦は今度は夏野に向き直った。

「夏野殿も、叔父上たちと同行してくれぬか?」

「私は残ります」

己を庇おうとする由岐彦の気持ちはありがたいが、ここで逃げ出すことなど夏野は考えもしなかった。人々を逃がすことができぬのなら、妖魔たちが入って来たところを一気に叩き、少しでも犠牲を抑えねばならぬ。

少しでも……?

今更ながら、己のとった道が最善だったのか、夏野には判らなくなった。一匹でも狗鬼が入り込めば、少なくとも数人の犠牲が——死者が出るだろう。

己が既にいくつかの命を切り捨てていたことに気付いて、夏野の身はすくんだ。

——狂人と思われても、皆に逃げるよう触れ回るべきだったのではないか？　しかし、牢《ろう》にでも入れられたら、皆のために戦えなくなる……

……皆のため、だろうか？

自身の保身のためではなかっただろうか——？

「やはり駄目か」

予想していたのか、由岐彦は小さく溜息《ためいき》をついた。「行ってくれ」と、船頭と叔父たちに手を振り、舟が遠ざかってから改めて夏野を見つめる。

夏野の迷いを見て取ったのか、殊更穏やかな声で由岐彦は言った。

「私に町を動かすほどの力があればよかったのだが……すまぬ」

「いえ、由岐彦殿は……」

「後はこの腕一本で立ち向かうのみだ。夏野殿も同じ覚悟だろうが、せめて……その、できうる限り、私の目の届くところへいてくれ。叔父上ではないが、夏野殿に何かあったら、義忠に顔向けできぬどころか、私は自身を生涯許せぬ」

「わ、私の方こそ、由岐彦殿を巻き込んでしまい……」

しどろもどろに夏野が応えると、由岐彦はようやく険しい顔を緩めた。微苦笑を漏らしてから、取り繕うように通りを見やる。

「さて……大事の前に少し腹ごしらえしておこうか？　陽《ひ》が落ちるまでしばしある」

「そうですね。でも少し、町の様子を見ながら……」

襲撃されるとしたら夜更けだろう。しかし先ほどから夏野の胸はざわめいて仕方ない。鈍い疼《うず》きを左目に感じた。

蒼太が町にいる――

大通りを町中へ戻りながら、じっと目を凝らすと、うっすらと青白い糸が見える。おそらく恭一郎か馨も一緒だろうと思うと、心強さに胸が熱くなった。

夏野たちとは反対に、堀の方へと向かう者たちの中に先ほど見た顔があった。「六ちゃん」ではなく、左隣りの草鞋屋《わらじや》から覗いていた中年女と若い夫婦だ。

「あのぅ、基由さんらは……」

「既に舟で大瑠璃町へ向かった」

「さようですか。六郎さんはまだ疑ってるけど、あんな基由さんは初めて見ました。基由さんはいい加減なことを言う人じゃないし、娘もすっかり怯《おび》えてしまいましてね。大した商売じゃないので、一日二日休んだところでどうってことありません……お侍さんたちはどうなさるんで？」

「ここにとどまり、有事に備えておくつもりだ」

「……お役目、ご苦労様でございます」

丁寧に頭を下げて、女は二人を急《せ》かして船着場の方へ消えて行った。

悪い噂は伝わりやすい。

草鞋屋のように堀へ向かう者たちもいれば、「おい、聞いたか？」と、眉をひそめて話し込む者たちも、ちらほらとだが見かけた。夏野ほどでなくとも、思ったより多くの者が不穏な空気を感じ取っているのかもしれなかった。

だが実際に町を出るのは、ほんの一握りの人々だ。

とても足りぬ——

忸怩《じくじ》たる思いに夏野が顔を歪めた時、左目に一際鋭い痛みが走った。

六ツの捨鐘が鳴り始めた。

——と、時の鐘の合間を縫って、今度は半鐘が響き渡る。

「火事だ！」

「違う！　あれは——あの鳴らし方は——」

まさか——こんなにも早く！

「逃げろ！」

夏野の代わりに誰かが叫んだ。

「妖魔だ！　逃げろ！」

わっ、と、通りにいた者がそれぞれ駆け出した。

「夏野殿、こっちだ！」

夏野の手を取った由岐彦が、番屋を——火の見櫓《やぐら》を目指して走り出す。

第八章
Chapter 8

狗鬼《こうき》が向かって来る気配を感じて、結界が破られたことを蒼太は知った。

「きょう……」

蒼太たちは大気に混じった「わるいもの」の気をたどって、葦切町の北西の結界へ向かっていた。結界が破られる前に、町の外で稲盛と決着をつけたかったがもう手遅れだ。

走って来る狗鬼の気は、一つや二つではない。

離れたところから微《かす》かな悲鳴が耳に届いた。

「遅かったか」

恭一郎の声には悔しさが滲《にじ》んでいる。

一匹の足音がみるみる近付き、路地から飛び出して来た。

一閃《いっせん》。続いてもう一閃。

狗鬼の前足と首が地面に転がった。

返り血を浴びた恭一郎が蒼太を振り向く。

「まだ来るか？」

問われて蒼太は首を振った。

狗鬼たちは幾手にも別れて、それぞれが町の中へと向かっている。蒼太が来た道を指すと、恭一郎も察したようだ。返り血を拭《ぬぐ》うと、踵《きびす》を返して盛り場の方へ走り始めた。

また一つ悲鳴が聞こえた。

きな臭さが鼻をついたと思ったら、六ツの捨鐘が鳴り始めた。

三つ鳴ったところで、半鐘がかぶさる。火事を知らせる鳴らし方は、すぐに妖魔《ようま》を知らせるそれに変わった。

町の真ん中を走る大通りへ出る前に、斜め後ろで悲鳴が上がった。恭一郎と駆けつけると、腰を嚙《か》みつかれた男が狗鬼に押さえ込まれている。恭一郎の脇《わき》をすり抜け、狗鬼を飛び越しながらその頭を蒼太は蹴《け》りつけた。男から口を放して顔を上げた狗鬼の首を、恭一郎の八辻《やつじ》が斬《き》り落とす。

恭一郎は呻《うめ》く男の身体《からだ》を路地に寄せたが、手当てを施そうとはしなかった。男の脇腹は狗鬼に食い破られ、着物がみるみる血に染まっていく。男が助からぬことは一目瞭然《いちもくりょうぜん》だ。

「お……置いてかないでくだせぇ……お助け……」

男が懇願する間も、路地を駆けて行く者は何人もいた。

が、誰も足を止めなかった。

皆一様に狗鬼の屍《しかばね》、恭一郎と蒼太、そして男をちらりと見やり、顔をそむけて先を急ぐ。

「お助け……」

「すまぬ」

刀に血振りをくれると、恭一郎は再び走り出した。蒼太も急ぎ後を追う。

鳴り続ける半鐘は妖魔を知らせるもののままだが、きな臭さは強くなっている。大通りに出てから見上げると、幾筋か町内に煙が上っているのが見えた。

「まずいな……」

狗鬼や蜴鬼《やくき》など、より動物に近い妖魔は火を恐れるが、田舎《いなか》ならともかく、町中での火事がどんな悲劇となるかは蒼太にも想像できる。進んで家屋に火をつける者はおらぬだろうが、ちょうど夕餉《ゆうげ》を済ませ、行灯《あんどん》を灯し始める時刻だった。逃げ惑う人々が火の始末を怠ってもおかしくはない。

狗鬼の居場所が判《わか》らぬかと、蒼太が宙を睨《にら》むと、七つ八つの風を切る気に混じって、十数個の違う気が新たに感ぜられた。

「やく……」

稲盛は狗鬼だけでなく、蜴鬼まで引き連れて来たようである。

「蜴鬼もか。厄介な。——稲盛の居所は判らぬか？」

恭一郎に言われずとも、昨年山名村で会った稲盛の気を思い起こして辺りを探ってみたが、どこに身を潜《ひそ》めているのか、稲盛の気配は感じ取れなかった。

唇を噛んで首を振った蒼太の肩に、恭一郎の手が触れた。

「ならば、あいつらを先に仕留めるまでだ」

恭一郎が顎《あご》をしゃくった先を、狗鬼が一匹駆けて行く。

人々の叫び声や泣き声が重なり、耳に痛い。思わず耳に手をやった途端、どっと陰の感情が頭に流れ込んできて蒼太は呻いた。

焦りと恐怖。

痛み。

悲しみ。

絶望。

「蒼太！」

恭一郎の手が、うずくまった蒼太の背中をさすった。

角が疼《うず》いて頭が割れるように痛んだ。

痛い。

痛い。

苦しい――

耳鳴りに混じって、近付いて来る足音がある。

頭の中ではなく、耳に直《じか》に届く音。

薄目を開くと、恭一郎の背後から狗鬼が向かって来るのが見えた。

ぽっと、己の中に微《かす》かな光が宿った。

『来るな！』

山幽《さんゆう》の言葉で叫ぶと、身を震わせて、狗鬼が足を止めたのが見えた。

同時に、耳鳴りも意識の奔流もぴたりとやんだ。

己を抱き起した恭一郎の袖《そで》をぐっとつかむと、恭一郎の肩越しに狗鬼の胸を睨みつける。

真っ白になった頭に、狗鬼の鼓動だけが響く。

『止まれ……』

鼓動が乱れ、狗鬼が身悶《みもだ》えた。

気付いた恭一郎が後ろを見やった時、狗鬼の身体が地面に崩れ落ちた。

何事かと、群衆が逃げる足を止めて狗鬼を見つめたが、恭一郎の陰にいる蒼太の念力だとは思いも寄らぬだろう。

『止まれ』

びくっと一つ大きく痙攣《けいれん》して、狗鬼の身体が——心臓が——止まった。

握り締めていた恭一郎の袖を放して、蒼太はゆっくり立ち上がった。

「蒼太……もうよいのか？」

「ん」

頷《うなず》くと蒼太は、星が瞬き始めた空を見上げた。

強い力が己の中で目覚めつつあるのが判った。

胸中で光る、白く、小さくも力強い炎——

山名村では一瞬で弾《はじ》けて消えたそれは、今は二つ目の心臓のごとく己の身体を突き動かしている。

炎はまだ心許《こころもと》ない揺らぎを見せるも、消えることなく己の一部になったのが感ぜられた。目を閉じて一つ大きく呼吸すると、解放された感覚が町の中へと伸びていく。

夏野の気を感じた。

更にじっと意識を凝らすと、散らばった狗鬼や蜴鬼の気に交じって、人とは違う気が二つある。

鴉猿《あざる》……

それから——

「いさ」

「伊紗がおるのか？」

「ん」

伊紗の気は斎佳に近付きつつあった。稲盛は気配を絶っているようだが、伊紗が稲盛を追っているのなら、稲盛も斎佳へ向かっているのではないだろうか。

「ならば伊紗のところへ案内してくれ」

恭一郎も同じことを考えたようだ。

狗鬼の屍をよけ、ある者は叫びながら、ある者は唇を嚙み締め逃げて行く。

悲鳴が聞こえる度に逃げる人々は身体を震わせたが、振り返る者は少なかった。いまや人の群れは二方向へ別れ、一つは西都へ——堀のある南側へ、もう一つは長瀬川のある東側へ向かっていた。蒼太は恭一郎をいざない、大通りから離れて路地へ入った。道は狭いが人が少ない分、路地の方が走りやすい。

路地を左右に折れながら、蒼太は伊紗の気を追った。

長屋の横から飛び出して来た狗鬼を、恭一郎が一太刀で斬り捨てる。

木戸の向こうで言葉を失った男女がぺたりと座り込んだ。

「腰を抜かしている暇はないぞ」

短く声をかけてから、恭一郎は蒼太を促した。

恭一郎の右手には、抜き身が光っている。

出会った頃《ころ》はただ恐ろしいだけだったこの刀が、恭一郎という剣士の気を一層高めていることを、今の蒼太は知っている。

妖魔に立ち向かえるようにと、安良は人に剣を与えた。名匠・八辻九生《きゆうせい》の最高峰と思しき剣と、稀有《けう》な剣才を持つ恭一郎が一体となっている。その強い気は蒼太の妖魔の本能を恐怖させたが、蒼太自身――否、蒼太の中に目覚めた「力」はそれに魅了されていた。

――「やすら」もきっと……

八辻の剣だけでなく、恭一郎という剣士にも魅せられているのだろう。

東西へ伸びたやや大きな通りに出ると、二匹の蜴鬼がそれぞれ違う男の足に噛みついていた。叫びながら逃げて行く人々の合間を縫った恭一郎が白刃を閃《ひらめ》かせ、一匹目は胴を、二匹目は首を斬り放つ。

助けられた男たちも、走りゆく人々も一瞬言葉を失うほど、鮮やかな剣技だった。

仲間らしき男が、駆け寄って来て怪我《けが》をした男の一人を抱き起こす。

「あ、あ、ありが……」

「礼には及ばん」

一人は脛《すね》から下が千切れかけており、もう一人も足首の骨が見えている。担いでもらわねば逃げられぬし、出血を考えると逃げられたところで助かるかどうか疑わしい。

堀へ向かう人だかりの後ろから、新たな悲鳴が上がる。

小さく溜息《ためいき》を漏らして、恭一郎が足の向きを変えた。

「寄り道するぞ。やつらを先に片付ける」

こくりと頷くと、蒼太は眼帯を外して仕込み刃を出した。

†

火の見櫓《やぐら》に上がっていた番人に問うと、騒ぎは町の北西の方角から広がったようだ。

すばしこく、大きな黒いものが十匹ほど、町に散らばって行くのが見えたという。

夏野たちが櫓に着いた時、北西に見えた煙は既に火の手に変わっていた。

悲鳴や叫び声がそこここで重なる。

阿鼻叫喚《あびきようかん》と化した町がそこにあった。

「行きましょう」

夏野の声に由岐彦が頷く。

大通りは人で溢《あふ》れかえっている。多くの者は堀を目指して走っており、その合間を右往左往しながら親や子供を探す者の姿が見られた。親を求めて泣き叫ぶ子供に手を差し伸べたいのをこらえて、夏野は由岐彦の後ろについて人の波と反対方向へ走った。

一町ほど進んだところで、最初の狗鬼に出くわした。

子供の胴をくわえ、噛み千切ろうと頭を振っている。道端には子供の母親と思しき女が座り込み、泣くことも忘れて狗鬼の口元を見つめていた。

由岐彦が斬り込むと、狗鬼は子供を振るい捨て、牙《きば》と爪《つめ》を剥《む》き出しにして由岐彦に襲いかかった。一の太刀を爪で払い、着地してすぐまた飛びかかって来た狗鬼の首を、由岐彦は二の太刀で落とした。

堰《せき》を切ったように狂乱した母親が、皮一枚でつながっている子供の亡骸《なきがら》を胸に抱く。

早く逃げるよう夏野が声をかける前に、いくつかの鈍い足音が地響きと共に耳に届いた。

「蜴鬼……」

これまで狗鬼と蜴鬼に同時に襲われた町村はなかった。反りが合わぬのか、同胞のみの方が事を運びやすいのか、狗鬼なら三、四匹、蜴鬼なら十匹ほどが、それぞれ鴉猿に率いられ襲撃に加担していたのだ。番人は約十匹の狗鬼を見ている。それだけでも手に余るのに、蜴鬼までいると知って夏野は暗澹《あんたん》とした。

が、足を止めている暇はない。

逃げる者たちを追って来た二匹の蜴鬼と相対した。

「夏野殿！」

剣を見て怖気付《おじけづ》いたのか、身を翻した蜴鬼を追って、夏野は後ろから斬りつけた。身体を起こし、抵抗しようとした蜴鬼の胸を一突きにする。

とっさのことだが、心臓を貫いたという手ごたえはあった。

「夏野殿」

由岐彦の二度目の声に振り返ると、己の後ろに斬り放たれた二匹目の蜴鬼の首が転がっている。都詰めの由岐彦が、葉双でも妖魔狩りに出たのはおそらく一、二度だろう。やや青ざめた顔はしていても、御前仕合で上位を争うだけあって冷静さは失っていない。

「お見事です」

「私の台詞《せりふ》だ。昇段したとは聞いたが、まこと、腕を上げた」

頷き合ったのも束の間《つかのま》、悲鳴の合間に聞こえる妖魔たちの足音に耳を澄ませる。

東の方でも火の手が上がったのが見えた。

妖魔だけでなく、火事への恐怖も強まってきた。

狗鬼も蜴鬼も陸に生きる妖魔だ。火ほど水を恐れずとも、水の中まで獲物《えもの》を追って行くことはなかろうが、堀の広さにも限りがある。いくつもの堀川が縦横に走る都内と違って、堀前町には都を囲む堀しかない。幸い、北に位置する葦切町には、東の端に西都へ流れる長瀬川があるが、防壁の下の川口には格子が張られていて斎佳へは入れぬようになっている。人々は堀のある南か、長瀬川のある東へ向かって走っているが、東側でも火事が広まれば、南へ向かう者が増えるだろう。

蒼太と「見た」門扉にすがる人々もそうだが、堀に溢れかえる人の群れを想像して夏野は寒気だった。

そうこうするうちに、次なる蝎鬼の足音が近付いて来る。

また二匹連れ立ってやって来た蝎鬼の内、一匹は逃がしたが、一匹は由岐彦と二人がかりで仕留めた。

これで四匹……

狗鬼と蝎鬼合わせて少なくとも二十匹は町へ入って来たと思われる。半鐘が鳴り始めてまだ半刻と経《た》っていないが、六ツをとっくに過ぎた今、辺りは薄闇《うすやみ》に包まれ始めていた。暗くなれば妖魔たちにより有利になる。

風がないのは不幸中の幸いだが、晴れた日が続いていただけに、火事も確実に広がりつつあった。

大通りは北へ行くにつれて人がまばらになってきた。一際高い悲鳴が聞こえ、夏野たちは西側の路地へ折れた。

悲鳴を頼りに路地を行くが、土地勘のない場所だ。夏野たちが着いた時には妖魔たちは姿を消していて、亡骸か怪我人だけが横たわっているということが三度続いた。怪我した者には血止めを施したが、背負って行けぬゆえ置いて行くしかない。妖魔が戻って来なくとも、火に巻かれて死すやもしれず、すがる目を振り切る度に夏野の胸は痛んだ。

きな臭さが強まり、緊張と相まって息苦しい。

「引き返そう」

空を見上げて由岐彦が言った。

暮れた空がところどころ明るいのは、火の気が強まっているからだ。町の外側から広がった火は、少しずつ斎佳へ近付いている。夏野たちの辺りには、既に生き物の気配はほとんど感じられず、代わりに西都に近い方からの悲鳴は高まっていた。

大通りへ戻り、南へ走る夏野たちの反対側を、狗鬼が二匹駆けて行く。刀を持った夏野たちには目もくれず、飛ぶようにまっすぐ走り去る狗鬼たちの先には蠢《うごめ》く闇があった。

闇が人だと悟った時、夏野は慄然《りつぜん》として立ち尽くした。

門扉を叩《たた》く人の群れ。門が開く気配はないが、開けたくても扉が開かぬほど、門扉の前、堀にかかる石橋、そして堀自体が人で溢れ返っている。

「開けてくれ！」

「中へ入れてくれ！」

怒号と悲鳴が否応なく夏野の耳に、頭に、なだれ込んでくる。

「押すな！」

「そっちこそ押すな！」

「痛い！　これ以上は無理だ――」

堀の上まで黒だかりとなっているということは、人の上に人が折り重なっているのだろう。堀の中で圧死した者は一人や二人ではあるまい。

しばらく麻痺《まひ》していた嗅覚《きゅうかく》がよみがえり、血なまぐさささが夏野の鼻と喉《のど》を塞《ふさ》いだ。

「あ……」

息が。

息ができぬ——

「夏野殿！」

思わず胸を押さえた夏野へ、由岐彦が駆け寄った。夏野の肩に触れた由岐彦の向こうで、悲鳴と唸《うな》り声が同時に上がる。

ふっと、左目に青白い光が瞬いた。

蒼太も戦っている。

この町のどこかで——

「……ゆかねば」

「夏野殿」

うつむいたまま一つ深く息を吐くと、心配顔の由岐彦を見上げて頷いてみせる。

「申し訳ありません。行きましょう、由岐彦殿」

夏野たちが再び走り出した時、ひゅっと、風を切り裂く音がした。

群集の間に悲鳴とは違うどよめきが湧《わ》いた。

人だかりの後ろに、よろめいて退いた狗鬼が見える。人々が指差す先を見上げると、六丈ある防壁の上に立つ人影があった。

退いた狗鬼が体勢を整え、再び襲いかかろうとするのを、またもや風を切って飛んで来た何かが阻んだ。

弓矢――いや、あれは風針《かざばり》――

「樋口様!」

堀の手前までの二町ほどを、夏野たちは一息に駆けた。

夏野たちの気配に振り向いた狗鬼の背中を、今一度放たれた風針が打つ。身をよじってよろけたところを、由岐彦の刀が袈裟《けさ》懸《が》けにした。

少なからず歓声が上がったところへ、覚えのある怒声が響いた。

「東西へ別れろ! 堀沿いに進むのだ! 急げ!」

馨であった。

馨の後ろには、抜き身を手にした剣士が五、六人続いていた。

「ぐずぐずするな!」

罵声《ばせい》を飛ばしながら振るった馨の大刀が、小道から走り出てきた狗鬼の鼻先をかすめた。

「真木殿!」

「黒川に椎名か――ぼさっとするな!」

人々を追って妖魔たちも堀沿いに集まりつつあった。暗がりからさっと走り出ては群れをなす人を襲い、剣士が駆けつけると逃げて行く。その合間に他の妖魔が別の暗がりから飛び出して来るといった塩梅《あんばい》で、夏野たちは人々を庇《かば》って右へ左へと走り回った。

夏野たちと町にいた剣士を合わせて二十人ほどになろうか。だが、初めのうちは同じくらいの数に思えた妖魔たちは、辺りが暗くなるにつれて増えてきていた。

東へ回っても西へ回っても、堀前町の結界まで約二里の道のりだ。防壁の上には松明《たいまつ》が掲げられているが、堀の中は真っ暗に近い。堀の外にいる夏野たちは、皮肉にも火事の明かりに助けられていた。

これだけ暗いにもかかわらず、伊織と他二人の理術師《りじゅつし》が放つ風針は、防壁の上からでも的確に妖魔だけを射た。風針だけではとても死に至らしめることはできぬが、隙《すき》ができれば夏野たちも仕留めやすい。

夢中で妖魔の姿を追ううちに、夏野はいつしか由岐彦から離れてしまっていた。由岐彦の無事を確かめようにも、狗鬼や蜴鬼が次々現れ、息を整える暇もない。

だが剣を振るう度に、己の感覚が研ぎ澄まされていくのが夏野には判った。

そう遠くないところに蒼太がいるのを感じた。刀を振るいながら、蒼太の力が己と共にあるのが心強かった。

人の群れは少しずつ東西へ移動していたものの、堀前には怪我をしたまま動けない者や既に息を引き取った者がまだ多数いた。

這《は》いつくばって堀へ向かう女に襲いかかった蜴鬼に、下からすくい上げるように斬りつけた。横転した蜴鬼の首を斬り放って夏野は振り向いたが、女は既に息絶えていた。

唇を噛んで涙をこらえると、新たに現れた蜴鬼に向かって斬りかかる。

夏野の勢いに驚いた蜴鬼が、身を翻して走り出す。

後を追って駆け出した夏野の左目が一瞬真っ暗になった。

立ち止まって町の方へ目を凝らすと、路地の合間で争う二つの影が見えた。

逃げる女の手首を男が捕まえ、押さえ込もうとしている。暗がりでも、蒼太の目のおかげか、顔が判別できるほどには見えている。

あれは――

女は伊紗で、男は鹿島だった。

「伊紗！」

短く叫ぶと同時に、路地へ走った。

驚いて伊紗の手を放した鹿島が一歩退く。刀を向けて夏野は問うた。

「稲盛のところへ案内しろ」

「し、しらん」

「嘘《うそ》をつくな！　このようなことをしでかして、ただで済むと思うなよ！」

刀を前に出すと鹿島が更に一歩さがった。

「嘘じゃない！　わ、私は何も知らされてなかった。私も稲盛様を探しているのだ。そしたらその女が――その女、もしや稲盛様のお命を狙《ねら》っているという――」

鹿島の目をまっすぐ見て、真成だと判じた。

「稲盛は川へ向かっている」と、伊紗。「鴉猿と落ち合って、北へ逃げるつもりだよ」

「長瀬川へ……？」

つぶやきざま、後ろ手から鹿島が風針を放った。刀を翻して打ち落とすと、返した刀で鹿島を峰打ちにする。

鹿島が昏倒《こんとう》したのを見て取ると、変わらぬ赤い唇に、これも変わらぬ薄い笑みを伊紗は浮かべた。

「腕を上げたね、夏野」

「伊紗……」

思わぬ再会に声が震えた。

†

「あれは——伊織か」

防壁を仰いだ恭一郎がつぶやいた。

恭一郎と共に、更に狗鬼一匹、蜴鬼二匹を仕留めた蒼太は、伊紗の気を追っていまや人気《ひとけ》が途絶えた大通りを走っていた。

防壁の上に掲げられた松明の後ろを、いくつかの人影が動いている。恭一郎は勘で判じただけだが、夜目の利く蒼太には伊織の姿がはっきり見える。

「いお——かさ、は、り」

「あの高さから命中させるとは、やるな」

口角を微《かす》かに上げた恭一郎こそ、全身に返り血を浴びて尚《なお》、疲れを見せるどころか剣がますます冴《さ》えてきていた。

「かおう」

門の辺りから馨の大音声が聞こえて来て、蒼太も少し口元を緩めた。

まだ五ツにはならぬが、宵でも火事の炎で空は明るかった。

大気の中に夏野の気も感じる。

伊紗も夏野も、少しずつ東の方角――長瀬川の方へ向かっているようだ。よって、門前に出た蒼太が左へ折れようとしたところ、狗鬼を相手に苦戦している馨の姿が見えた。

「蒼太、ちと待て」

迷わず恭一郎が助太刀に駆けて行く。

後を追おうとした蒼太は、ひやりとした気を感じて振り向いた。

家屋の間の路地が暗いのはあたり前なのだが、見やった一角だけ、蒼太の目をもってしても何も見えぬほど真っ暗だ。

駆けて来た蜴鬼が急に足を止め、身体を震わせたかと思うと、こと切れた。己よりもずっと速く密《ひそ》やかに、黒耀が心臓を潰《つぶ》したのだと悟った。

『ふふ、お前のやり方も悪くない』

『黒耀様』

姿は見えぬが、黒耀が漆黒の闇の向こうにいた。

『黒耀様、お願いだ』

『お願い？』

『黒耀様なら……やつらをすぐに蹴散《けち》らせる』

笹目での出来事を思い出し、再び味方してもらえないだろうかと蒼太は考えた。

『なんのために？』

闇の中で黒耀が嘲笑《ちょうしょう》する。

『人のためにか？』

呻き声が聞こえて蒼太は振り返った。

十間ほど離れたところをよろめく人の男がいる。逃げ遅れたのか、頭から血を流しつつ、人の群れに向かっていたようだ。

「ぐっ……」

くぐもった声を絞り出し、男は膝《ひざ》をついて前にのめった。蜴鬼と同じく少し痙攣しただけで男は最期の息を吐いた。

『黒耀様』

『何故、そんな顔をする？　お前も人を殺したことがあろう？』

恭一郎に出会った時、那岐州玖那村《くなむら》で己を捕らえていた盗人たちを蒼太は殺した。

『人を殺し、仲間を殺し……お前も私と同じだ、蒼太』

『おれは』

『やつらを蹴散らしたいなら、お前がやればいい。お前にはその力があるだろう？　山名村で見せたあの力……』

『あれは』

あれはとっさのことだった。

やろうと思ってできることじゃない――

そう言いかけて、蒼太は胸に手をやった。

鼓動と共に、新しく芽生えた白い光が己の内にあるのを確かめる。

闇が揺らいで、うっすら黒耀の姿が浮かんだ。

細い腕を伸ばし、蒼太が押さえた胸を指して黒耀が言った。

『お前にならできる。お前はあのムベレトが、私の代わりにと望む者』

『ムベレトが？』

ムベレトは黒耀の正体を知っている――？

槙村孝弘と人名を名乗るムベレトは、「並ならぬ力を持つ者」を探しているという。

それなら……

黒耀こそ「並ならぬ力を持つ者」ではないかと、蒼太は眼前の黒耀を見つめた。

『おれは黒耀様の代わりにはなれない』

かつて己を嵌《は》めたシダルも、蒼太を黒耀に成り代わる者に育てようとしたが、いかに新しい力を得ようとも、黒耀のそれに遠く及ばぬことは蒼太自身が一番承知している。

『そうか？』

薄く笑うと、黒耀が一歩近付いた。

否、近付いたのは闇だ。

黒耀がまとう漆黒の闇が、蒼太を少しずつ包み込んでいく。

逃げ出そうと思えばできた。だが、知りたいと思う意志が蒼太の足を止めた。

身じろぎもせず、蒼太は闇が己を包み込むのを待った。

すっぽりと闇に包まれてしまうと、黒耀の姿がはっきり見える。黒紅色の喪服から覗《のぞ》く蠟《ろう》のごとき白い手足、顔。喪服より黒く艶《つや》やかな長い髪……

少女らしい可憐《かれん》な唇に、少女らしからぬ酷薄な笑みを浮かべて黒耀が言った。

『急がねば、間に合わぬぞ』

闇の向こうに、伊紗と駆けて行く夏野の姿が見えた。

荻《おぎ》の生い茂った川辺を行くその先には人影がある。

――「いなもり」。

振り向いた影はまさに稲盛だった。

足を止め、闇に目を凝らし、夏野と伊紗を待ち受けている……

†

伊紗と共に、夏野は長瀬川に向かって走った。

長瀬川は葦切町の東側の結界の一部を担っている。荻の生い茂る川辺に着くと、北へ折れて更に走る。防壁から離れて行くほど、左手になった町の熱気が強まっていく。町の北東は既に火の海だった。

「夏野！　早く！」

前を走っていた伊紗は、いつの間にか白い獣に姿を変えていた。狗鬼より二回りは小さいが、夏野とあまり変わらぬ大きさの、猫と鼬《いたち》が相混じったようなしなやかな四足獣だ。

これが仄魅《しきみ》──

振り向いた目の形こそ人とは違うが、輝く瞳《ひとみ》は伊紗のものだ。

「なつの」

仄魅の姿だと人語を話しにくいのか、かすれた声で伊紗が言った。

「におう。いなもりはもう、すぐそこだよ」

「よし！」

夏野が頷いた時、一町ほど前方に人影が見えた。

まだ顔までは判らぬが、稲盛に違いなかった。

──躊躇《ためら》うな！

昨年の失態を思い出し、己を叱咤《しった》する。

稲盛を殺せば、取り込まれている伊紗の娘も死す。

だが、それが伊紗と娘の望みであった。稲盛のような「人間」に囚《とら》われて生き長らえるよりも、死という自由を二人は望んでいるのだ。

此度《こたび》はやり遂げてみせる――

伊紗の足が速まった。

狗鬼に劣らぬ素早さで、伊紗は稲盛に飛びかかった。

待ち構えていた稲盛が手をかざすと、詞《ことば》と共に伊紗を弾く。その後ろから、夏野は迷わず斬りかかった。稲盛に詞を唱える暇を与えずに、二の太刀、三の太刀を浴びせるが、寸差で見切られ、かわされる。

長引けばこちらが不利になる……

更に斬り込む夏野の袖を、稲盛の手から放たれた鋭い風が切り裂いた。二つ目のそれを飛びしさってよける。風針のようだが、鎌鼬《かまいたち》のように弧をかいて放たれるそれを見極めるのに、夏野は数歩退いた。

「飛んで火に入るなんとやらだ。懲りぬな、黒川夏野」

にやりとした稲盛の背後から、足音が駆け寄って来る。

鴉猿だった。

夏野に伸びた鴉猿の手へ、身を立て直した伊紗が飛びかかって嚙みついた。

そのまま鴉猿を引き倒すも、鴉猿も負けておらぬ。伊紗の首根っこをつかもうとするのを、腕から口を放して伊紗がかわした。鴉猿は狗鬼ほど俊敏ではないが、腕の力が滅法強い。一旦《いったん》つかまれたら最後、伊紗の首など軽々へし折られてしまうに違いない。

鴉猿の手をかわしつつ、伊紗が嚙みついては離れる間、夏野は稲盛と戦った。

稲盛の特異な風針に戸惑ったのは、ほんの束の間だ。研ぎ澄まされた感覚が、稲盛から放たれる微かな気を感じ取り、身体の一部と化した剣がそれらを弾く。

「くっ……」

焦りを浮かべた稲盛が一際強い風針を放ち、間合いが開いた。

町の方から熱風が吹いたかと思うと、家屋が崩れ落ちる音がする。

今宵だけで、一体どれだけの死傷者が出たのか。

「何ゆえ、こんなことを――」

問うても詮無《せんな》いことだと知りながら、怒りがつい口をついた。

「……西原が――身の程知らずにもつけあがってきてな……」

西原利勝への戒めか。

だが、それだけのために西都の堀前町を襲ったのではあるまい……

頭巾《ずきん》が取れた稲盛は、昨年よりも明らかに老いている。瞳こそ生気を宿しているが、眼窩《がんか》は落ち窪《くぼ》み、頭や手足の染みも広がっていた。見目姿のみならず、力も以前より衰えているように感じた。伊紗の娘を捕らえ、寿命を超えて生き長らえてきた稲盛は、いまだ夏野の剣をかわすほど身軽だ。しかしながら、その身は確実に死に近付きつつあった。

東西道の州府に続いて、西都の堀前町まで襲われたとなれば、国民の不安は高まるばかりだ。生き延びるためにはどんなことでも――それが安良への信頼を捨て、稲盛という悪党の権力に屈することでも――厭《いと》わぬ者が出てくるだろう。

剣を構え直して、稲盛を睨みつける。

許さぬ。

これ以上、罪なき国民を巻き込むことは――

†

夏野の目を通して稲盛の姿が見えた。

駆け出した蒼太の後を黒耀の闇がついて来る。

『お前がゆくまでもつかな、あの娘』

確かに蒼太の足をもってしても、夏野がいるところまではしばしあった。

こうして蒼太が走る間も夏野は稲盛と戦っている。時折視界をかすめるのは、鴉猿と仄魅本来の姿をした伊紗のようだ。

間に合わない……

いや、「やまなむら」でもおれは同じことを思った――

足を止めた蒼太に黒耀の笑い声が聞こえる。

『さあ、どうする？　蒼太』

息を整えながら蒼太は目を閉じた。

額の角に意識を集中させると、夏野の目を通した景色が薄らぎ、代わりに夏野たちのいる川原が浮かび上がる。

己の中の白い炎が僅《わず》かに大きくなった。

内から湧き出す力を感じるも、それはまだ不安定だ。山名村で夏野に怪我をさせたことが思い出されて、力を放つことにどうしても躊躇いがある。

おれにできるだろうか？

「なつの」も「いさ」も傷つけたくない――

『迷うほどの時はないぞ』

黒耀の挑発に聞こえぬ振りをして、蒼太は考えを巡らせた。

何も大きな力を放つことはない。

「いなもり」の「しんのぞう」を握り潰せばいいのだ……

夏野に応戦する稲盛の胸に狙いを定めようとした時、脳裏にか細い声が届いた。

『母様……』

伊紗の娘の声に、蒼太は思わず目を開いた。川原の景色は消えてしまったが、左目はしかと夏野とつながっていて、怒りに顔を歪《ゆが》めた稲盛が映る。

稲盛を殺せば伊紗の娘も死ぬことを、蒼太も理解している。娘の声に驚きはしたものの、夏野と同じく蒼太も既に覚悟を決めていた。

自由。

娘にとって死は、人間という檻《おり》から解放され、天地に還る自由を意味する――

夏野を通して、稲盛の首の古傷がくっきりと見えた。

これまで隠されていた稲盛の気が――動揺が――伝わる。

闇に閃いた夏野の剣が、稲盛の古傷めがけて打ち込まれた。

伊紗の娘の声が聞こえて、夏野は目を凝らした。

己の太刀をかわし、身体をよじった稲盛の首に、かつて御城で斬られたという古傷が浮かび上がって見えた。

『母様』

力で抑えきれなくなったのか、娘の声が再び響き、稲盛が舌打ちを漏らした。

己と位置が入れ替わった稲盛へ、間髪を容《い》れずに上段から刀を振り下ろす。

骨を斬った手ごたえがあった。

稲盛はとっさに身を引いたが間に合わず、夏野の刀は古傷の上から二寸ほど切り下げた。

放たれた風針をよけて飛びしさると、稲盛の首筋から血飛沫《ちしぶき》が上がった。

ほんの刹那《せつな》だが、稲盛の気が途絶えた。

首を押さえた稲盛の額に小さな青白い光が滲み……ふっと宙に舞う。

『ありがとう……』

「なつの、ありがとうよ……」

震える声で礼を言い、光を追って伊紗が駆け出す。

荻の陰に消えゆく白い背中を見送ったのもほんの一瞬で、夏野は稲盛に向き直ると改めて青眼に構えた。

干からびた身体のどこにこれだけの血が流れていたのかと思うほど、稲盛の身体はみるみる血に染まっていく。

伊紗と戦っていた鴉猿が向かって来るのが見えたが、その動きはひどく緩慢に見えた。

とどめを。

稲盛の心音に狙いを定め、夏野は踏み込んだ。

渾身の気を込めて刀を突きだそうとしたその矢先、後ろから飛んで来たものが夏野の左肩を切り裂いた。

「稲盛様！」

鹿島の声が耳に届くと同時に、切先が僅かにそれて、何か硬い物に当たった。

びりっと強い力が刀を通して伝わり、手がしびれる。

よろけた夏野の剣は稲盛の胸を浅く斬っただけに終わった。

「おのれ……」

首を押さえながら、もう片方の手で稲盛が懐《ふところ》を探る。

急ぎ構え直した夏野の目が、稲盛の手のひらにある玉をとらえた。瑠璃《るり》よりも透明で滑らか、かつ完全な球体だったろうそれには、己がつけた刀瑕《かたなきず》がある。

稲盛は昨年、蒼太の故郷——山幽の森——を襲い、その秘宝を手に入れていた。

紫葵玉《しきだま》——

夏野がその名を思い出した時、瑕から紫煙が揺らめいた。

息を呑んだ時にはもう遅かった。

稲盛が放った紫葵玉が、夏野の眼前で弾けた。

†

『――「なつの」！』

紫葵玉が弾ける寸前、蒼太はありったけの力を放った。

己の内なる炎が爆《は》ぜて、白く大きな力となって一直線に夏野のもとへ飛んでゆく。

それが夏野を傷つけぬことを、蒼太は瞬時に悟っていた。

もしも蒼太が夏野の傍《そば》にいたら、身を投げ出して夏野を庇ったことだろう。

放たれた蒼太の力は、まさにそうすべく紫葵玉と夏野の間に割って入り、夏野をすっぽり包み込む。

弾けた紫葵玉から清流がうねり出す。

流れ出る水は、雪崩《なだれ》のごとくみるみる嵩《かさ》を増し、うねりながら夏野を飲み込んだ。

川辺へ近付いていた蒼太へも、あっという間に水流が押し寄せる。

踵《きびす》を返して走り出したが、とても間に合うものではない。

『ふふふ……』

黒耀の笑い声が背中にぴったりついて来る。

『案ずるな。お前は私が護《まも》ってやろう』

波に追いつかれ、足を攫《さら》われたと思った瞬間、ふわりと蒼太の身体は闇に包まれた。

闇の向こうに、波に巻かれた夏野の姿が見える。

まだつながっている――

力が途絶えぬよう、蒼太は流されて行く夏野の気を必死で追った。

額が熱い。

生えかけの角に己の全ての力が凝縮されていく。

黒耀の闇に包まれたまま波に翻弄《ほんろう》される蒼太の目が、防壁の前の恭一郎の姿をとらえた。

『「きょう」……！』

今の己では夏野を護りながら、恭一郎まで護ることはできない。

このままでは「きょう」が――

波はもう防壁のすぐ手前まで迫っている。

『黒耀様！』

闇を見渡すも黒耀の姿は見えぬ。だが、すぐ近くに――それこそ寄り添うように黒耀が傍にいるのは感ぜられる。

『黒耀様！　お願いだ。どうか……』

『あの壁は結界だ。私にも破れぬ』

どうか……

何を願っているのか蒼太自身にも判らなくなった。ぎゅっと目蓋《まぶた》を閉じた途端、反対にはっきりと蒼太の頭の中に結界を紡いでいる「詞」が見えた。

習ったことのない文字の羅列。
鎖のように連なるそれらの文字が放つ力が、己が見つめるうちにじわりと揺らいだ。
『面白い』
つぶやいた黒耀の意識が己のそれと重なった。
燃えるように角が痛みだし、蒼太は更に強く目を閉じた。
脳裏でばらりと「詞」の一部がほどける。
崩れろ。
壊れてしまえ――!
頭上で伊織の叫び声を聞いた気がした。

†

何か強い力が大気を震わせた。
防壁の上からまた一つ風針を放つと、闇夜に伊織は目を凝らした。
闇が揺れた。
否。
揺れているのは――
巨大な水流が防壁めがけてうねり寄せて来る。
「樋口様!」
同じく防壁から応戦していた理術師《りじゅつし》の一人が叫んだ。

充分に厚みのある防壁は衝撃に耐えようが、堀前にいる者たちはまず助からぬ。

闇夜の中、堀沿いに東西の堀前町へ向かう人々も——

迷う間もなく、再び大気が揺れたのを伊織は感じ取った。

結界が——！

「中森《なかもり》！　走れ！　小柳《こやなぎ》も！」

近くにいた理二位《りにい》の中森が伊織のいる西側へ走って来る。東側にいたやはり理二位の小柳に声は届かなかったようだ。ようやく走り出した時には、水流は眼前に迫っていた。

「早く——！」

中森を待ち、押しやるように先へ促してから、伊織も駆け出した。

背後で一つ大きな音がして、足元が揺れた。

目の前で転んだ中森へ手を伸ばし、引きずり起こす。

「樋口様！」

こらえきれずに振り返った伊織の目に、打ち崩れた防壁と都へなだれ込む水流が見えた。

第九章 Chapter 9

大地を揺るがす音がした。

うねる水流に上下の感覚を失いながら、夏野《なつの》はただ息を凝らした。

蒼太《そうた》――

己の身体《からだ》を丸く包み込んでいるのは蒼太の力だった。刀を収めて目を閉じると、夏野は祈るように両手を胸に抱いた。

蒼太――

心の中で呼びかけながら、左目に気を集める。蒼太は応《こた》えぬが、瞑坐《めいざ》のごとく息を整えていくと、やがてぼんやりと暗闇《くらやみ》にうずくまる蒼太の姿が見えた。

傍らで蒼太の肩を抱いている女子《おなご》がいる。その黒い着物と長い髪には見覚えがあった。

――橡子《しょうこ》殿……？

ふと笹目《ささめ》での夜が記憶によみがえる。

竹林の闇をじっと見つめていた蒼太。

今、蒼太を包み込んでいる闇と同じ、漆黒の暗闇を――

――黒耀《こくよう》。
橡子殿が黒耀だったのか……！
闇の中で橡子――黒耀が顔を上げた。
漆黒の瞳《ひとみ》と相対した時、夏野の脳裏にいくつかの「絵」が閃《ひらめ》いた。
胸を押さえ、口から血を溢《あふ》れさせた男。
雷で炭となった亡骸《なきがら》。
懐剣で心臓を刺された少年……
あれは……
姿かたちは違えど、殺された者がまとう気は全《すべ》て同じだ。
――安良《やすら》様！
少年の胸から懐剣を抜いた黒耀が、背後にいた影を見上げる。
まだ若く、だが冷淡な眼差《まなざ》しを持つ男の顔がそこにあった。
槙村《まきむら》……！
蒼太の肩に触れたまま、黒耀がはっとした。
途端に脳裏の「絵」がかき消えた。
新たに流れ込んできた闇が黒耀と蒼太を夏野から隠す。
視界が真っ黒になると、それまで己を護《まも》ってくれていた蒼太の力がふっと途絶えた。
いまや濁流となった冷水が四方八方から一気に押し寄せる。

空気を求めて夏野はあがいた。

あまりの冷たさに、水をかく手がしびれてくる。

息がもたぬ……

流れに翻弄《ほんろう》されながら最後の一息を吐き出した時、背中から何かに叩《たた》きつけられた。

水かさが徐々に減っていき、ようやく水の外に顔を出した夏野は大きく喘《あえ》いだ。そのまずるりと足首まで引いた水の中に座り込む。

水中では途絶えていた悲鳴が、再び聞こえるようになった。辺りを見渡すと、己が背にしているのが鳥居だということが判《わか》った。流された位置と距離からして、新坂《あらさか》神社にたどり着いたようだ。

蒼太……鷺沢《さぎさわ》殿……

馨《かおる》や伊織《いおり》を含め、皆はどうしたろうかと思うものの、身体に力が入らず、立ち上がることもできぬ。足を投げ出し、鳥居にもたれたまま夏野はまだ明けぬ空を見上げた。

空には半月の他にいくつかの星が見えるだけで、いくら目を凝らしてもなんの「絵」も見えてこない。だが、蒼太が生きていることだけは——蒼太とまだ「つながっている」ことだけは——左目の微《かす》かな熱で感じることができた。

疲労がどっと押し寄せて、否応なく身体が地面に倒れ込んだ。最後の力を振り絞って仰《あお》向《む》けになると、夏野は目を閉じた。

滔々《とうとう》と流れて行く水が背中に冷たい。

山幽《さんゆう》が、森の奥から汲《く》み上げた水を玉にしたのが紫葵玉《しきだま》だという。背中を流れて行く水をただ感じるうちに、いつしか喧騒《けんそう》が消え、夏野は静けさに包まれていた。

真っ暗闇だが、そこに恐怖はない。

瞑坐をした時に、蒼太の故郷を夏野は「見た」ことがあった。

森の静けさの中に大地の力強さを感じた。

紫葵玉は旱魃《かんばつ》に備えて、山幽が森の水を蓄えるため作り出した秘宝だ。山幽の中でも限られた翁《おきな》しかその作り方を知らぬがゆえに、紫葵玉を有している森はそう多くない。

しかし大地はつながっている……

一つの森が、正しく、密《ひそ》やかに紫葵玉を用いることによって、少しずつ放たれる水が大地を通じて他の森も潤す。合間の全ての地にも、その恩恵を授けながら。

防壁の倒壊、続く洪水で、更なる死傷者が出ただろう。

紫葵玉を悪用したのは稲盛《いなもり》だが、そうさせたのは己の責でもあった。

恭一郎《きょういちろう》なら稲盛の首を一刀両断しただろう。伊織なら紫葵玉を瑕《きず》つけることなく、術をもって稲盛の手を封じることもできたに違いない。

だが私が……

私が未熟者ゆえに……

閉じたままの目尻《めじり》から涙が溢れた。夏野の涙は背中を流れる水に溶け込み、その他大勢の涙と混じり合って大地に染み込んでいく。

どのくらいそうしていたのか――

泣き疲れ、いつの間にか眠り込んでいたようだ。

朦朧《もうろう》とした意識の中で、誰《だれ》かが己を呼んだ気がした。

応えようにも、目蓋《まぶた》を開く力さえ夏野にはもう残されていなかった。

大きな手が、力強い腕が、夏野の身体を起こして抱きしめる。

それが夢かうつつか、夏野にはもう判らなかった。

ただ、夢でもうつつでも、その腕の温かさが夏野の胸を安堵《あんど》で満たした。

新たな涙が頰《ほお》を伝うのを感じたのち、夏野は再び意識を失った。

†

湿った土が頰に触れ、蒼太は目を覚ました。

身体中が熱を帯びてだるかったが、ゆっくり起き上がると辺りを見回す。

東の空がうっすら明るい。明け六ツ頃《ごろ》かと踏んだ矢先、遠くから鐘が鳴り出した。

黒耀の姿は既になく、龕灯《がんどう》を手にした者が数人、蒼太の傍《そば》を駆けて行く。

「坊、無事か？」

蒼太に気付いた初老の男が一人、手を伸ばしてきた。

振り払いたかったが、疲労と熱で腕がうまく動かない。それでも逃げようと身体をよじった蒼太から男は手を引っ込めた。蒼太の濁った左目を見て同情したのか、なだめるように温かい声で言った。

「怖がらなくていい。怪我《けが》はないか？」

小さく首を振ると、頷《うなず》いた男は南の方を指差した。

「三条橋《さんじようばし》の方に広場がある。橋は流されちまったが、皆そっちに集まってるから坊も行くといい。立てるか？　歩けるか？」

蒼太が頷くと、男は微笑《ほほえ》んだ。

「ゆっくり、気を付けて行くんだよ。おぶってってやりたいが、この歳《とし》だ。それにこの先に住む友人が心配でな……」

蒼太がもう一度頷くと、初老の男は手を振って去って行った。

のろのろと立ち上がり、改めて周囲を見回した。

どうやら己は長瀬川《ながせがわ》の西側、二条橋と三条橋の間にいるらしい。

明け空の中に、壊れた防壁が見えた。上の方が火宮堀川《ひみやほりかわ》辺りから土筆大路《つくしおおじ》辺りまで欠けている。一条橋と二条橋は見る影もなく、水位の戻った長瀬川を倒壊した家屋のがれきが次から次へと流れていく。

――結界を解いた己の力に黒耀の力が重なり、防壁が砕けた。

黒耀の意識が垣間《かいまみ》見えたと思った転瞬、蒼太は黒耀の闇から放《ほう》り出されたのだ。

「やすら」とムベレト……

黒耀の過去と思《おぼ》しき「絵」だったが、今の蒼太には深く考えるだけの余力がない。

探し人を求めて声をからしながら歩く人々と、座り込んで怪我や悲しみに呻《うめ》き、涙する人々……

「きょう……」

恭一郎の気を見つけようとするも、疲れ切った身体は言うことを聞かぬ。

「なつの……」

左目が見えぬままということは、夏野はまだ生きている筈《はず》だ。集中できぬ苛立《いらだ》ちに蒼太は目をこすってみたが、何も見えず、感ぜられなかった。

とぼとぼと重い身体を引きずるように歩き出した蒼太は、三条橋ではなく、二条堀川《にじょうほりかわ》沿いを西へ向かった。八坂《やさか》家へ戻ることも一瞬頭をよぎったが、「生きている」夏野はともかく、恭一郎の無事を確かめないことにはおちおち休んでいられない。

最後に蒼太が恭一郎を見たのは、北門の外側だ。紫葵玉の水に巻き込まれたかどうかは判らぬが、北門の近くに行けば、恭一郎を始め、馨や伊織についても、消息がつかめるのではないかという期待があった。

二条堀川沿いはまだましだったが、火宮堀川沿いは倒壊した家屋が多く、とても歩けたものではなかった。他の南北を走る通りも似たりよったりだ。立ち残った家屋も浸水しており、通りには人とがれきが溢れている。仕方なく火宮大路まで歩きかけて、ふと、南側の通りを蒼太は見やった。

がれきの合間にぴくりと動いた影がある。

近寄ってみると、己より一回り大きな少年が倒れていた。頭から少し血が流れているが、大した怪我ではなさそうだ。知己ならともかく、見知らぬ者を助ける義理は蒼太にはない。放っていこうとした矢先、更に奥から子供の泣き声が聞こえてきた。

泣き声に気付いて、少年が慌てて身体を起こす。その背中ががれきに当たって、崩れた一部のがれきが派手な音を立てた。

「泣くな、奈枝《なえ》。今、助けてやる――」

少年は奥へ手を伸ばすが、奈枝という子供はどこかに引っかかっているようだ。蒼太に気付いた少年が、がれきの中から蒼太を見上げた。

「妹が……奥に……おれ、右がよく見えなくて……」

悔しさに顔を歪《ゆが》めた少年は、何故《なぜ》だか蒼太の同情を誘った。

がれきの間をかいくぐって少年の傍へ行くと、背後から奥を窺《うかが》う。と、幼子が少年の右手にある小さな空間で泣いていた。怪我がなさそうなのは幸いだが、隙間《すきま》は狭く、引っ張るだけではとても助け出せそうにない。

奈枝はおそらくまだ三、四歳といった年頃だ。泣きながら、届かぬ小さな手を少年の方へ伸ばしている。

奈枝の顔が、己が殺《あや》めたカシュタのそれと重なった。

同情ではなく、後悔の念が蒼太を突き動かした。

少年と入れ替わると、蒼太は腹ばいになり、漆喰《しっくい》や板切れなどを支えている棒杭《ぼうくい》の下の隙間に、右腕から少しずつ身を滑り込ませた。

泣きやんだ奈枝がじっと蒼太を見つめている。

念力は使えぬ。

しかし大人には敵《かな》わずとも、山幽の蒼太には少なくとも人の子よりは力があった。疲労困憊《こんぱい》の身体に鞭打《むちう》って、棒杭を背中で押し上げるべく、蒼太は両手両足に力を入れた。

棒杭と、その上にのしかかるがれきが少しずつ持ち上がっていく。がれきの軋《きし》む音に奈枝が再び嗚咽《おえつ》を漏らし始めた。

「なく、な」

伸ばした蒼太の手に、奈枝の手が触れた。

柔らかく小さな指が、蒼太の手を必死につかもうとしている。

奈枝を助けたところで、贖罪《しょくざい》にならぬのは百も承知だ。こんなことは自己満足に過ぎぬと知りながらも、今はただここにいる幼子を救いたかった。

奈枝の手首をそっとつかみ、怖がらせないよう、ゆっくりと隙間の間を滑らせる。

「奈枝……」

固唾《かたず》を呑《の》んで少年が見守る中、奈枝を己の下まで引き寄せた。

少年の手に奈枝を引き渡そうとした時、奥でがれきが崩れる音がした。ずん、と背中にかかる重さが増した瞬間、蒼太は奈枝を抱いて地を蹴《け》った。

少年に体当たりする形で外へ突き飛ばす。

背後で一際大きな音がしたかと思うと、背中と右足に激痛が走った。

駆け寄った少年が蒼太の背中を打ったがれきを押しのける。身体を丸めて庇《かば》った奈枝は無事だったが、がれきの破片で蒼太のふくらはぎはざっくり切れていた。

「奈枝！」

火がついたように泣き出した奈枝をあやし、怪我がないことを確かめると、奈枝を傍らに置いて少年はすぐさま自分の着物の袖《そで》を破った。止血を施そうとした少年の手が己の足の位置を確かめるのを見て、「右がよく見えない」と言った少年の言葉を思い出した。

足に触れた少年の手は冷たかったが、振り払う気は起きなかった。

「ごめんよ。昨日から父さんが出てったきりで……家は水浸しになるし……明るくなってきたから父さんを探そうと思って……ここは友達の家なんだ。様子を見に入ってみたら急に崩れてきて……ごめん。すぐに大人を呼んでくるから」

「いらん」

傷に巻いた袖は既に真っ赤だった。肉まで裂けた傷と、がれきに打たれた背中はひどく痛んだが、これ以上知らぬ人間とかかわりたくなかった。

痛みをこらえて足を踏み出した。一歩ゆくごとに身体から血が失われていくのが判る。

引きずる足に転びそうになった蒼太を、少年が止めた。

「一人じゃ無理だ。おれの家、月越堀《つきこし》川の近くなんだ。下は水浸しになったけど、二階は無事だから――」

急ぎ反対側の袖も破っておんぶ紐《ひも》を作ると、少年は奈枝を背負った。右手で背中の奈枝を支え、左手で蒼太の腕をつかむ。

「おれにつかまれ」

蒼太の腕を肩に回し、蒼太を半分担ぐようにして支える。子供でも「ひと」に触れるのは嫌だったが、少年の身体はその手と同じく冷たくて、今の蒼太には心地良かった。

「お前、熱が……」

つぶやくように言うと、少年は蒼太を抱えた腕に力を込めた。

「おれ、貴也《たかや》。お前は？」

「そうた……」

「蒼太か。いい名前だな」

――「きょう」がくれた名前……

右足の感覚がなくなってきた。貴也にもたれて進む一歩一歩がとてつもなく重い。

「もう少しだ、蒼太。家まで、もう少しだから――」

励ます貴也の声が次第に遠くなる。

『シェレム……』

孝弘《たかひろ》の――ムベレトの声が聞こえた気がした。

顔を上げてその姿を探したかったが、とてもままならぬ。

ムベレト、と、山幽の言葉で呼びかけようとして、蒼太は躊躇《ためら》った。

孝弘が安良だけでなく、黒耀ともつながっていることを知った今、孝弘が味方なのか敵なのか蒼太には判らなくなってきた。

黒耀様も……

黒耀が蒼太の角と視力を奪ったのは翁のウラロクに頼まれたからで、黒耀はどちらかというと蒼太に好意的だ。

――そもそも、おれはどうなのだ？

おれは「ひと」の「みかた」なのか「てき」なのか……

蒼太が大事にしている人間は恭一郎や夏野などごく限られた者たちで、他の人間の生死は蒼太には些末《さまつ》なことであった。

「なえ」を助けたのはカシュタを思い出したからだ――

くすりと笑ったのは、孝弘か、黒耀か。

急速な睡魔に襲われて目蓋を閉じた転瞬、全ての感覚が途絶え暗闇だけが残った。

†

うっすら開いた夏野の目に、見知らぬ若い女の顔が映った。

「お目覚めですか」

「ここは……？」

女が勧める水を断って、身体を起こした夏野は部屋を見回した。

「州屋敷でございます。氷頭《ひず》の……」

「お待ちくださいね。今、椎名《しいな》様をお呼びして参りますから」

「椎名様……」

神社で助けてくれたのは由岐彦《ゆきひこ》殿だったのか……

ばたばたと女中が去って行ったかと思うと、夏野が身なりを確かめる間もなく、足音が近付いて来て由岐彦が現れた。

「気付いたか。よかった」

傍らで膝《ひざ》をついた由岐彦に手を取られ、夏野はうろたえた。

「由岐彦殿……その……」

「怪我は痛まぬか？」

身体全体が重く、背中と風針《かざばり》で切れた肩が少し痛んだが、夏野は首を振った。

「平気です」

「そうか。よかった……」

取った夏野の手へもう片方の手を重ね、祈るように由岐彦は微笑んだ。

夏野の手よりずっと大きな、一人の男の手だった。

切なさが胸をよぎったのは恭一郎を思い出したからだ。

養育館で、やはり両手で咲貴《さき》の手を取り、子供たちのために金を渡した恭一郎――

「あの……皆は……？」

夏野が問うと、由岐彦は手を放し、躊躇いがちに水を勧めた。

「八坂家に送った遣《つか》いによると、屋敷にはこれといった被害はなく、樋口《ひぐち》様の奥方様、八坂家一同ご無事だそうだ。向こうも夏野殿の無事を喜んでおられる」

「さようで……」

「防壁にいた理二位《りにい》様が一人亡くなられたが、樋口様はご無事だった。都師が防壁を直す前に結界を張り直さねばならぬそうで、今は他の理術師《りじゅつし》様たちと共に北門におられる。真木《まき》は町奉行所の者たちと共にいる。あの洪水で都へ入り込んだ妖魔《ようま》どもは既に始末されたが、火事場泥棒などを取り締まるために警邏《けいら》に勤《いそ》しんでいると聞いた」

「そうですか。……その、蒼太と……」

鷺沢殿は？　と問いたかったが、由岐彦の前で恭一郎の名を口にするのが躊躇われた。

由岐彦の顔が陰った。

「鷺沢は無事だ。だが、蒼太は行方《ゆくえ》が判らぬままだそうだ」

「蒼太が？」

慌てて夏野は左目に手をやった。だが、疲労に加え由岐彦を前にして、蒼太の目を確かめることはできなかった。

「それで――」

「鷺沢は蒼太を探しに町へ出ておるそうだ」

「で、では私も」

急ぎ立ち上がろうとした夏野を、由岐彦が押しとどめた。

「やめてくれ」

「しかし――」

「まだ顔色が悪い。そんな身体で人探しなぞできるものか。今は休まねばならぬ」

「それは……」

「頼む」

いつになく強い声と己をまっすぐ見つめる由岐彦の目に、夏野は怯《ひる》んだ。

「頼むから、ここにいてくれ、夏野殿」

肩にかけられた由岐彦の手に力がこもる。

「由岐彦殿……」

廊下の方から由岐彦を呼ぶ声が聞こえた。州屋敷もてんやわんやなのだろう。廊下を振り返り、今一度確かめるように夏野の肩に触れると由岐彦は立ち上がった。

「のちほどまた参る。夏野殿はここで休んでいてくれ――よいな？」

念を押して由岐彦が去るのと入れ違いに、女中が粥《かゆ》を持って来た。

女中の手伝いを断って、己の手で粥を口に運びながら改めて部屋を見回すが、布団と枕《まくら》屏風《びょうぶ》の他は何もない。

「私の刀と着物は……？」

「着物は洗濯に。刀は椎名様がお持ちになりました」

粥を食べつつ、夏野は傍らに控えたままの女中に話しかけた。

「町はどんな様子か聞いているか？」

「まだひどい有様だと……この屋敷は無事ですが、中町《なかまち》では川沿いのお屋敷がいくつも水浸しとなったようです。三条橋まで三つの橋が落ちて、天本《あまもと》や由良木町《ゆらぎちょう》の北辺りまで水が入ったそうで……四条橋は渡れますが、東側には遣いに出ぬよう言われております」

「そうだな。まだ片付いておらぬ町をゆくのは危ない」

しかしそんな町を、恭一郎は蒼太を探して歩き回っているのだと思うと胸が痛んだ。

「それもそうなのですが……」

「他にも何か？」

「情けないことでございますが、こんな時に――ここぞとばかり悪事を働く者がおりますそうで、泥棒や追剝《おいはぎ》……その……女子《おなご》に悪さをする者も……」

馨は火事場泥棒などを取り締まっていると、由岐彦が言っていた。この都の大事に、人の不幸を横目に悪事を働く者がいるとは、女中の言葉通り情けない限りだ。

空になった飯碗《めしわん》を下げに女中が出て行くと、夏野は布団に身を横たえたが、とても眠れたものではない。

目を閉じて左目を意識すると、神社で感じた微熱が更に弱まっているように思えた。

最後に「見た」時、蒼太は黒耀と共にいた。生きていることは確かだが、もしや瀕死《ひんし》の状態なのではないかと夏野は恐れた。

居ても立ってもいられずに、夏野は寝間着のまま廊下へ出た。

「黒川様《くろかわさま》？」

戻って来た女中が目を吊《つ》り上げる。

「その、手水《ちょうず》へ……」

「それならこちらです」

案内に先に立つ女中の後ろで、夏野は小さく溜息《ためいき》をついた。

†

外から戻って来た貴一《きいち》は、我が子たちの無事にほっとしたのも束《つか》の間《ま》、二階で眠っている見知らぬ子供を見て、息子の貴也を叱《しか》り飛ばした。

「何故連れて来た？」

貴一は西原《さいばら》家お抱えの隠密だ。西原家の隠密は俗に「西の衆」または「西浦《にしうら》」——西の裏——と呼ばれている。西浦は血筋にかかわらず隠密たち皆の姓でもあるが、貴一が市中でこの姓を名乗ることはない。貴一と紗枝《さえ》は近所には「野島《のじま》」という田舎《いなか》武家の駆け落ち者で通し、多くを語らず一軒家でひっそりと暮らしていた。

貴也はまだ貴一の本当の身分を知らぬが、この家は仲間がつなぎや宿として使うこともあるため、日頃から勝手に友人知人を家に招かぬよう言い含めてあった。

「だって——奈枝を助けてくれたんだ。俺《おれ》たちのせいで怪我をして、熱もあるし……」

怯《ひる》まずに応えた貴也は来年十三歳になる。この一年で三寸も背が伸びて、子供からいっぱしの少年になった。その目が己を「人でなし」だと非難しているように思えて貴一は内心たじろいだが、同時に息子が誇らしくもあった。

貴也は歳の割に礼儀正しく、機転が利く。母親が不在の間、子守から飯の支度までくるくると家事をこなしながら、手習いや駄賃仕事を怠らない。

右目のことさえなければ……

己の身分を明かし、貴也を片腕にできたものをと、貴一は無念で仕方ない。

二年前に貴一は役目でしくじり、貴也が代わりに「罰」を受けていた。貴也は酔漢を装った使者に目潰《めつぶ》しを浴びせられ、それが原因で右目を失明したのだ。

貴也に対する負い目が、貴一の苛立《いらだ》ちを和らげた。

「怪我の手当てはしたのか？」

「帰って来て傷口の汚れは拭《ぬぐ》ったけど、肉まで切れてるから――」

流石《さすが》に自分で縫う気は起きなかったらしい。

「俺が診《み》てみるよ」

「うん。頼んだよ、父さん」

二階に上がり、改めて子供の顔を見た貴一ははっとした。

この子供は――

貴一が足に触れると、「きょう……」と子供がうわ言を漏らした。

「時々、言うんだ。今日、何か余程大事なことがあったのかな」

貴也は言ったが、貴一はそれどころではなかった。

妻の紗枝が本庄理一位《ほんじょうりいちい》を毒殺したこと、その責を負って自害したことを、貴一は仲間のつなぎで知った。

どういうことかと頭に事情を問い詰めたが、「今は言えぬ」と何一つ教えてもらえなかった。納得できずに、同情した仲間の助けを得て八坂家を探ってみたものの、大した収穫はないままだ。

ただ紗枝が下手人だと知れたのは、子供の言葉がきっかけだったということは判った。なんでも大老の孫で、理一位から才を認められた子供が、紗枝とつなぎの者の話を盗み聞きしていたらしい。「あれがその子供だ」と、遠目に仲間が教えてくれたのが、目の前にいる鳶《とび》色の髪をした子供だった。

確か名前は――

「こいつ、蒼太っていうんだ。こいつも片目が見えないんだよ」

そうだ。名は蒼太。左目に鍔《つば》でできた眼帯をしていた――

自分と同じ片目ゆえに、貴也は余計に責を感じているのだろう。

「そうかい」

短く応えて、貴一は蒼太の足の傷を検《あらた》めた。傷は三寸余りと大きいが、思っていたほど深くはなかった。

「縫うほどじゃなさそうだ。縦に切れているし、すぐにぴっちり巻いたのがよかったんだろう。無理をしなきゃこのままでも自然にくっつくさ」

貴一が言うと、貴也は安堵《あんど》した様子で口元を緩めた。

しかし貴一の心中は複雑だった。

こいつが余計なことを言ったばかりに……

蒼太に罪はないと思うものの、どうしても恨みがましい気持ちを止められぬ。大人げないとは判っていたが、蒼太のことを八坂家にすぐに知らせる気にはなれなかった。

「父さん、これ見て」

貴也の声に振り向き、その手にあるものを貴一は見つめた。

蒼太が帯に隠していたという鍔の眼帯から、押し出された仕込み刃《やいば》が覗《のぞ》く。子供ながらに理一位の伴《とも》をして晃瑠から斎佳まで旅した身であれば、これくらいの武器は持っていてもおかしくはない。

「こいつ、小さいのに強くてさ。怪我してもちっとも泣かなかった。話すのは下手だけど頭はいいよ。でも人目を避けてたみたいだ……それにこんな物を持ってるってことは、何か、秘密があるのかな?」

己に問われているような気がして、誤魔化すために貴一は立ち上がった。

「さあな。余計な詮索してないで、飯の支度でもしよう」

「うん。その……母さんは大丈夫かな?」

内心ぎくりとしたが、顔には出さなかった。紗枝の死はまだ貴也には伝えていなかった。

「便りがないのはよい便りだと、いつも言ってるだろう。あいつの奉公先は沢井町《さわいちょう》の西の方だから心配ないさ」

この騒ぎを利用しない手はない。何かそれらしい理由をつけて、この騒ぎで紗枝は死んだと、貴也には後で伝えればいい……

片方しか見えぬ目で、貴也はまっすぐ己を見上げている。その大人びた視線が己を責めているようで、貴一を息苦しくさせた。

「……そうか。ならいいんだ」

「そうだとも」

無理矢理笑みを浮かべて貴也に背中を向けると、貴一は先に階段を下り始めた。

†

「椎名様、大変です！　黒川様が……」

慌てふためき呼びに来た女中の先に立ち、由岐彦は夏野の部屋へ急いだ。

どうせもぬけの殻なのだろうと思いつつ、開け放たれた襖戸《ふすまど》へたどり着くと、由岐彦の予想に反して夏野はまだ部屋にいた。

「由岐彦殿」

稽古着《けいこぎ》を着た夏野が手をついて頭を下げた。

「夏野殿、その恰好《かっこう》は――」

「稽古場から拝借しました。……お許しください」

拝借した稽古着のことではなく、外出の許しを求めているのだ。

「蒼太の無事をこの目で確かめるまでは、おちおち眠っていられませぬ。私も蒼太を探したいのです」

鷺沢殿と共に――

そんな言外の意を感じて、由岐彦の胸は嫉妬《しっと》に疼《うず》いた。

「しかし、まだ顔色が悪い。北の方はまっすぐ歩くこともままならぬほど、がれきと人で溢れている。蒼太のことは鷺沢や真木に任せるのだ。夏野殿が行っても、かえって足手まといになるだけだろう」

「それは、そうかもしれませぬが……」

唇を嚙《か》みしめ夏野は口ごもったが、それも数瞬だった。

「……しかし、私には樋口様から習った術の心得があります。それを用いれば、蒼太の居所が――手がかりがつかめるやもしれません」

「だが……」

「由岐彦殿に助けていただいたこと、心より感謝しております。よく覚えておりませぬが、あの闇の中、とても心強うございました」

覚えておらぬのか……

夏野の様子から察するに、由岐彦が恩人だと夏野は疑っておらぬ。

「私はこれまで、蒼太に何度も助けられております。その蒼太が一人で……怪我でもして動けぬのではないかと思うと――」

……贅沢だ。

あの闇の中で、夏野殿を見つけたのは――

防壁の前で戦っていた由岐彦が気付いた時には、水はもうすぐそこまで迫っていた。妖魔や他の剣士、町の者もろとも、あっという間に押し流され、防壁に叩きつけられると思った瞬間、由岐彦は気を失った。

目覚めたのは一条橋の西の袂《たもと》の近くだった。

月明かりを頼りに、長瀬川沿いを声を張り上げ夏野を探して歩いていると、二条橋の袂で恭一郎の声が応えた。

――椎名！――

駆け寄ってみると、夏野を背負った恭一郎がいた。

――助かった――

――夏野殿は？――

――大事はないが肩を少し怪我している。この先の新坂神社で見つけてな――

――そうか――

――おぬしでよかった。おぬしになら安心して黒川殿を任せられる――

微笑んで恭一郎は夏野を下ろし、由岐彦に背負わせた。

――おぬしはどうするのだ？――

――俺か？　俺は蒼太を探さねばならぬ――

――そうか……――

――うむ。黒川殿のことは頼んだぞ、椎名――

――言われるまでもない――

――そうだな。言うまでもなかった――

苦笑して恭一郎は踵《きびす》を返し、北へ向かって歩き始めた……

恭一郎が夏野を見つけたのは偶然だろう。我が子を――蒼太を探す途中で、偶然夏野の方を先に見つけただけに過ぎぬ。

判ってはいるのだが……

それでも何者かに――おそらく、「運命」や「神」と呼ばれるものに――由岐彦は問いたかった。

何故、俺ではなかったのだ？

夏野殿を見つけたのが――

やるせなさを隠して由岐彦が見やると、夏野が再度頭を下げる。

「お願いです。今ゆかねば――もしも蒼太に万一のことがあれば――私は生涯後悔いたします。鷺沢殿とて……」

恭一郎の名を口にした夏野の目に、紛れもない恋情が浮かぶのを由岐彦は見た。

何故だ？

何故、俺ではないのだ？

そなたが選ぼうとしている者が……

「……止めても、無駄なのだろうな」

「私は……」

由岐彦をまっすぐ見つめた夏野が、一瞬泣き出しそうな顔をした。

が、すぐに口元を引き締め、再び両手をついて深く頭《こうべ》を垂れる。

「……申し訳ありませぬ」

謝罪など、聞きたくなかった。

「面《おもて》を上げてくれ、夏野殿」

おそるおそる頭を上げた夏野に、由岐彦は鷹揚《おうよう》に笑ってみせた。

それが己にできる精一杯のことであった。

政《まつりごと》ならば、力ずくで従わせることも、言葉巧みに言い含めることもできただろう。

だが夏野は政とは違う。

また、力やしがらみに屈する夏野なぞ、由岐彦自身が見たくなかった。

「まったく、融通が利かぬものだな……」

人の心というものは――

「は、その――まことに、申し訳……」

自嘲《じちょう》を込めてつぶやいた言葉だが、勘違いした夏野がまたもや頭を下げようとするのを手を伸ばして由岐彦は止めた。

顔を上げた夏野と目が合ったが、由岐彦の方からそらした。

抱きしめたくなるのをこらえて夏野の肩から手を放すと、由岐彦は腰を上げた。

「……刀を返さねばならぬな」

返事を待たずに刀部屋へと歩き出した由岐彦の後ろから、夏野が黙ってついて来る。

刀掛けから夏野の刀を手に取ると、その重さを確かめてから由岐彦は振り返った。

二尺二寸と小振りの刀は、夏野の祖父にして、由岐彦の剣の師でもある黒川弥一《やいち》の形見だ。黒漆の鞘《さや》に茶革菱《ひし》巻きの柄《つか》と地味な一刀だが、名人と謳《うた》われた弥一の腰に提げられた
それに、幼かった己と義忠《よしただ》がどれほど憧《あこが》れたことか。

夏野が剣を学び始めた頃、由岐彦は既に侃士《かんし》号《ごう》を賜《たまわ》っていた。弥一が戯れに持たせたこの刀によろめく夏野を、義忠と一緒になって笑った時は、まさか十年後にこのような気持ちを夏野に対して抱くとは思いも寄らなかった。

「夏野殿」

刀を差し出しながら由岐彦は言った。

「そなたが蒼太を案ずるように、私や義忠、いすゞ様……他にも多くの者たちが、そなたを案じていることを忘れないでくれ」

「由岐彦殿……」

「私はここにおるゆえ……疲れたり、つらくなったりした時は、いつでも戻って来るがよ

い。無茶をするなと、言って聞くようなそなたでないことはとっくに承知しておるが、どこに行こうが――」

誰といようが――

「己を大切にすると約束してくれぬか?」

「……はい」

両手でしかと刀を受け取った夏野が頷く。

そこにいるのはもう、剣を抜くことすらできなかった幼子ではない。

理一位に見込まれた術の才と名人の孫にふさわしい剣の腕を持ち、恋を知り、己の意志を貫く強さを持った一個の人間だ。

「門まで送ってやってくれ」

廊下でおろおろしていた女中に声をかけて、政務に戻るべく踵を返す。

己を見送る夏野の目を背中に感じたが、由岐彦は振り返ることなく廊下を折れた。

†

おかしい、と、貴一が思ったのは二度目に傷を検めた時だ。

貴也は子守がてらに奈枝を連れて、遣いに出ていた。

今のうちに膏薬《こうやく》を塗り直してやろうと包帯を解《ほど》いてみると、明らかに傷口がよくなっている。貴一が帰って来てから、ほんの三刻ほどしか経《た》っていないにもかかわらずだ。

まさか……

妖魔の中には、人に化けるものもいると聞く。

ということはまさか——大老の孫を装って……？

しかし、実の父親や理一位まで欺《あざむ》くことができるのだろうかと、貴一は思いあぐねた。

貴一はよもや、恭一郎や伊織が、蒼太が妖魔だと知りながら傍に置いているとは思いも寄らぬ。

何よりこの子が妖《あや》かしだと決めつけるのは、いくらなんでも早合点が過ぎる……

ふと思いついて、貴一は枕元に放り出してあった鍔を取り上げた。

仕込み刃を出して、おそるおそる蒼太の腕をそっとなぞる。

うっすらと血が線になって蒼太の腕に滲んだ。

人と変わらぬ赤い血に、どことなくほっとしたのも束の間だった。足の傷に膏薬を塗り直してやり、包帯を巻きなおした貴一が再び見た腕の傷は、もうそれと判らぬほどに薄くなっていた。

今一度試そうと貴一が鍔を持ち直すと、呻《うめ》き声と共に蒼太が貴一の手を振り払った。

薄く開いた蒼太の、白く濁った左目を見た時、言うに言われぬ恐怖が貴一を襲った。

とっさに当身を食らわせた。

微《かす》かに呻いて再び意識を失った蒼太の手足を、近くにあった麻紐《あさひも》で手早く縛る。

手拭《てぬぐ》いで猿轡《さるぐつわ》を咬《か》ませると、鼻から下をすっぽり掻巻《かいまき》で包《くる》んで二階から下ろした。

浸水した一階の畳ははがして立てかけてある。そのために動かした簞笥《たんす》やら長火鉢やらが無造作に置かれた板間の奥に、貴一だけが鍵《かぎ》を持つ長持《ながもち》があった。旅道具や着物、役目に関する手形などは、全てここに仕舞ってある。長持を開けて荷物を端に寄せると、搔巻ごと蒼太を中に入れた。蓋を閉める前に思いついて、貴一は荷物の中から印籠《いんろう》を取り出し、中に残っていた阿芙蓉《あふよう》の欠片《かけら》を手のひらに載せた。役目で縫うほどの怪我をした際に、痛みを抑えるために持たされている麻薬だ。

猿轡を外し、ぐったりしている蒼太の口をこじ開け、阿芙蓉を含ませる。目を閉じたまま微かに蒼太は抵抗したが、口を押さえているとすぐに大人しくなった。阿芙蓉で熱が増したのか、額に汗を浮かべる蒼太に再び猿轡を咬ませ、貴一は長持を閉じた。

錠前を閉めて座り込み、どうしたものかと思案しているうちに、貴也が遣いから帰って来た。部屋に上げてもらった奈枝が、家具の合間を駆けて来て貴一に飛びつく。

奈枝をあやしながら、紗枝が死した今、貴也と奈枝だけは護《まも》らねばならぬと貴一は決意を新たにする。

――昨夜、貴一が子供たちを置いて出かけたのは、仲間の平次《へいじ》に呼ばれたからだ。船宿で落ち合った平次から話を聞いて、貴一は強い疑心に囚《とら》われた。

どうやら紗枝につなぎをつけたのは、仲間の誰でもないらしい。

本庄暗殺の手筈は、己を含め、仲間は誰も知らされていなかった。貴一は仲の良い平次と共に、本庄が襲われたいきさつや、毒の出どころを独自に調べて回っていた。

――余計な事をするなとお頭に釘《くぎ》を刺されちまった。どうやらあれは、御屋形《おやかた》様の勅命だったようだな――

平次が「御屋形様」と呼ぶのは、主《あるじ》の西原利勝《としかつ》のことだ。

――本庄様が襲われたほんの二日前、理二位様が御屋形様と側用人《そばようにん》の武内《たけうち》様と三人で密会されたそうだ……――

毒を手配したのも、紗枝に命じたのも、その理二位らしいと貴一たちは頷き合った。

しかし、理二位といえども、見知らぬ者の命令をそう容易《たやす》く紗枝が信じる筈がない。脅されたのだ。

おそらく、子供らを盾に……

本庄が襲われてから八坂家へ行き、毒殺されるまで半日となかった。紗枝は迷う時も与えられずに、ただ言いなりになるしかなかったのだと貴一は推察した。捕縛されたのちに自決したのは、貴一たちに累が及ばぬようにと考えたからに違いない。

――俺は三日後に貴沙《きさ》へ行くよう、お頭に命じられた。お前はどうだ？――

問われて貴一が首を振ると、平次は一瞬押し黙ってから言った。

――なら大人しくしておくんだ。無念だろうが、お紗枝のことは忘れて、これ以上お頭を悩ませない方がいい――

紗枝が死した今、子供たちを置いて遠くの役目に出ることはできぬ。

お頭は――御屋形様は、俺を切るつもりではなかろうか？

紗枝を使い捨てたように、俺も……

己が死しても、片目の貴也が取り立てられることはないだろう。まだ幼子の奈枝共々、孤児として養育館にでも送られるのが関の山だ。

――あの子供を使うことはできないだろうか？

膝に抱いた奈枝に笑いかけながら、貴一は頭を巡らせた。

西原家が神月家《こうづき》を貶《おとし》めようとしているのは判った。

蒼太が妖魔だと証明できれば――此度の妖魔の襲撃を、蒼太と大老の息子の責にできれば――それは己の功となるのではないか……？

「蒼太は？　まだ眠ってるのかい？」

階段を上がろうとした貴也へ、もっともらしく眉《まゆ》をひそめて貴一は言った。

「蒼太なら、熱がひどいんで医者のところへ連れて行った。先生も心配して、一晩手元に置いといた方がいいと言うんで、掻巻ごと置いて来た」

「そんなに？　大丈夫かな、あいつ……」

痛ましげな貴也の顔を見て、貴一の胸に自責の念が満ちた。

†

中町の州屋敷から、火宮大路を北上しながら、夏野は蒼太を探した。

左目に気を集めてみてはいるのだが、己の疲労か、蒼太の気力が尽きかけているのか、はたまた黒耀が隠しているせいか、蒼太へつながる青白い糸は見えてこなかった。

それにしても、椽子殿が黒耀だったとは――

あれは仮の姿なのだろうか？

だが、もしもあれが本来の姿だとしたら、その正体はおそらく仄魅《しきみ》ではなく山幽……

そう考えると、蒼太の振る舞いも頷ける。

己から角と左目を奪った黒耀を、蒼太はいまだ恐怖しているだろう。だが同時に、同族の黒耀に対して、郷愁ともいえる親愛を抱いているのではなかろうか。

槙村のように……

黒耀は蒼太に近い年頃で、似たように大きな力を持つ者だ。蒼太が黒耀に興を覚え、惹《ひ》かれたとしても不思議はなかった。

更に夏野は黒耀の過去と思しき「絵」を見ていた。

安良を懐剣で弑《しい》する黒耀と、それを傍らで見守る孝弘。黒耀が山幽ならば、孝弘と黒耀のつながりも見えてくる。

……槙村の求める「並ならぬ力を持つ者」とは黒耀だったのか。それとも、黒耀に代わるやもしれぬこれからの蒼太なのか。

そして槙村の目的が安良様を弑することならば、槙村はやはり人を滅ぼそうとしているのだろうか……？

なんであれ、今はとにかく蒼太を見つけることが先決だと、夏野は懸念を押しやった。

二条大路から北――殊に東側は被害が大きく、町民だけでなく、役人や武士も総出で救助や片付けに尽力している。

紫葵玉の被害は甚大《じんだい》だったが、その勢いはひとときだった。放たれた水は急速に地面に染み込んで、ほどなくして引いたという。ゆえに夜明け前から死者や迷子、迷い人が、思ったより多く確認されたようだ。人嫌いの蒼太が人の集まるところに行くとは思えなかったが、左目が頼りにならぬ以上、他にあてがない。迷子探しなら番屋に行けと言われて、夏野は疲れの溜《た》まった身体で番屋を巡って、集められた迷子たちを確かめた。

もとより疲労が取れておらぬところへ、粥を一杯食べたきりだ。七ツを過ぎ、舟で三条橋辺りを東から西へ戻った時には、夏野はくたくたになっていた。

三条橋の袂には、行き場を失った者たちが座り込んでいた。

橋の親柱は流されてしまったようだが、控柱はまだ残っていて、北は「たつぬる方」南は「しらする方」と、迷子知らせ石の代わりになっていた。

北の「たつぬる方」に蒼太の名を見つけて、夏野は腰をかがめた。

《蒼太　十二　片目　鳶色の髪、目　松宮《まつみや》町番屋までお知らせ候》

恭一郎が貼《は》り付けていったのだろう。誰か、蒼太らしき子供を見つけた者はおらぬかと、「しらする方」を覗いて夏野は立ち尽くした。

柱の上の方に「そうた」と書かれた紙がある。

《そうた　おれはぶじだ　もどってこい　きょう》

嗚咽を漏らして夏野は柱のもとにうずくまった。

恭一郎の心痛を思うと胸が締め付けられる。

「傷が痛むのか?」

背後から声がかかった。

夏野がけして聞き誤ることのない恭一郎の声だ。

「いいえ……」

立ち上がろうとしたら涙が溢れた。

「……泣いておったのか」

「泣いてなど……」

急いで涙を拭って振り返るも、恭一郎の顔を見た途端、新たな涙が頬を伝う。

「泣いてなどおりませぬ」

袖で頬を拭いながら言うと、恭一郎は微笑んだ。

「それならよいのだ」

昨夜から休むことなく蒼太を探していたのだろう。微笑んでいても、恭一郎の顔には疲れがありありと窺えた。

「蒼太を探しに来てくれたのか?」

「ええ。しかし――」

いつものようには居所が判らぬのだと告げると、流石に落胆した顔を見せたが、すぐに気を取り直して恭一郎は問うた。

「生きてはおるのだな?」

「はい」

「ならば一安心だ」

「ですが……」

不安に言葉を濁した夏野を、恭一郎は三条大路に促した。

「黒川殿が来てくれて助かった。あてもなく探し続けて、いい加減途方に暮れておったところだ。こう疲れていては何もうまくゆかぬ。一休みして出直そうではないか」

「はい……」

以前、似たようなことを伊織から言われたことを思い出し、夏野は大人しく頷いた。

三条橋の袂はもともと少し開けた場所で、屋台やら大道芸やらで賑《にぎ》わっていた。それが今は見る影もなく、座り込んだ人々の顔はただ暗い。

「私が……紫葵玉を……」

恭一郎の隣りを歩きながら、小声で川辺での出来事を語った。

「済んだことだ」

一心に人探しや片付けをしている人々を見やって、恭一郎は言った。

「あの洪水のおかげで葦切町《よしきりちょう》は焼け野原にならずに済んだ。都はこの有様だが、防壁が壊れなければ、俺たちだけでなく、堀沿いを東西へ向かっていた人々も溺《おぼ》れ死んでいただろう。だがそんなことは、これらの者の救いにならぬ。やり直しがきかぬからには、悔やんでばかりおられぬ」

恭一郎が淡々と言うのを聞きながら、夏野は羞恥《しゅうち》に顔を歪めた。

どこかで慰めの言葉を期待していた。事実だけを告げることができずに、自責の念を吐露した己を夏野は恥じた。

「私は――」

何を言っても甘えになるような気がして、夏野は口をつぐんだ。

「そう一人で背負い込むこともない。……それにしても腹が減ったな」

これもまた恭一郎の気遣いだと思い、夏野はただ頷いて足を速めた。

川沿いはとても歩けたものではないため、火宮大路から帰ることにする。三条大路を進んで行くと、火宮大路の手前で、小道から大路へ人が列をなしているのが見えた。

ざっと百人ほどが、飯碗《めしわん》か汁椀《しるわん》、もしくは両方を持っている。小道の方から味噌汁《みそしる》の匂《にお》いが漂ってきて、夏野の食欲を刺激した。

「ありがたいねぇ……」

「ほんに……」

着の身着のままの老女たちの話を耳に挟んで夏野が足を止めたところへ、通りすがりの若い女が夏野たちを呼んだ。

「黒川様！　鷺沢様も――」

「おぬし――」

名前は知らぬが八坂家の女中の一人であった。

言いかけた途端に腹が鳴って、夏野は頰を熱くした。恭一郎が目で笑ったのを見て、何故だか女中も顔を赤くして、「どうぞこちらへ」と夏野たちを小道の方へ案内する。

「私の実方なんです」

人々が並んでいるのは煮売り屋だった。といっても今は飯と味噌汁しかなく、どうやらただで振る舞っているらしい。飯も汁も椀に半分ほどと少なめだが、できるだけ多くの者に賄おうとしているのだから致し方ない。

「これだけじゃあ……」

一人不満げにつぶやいた男の後ろからは、たしなめる声がいくつも上がった。

「いただけるだけありがたいってもんだ」

「文句があるなら金を置いてきな！」

「厚かましいにもほどがある」

顔を赤らめた男に、飯をよそった女が穏やかな声で言った。

「それを食べてもまだ、どうしてもお腹《なか》が空いてたまらないようだったら、もういっぺん並んでくださいな……」

やり取りを横目に、女中について台所へ回ると、ちょうど味噌汁の味見をしていた女が振り返って、夏野は息を吞んだ。

「さ、小夜《さよ》殿！」

「夏野様！」

後ろから覗いた恭一郎も、小夜を見て目を丸くする。

「何ゆえ、ここに――？」

「おふみが、家が心配だと……」

ふみ、というのが女中の名前だったようだ。

葦切町への襲撃、火事、そして防壁の倒壊を、夜半のうちに八坂家は知った。八坂の手配で侃士を始めとする屋敷の男衆が送り出され、夜明けを待って、小夜は八坂の妻・照代《てるよ》とふみ、そして用人《ようにん》二人を伴《とも》に下屋敷に向かったという。

「下屋敷は月越と二条の近くにありまして、照代様の弟御がいらっしゃるのです。幸い、下屋敷も無事でしたが、道中の有様に照代様もお心を痛めた様子で……おふみの家が無事だと判ると、皆様へお振舞いできるよう、蔵のお米や味噌を都合してくださいました」

煮売り屋の台所を借りて、炊き出しを始めてから小夜はずっと働き詰めらしい。夏野たちを奥の部屋へ案内しながら、ふみがこっそり教えてくれた。

夏野たちのためにふみが膳《ぜん》を持って来る間も、小夜は台所でもう一人の女中と一緒に奮闘していた。

「五臓六腑《ぷ》に染みわたるとは、このことだ」

恭一郎が言うのへ、夏野も大きく頷く。本庄が死した時もそうだったが、腹が満たされただけで絶望に満ちた胸がいくばくか軽くなったような気がした。その反面、蒼太は今ごろひもじい思いをしていないだろうかと、夏野は碗の中の飯をじっと見つめた。

「少し休ませてもらう」

膳を綺麗《きれい》に平らげると、お代わりもせずに恭一郎はごろりと横になった。

夏野はしばらく黙って箸《はし》を動かしていたが、鼾《いびき》もかかず、微動だにしない恭一郎に不安になって、そっと顔を覗き込んだ。

微かな寝息が聞こえてほっとしたものの、その顔は死人のように暗かった。

深い隈《くま》に一日分伸びた髭《ひげ》。両手にいくつも見える引っかき傷は、除《の》けたがれきでついたものだろう。

二人分の膳を台所へ下げると、ふみと交代した小夜が茶を持ってついて来た。眠っている恭一郎を見て、痛ましげに顔を曇らせる。

「明日は見つかるよう、祈っております」

「ええ、明日こそは——」

「羽織でも借りてきましょう。夜は少し冷えるでしょうから……夏野様の方は二階に床を取ってもらいましょう」

「いえ……私も、ここで……その、家の者に悪いですし……」

悪いと思ったのは嘘ではないが、恭一郎の傍にいたいというのが本心だ。

うつむいた夏野の肩を一撫《ひとな》でして、小夜は一旦台所の方へ行き、二言三言ふみに声をかけた。間をおかずに戻って来た小夜の腕には、羽織が二枚抱えられている。

「お風邪《かぜ》を召されませぬよう」

「かたじけのうございます」
羽織の一枚を、そっと恭一郎の上にかけた。
もう一枚で己の身を包むと、恭一郎から少しだけ離れたところで夏野は横になった。
目を閉じると、控柱に書かれた恭一郎の字が目蓋の裏に浮かぶ。
《そうた　おれはぶじだ　もどってこい　きょう》
嗚咽を飲み込んで、夏野は強く左目に念じた。
蒼太、頼む。
戻って来い――

†

長持の蓋を持ち上げて、貴一は蒼太を確かめた。

眠ったままだが、息はしている。顔色からすると熱も随分下がったようだ。

四ツの鐘を聞いたばかりであった。

昼前とあって隣り近所は皆、仕事か人助けに出払っている。貴也も奈枝を連れて友人宅の手伝いに行った。貴一も両隣りの者に誘われて、朝のうちにしばらくがれきの片付けに出たのだが、もっともらしく不調を訴えて、一人だけ家に戻って来ていた。

昨夜は、蒼太のことが気になってろくに眠れなかった。

こうして顔だけ眺めていると、そこらの子供となんら変わらぬように思えてくる。髪は鳶色だが、色白な者には稀《まれ》にある色だ。妖魔といえば狗鬼《こうき》や蜴鬼《やくき》くらいしか知らず、それらとて貴一は本物は見たことがない。人に化けるのが得意な妖魔——妖かし——もいると、読物や噂で知ってはいたものの、蒼太が妖かしだという確証が今一つ持てぬ。

大体ここは、斎佳じゃないか。

理術で護られている、「妖魔知らず」の四都の一つ——

あれは……俺の思い違いだったのか。

足の傷はもともとそう深くなかったやもしれず、己が腕につけた傷もほんのかすり傷だったと、蒼太を見つめながら貴一は悶々《もんもん》とした。

もしも蒼太が人の子なら、貴一は大老の孫かつ己の娘の恩人に阿芙蓉を含ませ、長持に閉じ込めていることになる。西原と取引するどころか、己の首が飛ぶのは必至だ。

妖魔なら殺してしかるべきだし、人の子でももはや殺すしかないのではないか……？

しかと確かめずに蒼太を閉じ込めたのは軽率だったが、今更後戻りはできぬと思うと肚《はら》が据わってきた。

そもそもこいつさえ余計なことを言わなければ、紗枝が死ぬこともなかったのだ——

蒼太を抱き上げ、掻巻を取って床に寝かせた。

微かな呻き声を漏らしたが、蒼太が目覚める気配はない。

長持の中から護身用の匕首《あいくち》を取り出すと、貴一は蒼太の胸元を開いた。

妖魔を確実に殺すには、首を飛ばすか心臓を一突きにする他ないという。

下っ端でも隠密という役目柄、多少は荒っぽいこともこなしてきた。だが貴一はこれまで、匕首を振り回したことはあっても、人を殺《あや》めたことはなかった。

――もう一度、傷を確かめてみるべきだろうか？

こいつが本当に妖かしかどうか……

おそるおそる貴一が包帯に触れた時、蒼太の足が動いた。

くぐもった声に振り向くと、目覚めた蒼太と目が合った。

見えぬ筈の濁った左目に紛れもない殺意が浮かんでいて、貴一を一瞬すくませた。

猿轡を嚙み締め、縛られた手足をばたつかせて抵抗する蒼太の胸を押さえ込む。

恐怖に突き動かされ、貴一は匕首を振り上げた。

「やめろ！」

二つの声が重なった。

裏の勝手口から貴也が、表の玄関の引き戸から少年剣士が飛び込んで来る。

少年の手には抜き身が光っている。少年の後ろから現れた長身の剣士が、これも抜き身を手にして貴一に一歩近付いた。

少年には見覚えがあった。市中で蒼太を教えられた時に一緒にいた者だ。長身の剣士は見たことはないが、見目姿から見当はついた。

大老の息子にして蒼太の父親。理一位の警固を任された、安良一と謳われる剣士――

「鷺沢恭一郎と申す。息子を返してもらおう」

冷ややかな目と声に、貴一は死を覚悟した。

だが、貴也だけは——

「貴也、逃げろ！」

蒼太の胸倉《むなぐら》をつかんで匕首を押し当て、貴一は叫んだ。

「近付いたら、一息に殺《や》りますぜ」

恭一郎をぐっと睨《にら》みつけたのも束の間、駆けて来た貴也が己の利き腕にしがみついた。

「やめてくれ——！」

ふっと風を感じた次の瞬間、鼻先に刀が突きつけられた。

「やめてください！」

今度は恭一郎を見上げて貴也が言った。

「蒼太は返すから、どうか父さんを殺さないで——」

「なんでこいつを庇うんだ？」と、思わず貴一は問うた。「こいつのせいで……」

「母さんが死んだのは、蒼太のせいじゃない」

貴也の言葉に、恭一郎の剣を忘れて貴一は振り向いた。懸命に蒼太の縄を解きながら、貴也は涙を流していた。

「貴也……」

「おれが何も知らないと思った？　おれはもう——子供じゃないんだ。父さんの役目のことも知ってるし、母さんが死んだことだって……」

「知っていたのか……」

「昨日だっておかしいと思ったんだ。だから、今日は奈枝を預けていろいろ調べてた。平次さんにも会って来たよ。逃げろって言われて……父さんが教えてくれない話を聞かせてくれた。それで、蒼太が八坂家にいた子だと判ったんだ。片目で鍔の眼帯をした子供なんて、そうそういるもんじゃないからね……医者の先生のところにも行ったよ。蒼太なんて知らないって言われて……まさか、家に隠していたなんて——」

蒼太が恭一郎を見つめている。

少し前に貴一を恐怖させた目には今、深い安堵と愛情だけが浮かんでいた。

迷い子の目だ。

親と再会した迷い子の——

「この人が『きょう』だったんだ。おれは見たんだ。今朝、三条橋で……この人は蒼太を探してここまで来た。見たんだ。《そうた　おれはぶじだ　もどってこい》……そう書いてあった。蒼太、お前もこの人を探していたんだろう……？」

ふと、己がもう何年も貴也の涙を見ていないことに貴一は気付いた。

一体いつから、貴也は俺や紗枝の正体を知っていたのか……

己が知っていることを隠し、父親がいつか打ち明けるのを待ちながら、家事や手習いに励み、貴也は自分たちを支えてきてくれたのだろう。貴也がこれまでにどれだけの涙をこらえ、隠してきたのかと思うと、貴一の身は震えた。

猿轡を外された蒼太が、かすれた声で父親を呼んだ。

「きょう……」

その隣りで、貴也が手をついて頭を下げる。

「蒼太はお返しします。おれが全ての責めを負いますから……だから、父と妹の命だけはお助けください！」

「莫迦《ばか》な。貴也、お前……」

「平次さんは今日にも都を出るって言ってた。た。俺たちにも早く逃げろって……だから父さん、奈枝と逃げてくれ。奈枝は松吉のところに預けて奈枝は松吉のところに預けてあるから……」

一昨日会った時、平次は三日後に発《た》つと言っていた。

なのに、今日にも都を出るということは——

嫌な予感にぞくりとした時、表から子供の泣き声が聞こえてきた。

†

近付いて来る泣き声に、夏野は戸口を振り返った。

——今朝、煮売り屋で夏野が目覚めた時、空は既に明るかった。

先に起きていた恭一郎と、朝餉もそこそこに夏野は煮売り屋を発った。

一晩、ぐっすり眠れたのがよかったのだろう。身体中に力がみなぎっていた。

鷺沢殿がいたから……

剣だけではない、恭一郎の心——ひいては人としての強さが、己の不安を和らげてくれたのだと、夏野は胸を熱くした。

目を閉じて、いまだ微弱な蒼太の気を追いかけた。

そうして見えてきた青白い軌跡をたどって、夏野たちはこの家にたどり着いた。

夏野と同時に反対側から飛び込んで来た者には驚いたが、明かされた事実と偶然を推察して更に驚いた。

蒼太を殺そうとした男の妻こそ、本庄を毒殺した女中・紗枝らしい。詳しい事情は判らぬ。だが、蒼太の言葉が紗枝の捕縛につながったことを二人は知っていて、父親は蒼太を殺そうとし、息子は助けようとしていた。

貴也という息子が言った言葉が気になった。

預けている妹を連れて、今すぐ逃げてくれと父親に懇願している――

いくつかの足音が子供の泣き声と共に忍び寄る。無言で己に顎《あご》をしゃくった恭一郎が簞笥の陰に回るのを見て、夏野も戸口の脇《わき》に身を隠した。

「邪魔するよ、貴一――」

幼子を抱えて入って来た男が、座敷に転がった蒼太と傍らの親子を見て目を見張る。

「こいつは一体……」

「奈枝！」

貴也が駆け寄ろうとするのを、懐《ふところ》からするりと抜いた匕首で男は止めた。

「小うるさいのをわざわざ連れて来てやったんだ。ただじゃ渡せねぇ」

「富三《とみぞう》……江介《えすけ》に五郎《ごろう》まで――この裏切り者め！」

匕首を手にした富三という男の後ろから、脇差しを抜いた二人の男が前に出て、草履も脱がずに座敷に上がった。

「裏切り者はお前だ貴一。理二位と一緒になって御屋形様を裏切りやがった」

「なんだと？　違う！　濡《ぬ》れ衣《ぎぬ》だ！」

「濡れ衣などと、この期に及んで言い訳するな」

「本当だ。平次に聞いてくれ！」

「平次は既に始末した」

富三が冷たく言い放った。

「理二位」と富三が言ったことで、「御屋形様」が西原だと夏野は悟った。

西原は、鹿島に全ての責をなすりつけるつもりだ――

「お前たち……！」

「静かにしろ」

立ち上がった貴一へ、富三は匕首を閃《ひらめ》かせてみせる。

「子供らに罪はない――そうだろう、貴一？　俺たちも子供らには用がない」

「だったら――」

「守り袋を出せ。お紗枝と同じように逝くがいい。さすれば子供らは助けてやろう」

「それって、毒を……」

貴也が青ざめるのを見て富三がにやりとした。

「なかなか賢い息子だな。親子揃《そろ》って、うろちょろ勝手に探りを入れるとは身のほど知らずもいいところだと思ったが、お前がここで潔く罪を認めるのなら、お頭に言って息子を跡目に取り立ててやろう。片目でも、仕込めばお前よりましになりそうだ」

嘘だ。

貴也を――奈枝という幼子でさえ――このまま生かしておく筈がない……

「さあ貴一、覚悟を決めろ」

匕首を奈枝の喉に押し当てて、富三が迫る。

幼子ながらに危機を察したのか、泣きやんだ奈枝が唇を噛んで顔を歪めた。

「奈枝――」

観念したように貴一が懐から守り袋を取り出した時、富三が呻いて顔をしかめた。

「うう……」

身悶《みもだ》えて、胸を押さえた富三の手から奈枝が落ちそうになる。

とっさに飛び出して、夏野は富三の胸へ峰打ちを食らわせた。ずり落ちる奈枝をすくい取るように庇って背中から土間に転がる。

すぐさま身体を起こして座敷を見やると、同じく身体を起こした蒼太と目が合った。

蒼太が念力で富三の心臓に触れたのだ。

しかし弱っているからか、都内だからか、息を止めるほどの力は振るえぬようだ。

座敷に上がった男の一人が振り返り、土間に戻って来て刀を振り下ろす。夏野は奈枝を土間に下ろして、男の刀を己の刀で受け止めた。

刀を恐れず、貴也が奈枝に駆け寄った。斬りかかって来た男と鍔迫り合いになるも、夏野は二人を背中に庇い、押し切られる前に押し返して間合いを取った。

構え直した男が小さく舌打ちを漏らす。

その合間にもう一人の男が、やはり脇差しを振りかざして貴一に襲いかかった。

「父さん！」

貴也の叫びと同時に抜き身が振り下ろされようとした刹那《せつな》、ふっと箪笥の陰から現れた恭一郎の刀が脇差しを弾《はじ》いた。

思ったより軽い音と共に男の脇が開き、空いた胸にするりと八辻《やつじ》の刀が吸い込まれる。

息を呑んで倒れる男から事も無げに恭一郎が刀を引くと、男の胸から血が噴き出した。

あまりの速さと静けさに、貴一は声を失い呆然としている。

「江介……」

よろりと土間で立ち上がった富三が、声を震わせ仲間を呼んだ。

江介は既にこと切れている。

夏野の前にいる男――五郎が富三の方へ一歩退いた。

刀に血振りをくれる恭一郎を横目に、五郎が戦意を失っていくのが感ぜられた。

だが……

斬らねばならぬ。

貴一は西原家の手の者だったようだが、いまや鹿島と共に裏切り者のそしりを受けている。男三人は西原の命令を受けて、貴一親子を殺そうとしていた。富三と五郎は生け捕りにしてもおそらく紗枝と同じ道を選び、逃がせば機を改めて目的を果たすだろう。

既に一人が死している。

残り二人を始末すれば、のちの禍根《かこん》を減じ、西原への牽制《けんせい》にもなる。

五郎は構えを下ろしておらぬが、今なら討ち取れると夏野は確信していた。

しかしこれは仕合ではなく、手にしているのは真剣だ。

殺意を剥き出しに襲って来るならともかく、一方的に相手を死に至らしめることに、夏野はどうしても躊躇わずにおられなかった。

蒼太や伊紗を知った今、妖魔でさえむやみに殺めることはできぬ。人なら尚更《なおさら》だった。

殺らねば殺られるというなら迷わず斬れる。だが今は己が殺すことを選ぼうとしている。

命のふるい……

昨年、伊織が稲盛に言った言葉を思い出した。

私がこの者の、命のふるいになる――

握り締めた剣が、ずしりと重みを増した。

稲盛に問答無用で向かって行けたのは、稲盛が「悪者」だと判っていたからだ。伊紗の娘を捕らえ、多くの人の命を奪い――これからも奪うことを疑わなかったからだ。

この者とて同じではないかと、夏野は己に言い聞かせた。

仲間の一人を既に葬り、子供を人質に父親に死を選ばせようとしていた卑怯《ひきょう》な人殺しではないか。

一太刀。

たった一太刀だ。

覚悟するのだ。

剣士として――

五郎の目が恐怖に見開かれる。

瞳に映る己の後ろに、いつの間にか恭一郎がいた。

「俺が斬る」

振り向く間もなく肩を押しやられた夏野の前に、恭一郎が踏み出した。

恭一郎の背中の向こうで、絶命の呻きを漏らした五郎が脇差しを取り落とす。

五郎の身体が背中から土間に倒れ込んだのを見て、富三は匕首を放り出した。

「あ……お助け……」

命乞いをしながら身体をひねって逃げ出そうとした富三を、ほんの数歩追った恭一郎が無言で貫く。

静寂が満ちた。

白昼とは思えぬ静けさの中で、妖刀とも神刀ともいわれる八辻九生《きゅうせい》と、それを手にした恭一郎から、ひやりとした死の気配が離れていくのが感ぜられた。

「鷺沢殿――」

「よいのだ」

刀に血振りをくれて、恭一郎は言った。

「これは俺の役目だ」

「しかし私が……」

「よいのだ」と、恭一郎は繰り返した。「俺は俺、黒川殿は黒川殿だ」

突き放したような言葉だが、恭一郎の声は穏やかで温かかった。

そこには己が持ちえぬ力と覚悟、そして優しさが秘められていた。

――私はけして、鷺沢殿のような剣士にはなれぬ。

樋口様のような理術師にも。

では、己が極める剣と術の先には何があるのか？

己の「役目」は何なのか？

知りたい、と夏野は切に願った。

剣士として。

人として――

†

戻って来た恭一郎を、長持にもたれたまま蒼太は見つめた。

刀は既に鞘に納めてある。

「こいつらもお前も『西の衆』だな？」

蒼太にではなく、傍らで呆然としている貴一に恭一郎は問うた。

「はい」と、神妙に貴一が頷く。

「お前には、西原を裏切る覚悟があるか？」

恭一郎の問いを吟味するまでもなく、貴一は低い声で応えた。

「裏切ったのは御屋形様――いや、西原の方です。本庄様を殺すよう、理二位に言いつけたのは西原と側用人の武内で、紗枝はおそらく脅されたんです」

「こいつらがお前を脅したように――か？」

「そうです。あいつは離れていても、いつも子供たちを気にかけていた……」

声を震わせた貴一が膝を折って両手をつき、床に頭をこすりつけた。

「何卒《なにとぞ》――何卒、子供たちだけはお助けを――！」

「子供らを見逃すのは構わぬが、斎佳にいる限り西原の手から逃れることはできぬだろう。お前を斬ったところで、西原が喜ぶだけだと思うと業腹だ」

「それは……しかし……」

「鷹目《たかめ》の重十《しげじゅう》を知ってるか？」

「あの、香具師《やし》の元締めの……？」

「そうだ。俺が口添えすれば、早ければ今日のうちに――遅くとも明日には手形を用意してくれるだろう」

恭一郎の顔をまじまじと見つめ、貴一は肚を決めたようだ。

「――それで、私は何を？」

「西を捨て、東についてくれぬか？」

それは「さいばら」を裏切り「たいろう」の味方になることだと、蒼太にも判った。

「仰せの通りに」

頭を下げた貴一の隣りで、奈枝を抱いた貴也も父親に倣《なら》う。

「まずは維那《いな》へ行ってもらう。筆を貸せ。鷹目の親父《おやじ》と高梁《たかはし》様に文《ふみ》を書くゆえ」

「高梁様というと、維那の閣老様で……？」

「その高梁様だ。だが、幼子が一緒の旅は甘くはないぞ」

じろりと恭一郎に凄《すご》まれて、貴也の腕の中の奈枝がしゃくり上げ出した。

「おれ――私が面倒を見ます」

奈枝を急ぎあやしながら、貴也が恭一郎に訴える。

「奈枝のことは私がなんとかします。父が務めを果たせるよう……けして足手まといにはなりません」

「……なく、な」

蒼太が声をかけると、奈枝は嗚咽を引っ込め、身をよじって蒼太に手を伸ばした。

「そうた」

長持にもたれたまま重い腕を上げると、蒼太は奈枝の手に触れた。思ったより力強い小さな指が蒼太の指を握り締める。

喜びと悲しみが、同時に蒼太の胸を締め付けた。

「そうた」

蒼太を見つめて奈枝がはにかむ。

頰の涙の痕《あと》を拭ってやりたかったが、疲れ切った身体ではままならなかった。

「この子はお前を怖がらぬな」

恭一郎の言葉を聞いて、蒼太は己が眼帯をしていないことに気付いた。

「この子が、その、鷺沢様のご子息で……？」

おずおず問うた貴一と共に、蒼太も恭一郎を見上げた。

「そうだ」

迷わず応えた恭一郎が膝を折り、蒼太の胸の守り袋から安良にもらった鉄の手形を取り出した。懐の財布から己の手形も取り出して、並べて貴一に差し出してみせる。

「安良様から賜ったものだ。安良様と理一位様が揃ってお墨付きをくださるほどの才を持つ、俺のたった一人の――自慢の息子だ」

「さようでございましたか。無礼の数々、平にお許しお願い申し上げます。助けていただいたこの命の限り償いますゆえ……」

改めて貴一が深々と頭を下げる。

貴一が己を疑っていたことを蒼太は知っている。疑いが完全に晴れた訳ではなさそうだが、恭一郎への恩義は本物だと感じた。

「いいから急げ。人が来てからでは遅い」

恭一郎が急《せ》かすと、貴一は慌てて旅支度をした。

「蒼太」

傍らで膝をついた夏野の手が肩に触れた。

己の無事を喜ぶ夏野の気が、手から、眼差しから、流れ込んでくる。嬉《うれ》しいのは蒼太も同じだが、言葉にするのは照れ臭く、蒼太はぷいと横を向いた。

「俺が背負ってゆこう」と、恭一郎が言った。

「いら、ん」

夏野の手を払って立ち上がろうとするものの、頭は何やらぼうっとしたままで足腰に力が入らない。

「阿芙蓉を含ませました……申し訳ありません」

「そうか。それで……」

――違う。

「あふよう」が何か判らぬが、毒のようなものだろうと蒼太は推察した。だが、疲れているのは都で力を使ったからだ。富三を殺すには至らなかったが、術に満ちた都の中で己の力が富三に届いたことは確かだった。

背中や足の痛みはもうなかった。

……一人でゆける。

　ぐっと握り締めた拳《こぶし》を、かがんだ恭一郎の手が包んだ。

「そう意地を張るな。黒川殿、手伝ってくれ」

「はい」

　否応なく夏野が己の身体を抱き起こし、恭一郎の背中に載せた。

「蒼太――様……これ……」

　貴也が差し出した鍔の眼帯を、そっと伸ばした手で直に受け取った。熱が下がったから
か、鍔を蒼太が落とさぬよう、しかと握らせた貴也の手は温かかった。

「さま……いら、ん」

　じっと貴也が蒼太を見つめた。

　互いに見えぬ目が言葉以上のものを伝え合う。

「……ありがとう、蒼太」

　きっちり戸締りをして表に出ると、二条大路を東西へ別れた。

　貴一は行李《こうり》を、貴也は奈枝をそれぞれ背負っている。長瀬川を渡ったのちは、土筆大路
を下って中久保町《なかくぼちょう》に住む「たかめのしげじゅう」を訪ねるらしい。

　町はまだ、嘆き悲しむ者、途方に暮れる者で溢れていた。

　だが昨日は聞こえなかった槌の音が、そこここから小気味良く聞こえてくる。

　抜けるような秋の青空が眩《まぶ》しく、蒼太は恭一郎の襟元に顔をうずめた。

恭一郎の匂いを嗅《か》いだ途端、こらえていたものが突き上げてきて、蒼太はぐっと恭一郎の首に回した手に力を込めた。

「どこか痛むか？」

「……いた、ない」

広い背中から恭一郎の脈動が伝わってくる。

生きている。

おれも「きょう」も。

また一緒に、生きていける——

「……なんだ。泣いておるのか？」

「なて、ない」

急ぎ応えたが、襟元の染みは広がるばかりだ。

恭一郎が噴き出した。

「は、ははは……」

気恥ずかしさに顔を上げ、袖でごしごし頬を拭うも、恭一郎はますます笑うばかりだ。

「そんなに笑わずともよいではないですか」

何故だか夏野が膨れっ面で恭一郎をたしなめた。

「そう言われても止まらぬ」

「鷺沢殿」

含み笑いを漏らしながら恭一郎が夏野を促した。

「さあ、帰るぞ」

「ええ」

――恭一郎の背中に揺られながら、いつしか蒼太はまどろんでいた。

陽だまり……

故郷の森で、己が毎日のように身を横たえた、とっておきの場所。

頬を寄せた大地と、降り注ぐ陽の光から届く命の波動が、またとない至福を己に与えてくれた……

つながっている。

失われたと思っていた森と。

――蒼太はどうだ？――

――眠っておりますよ――

遠くに聞こえる恭一郎と夏野の声に、蒼太は微笑んだ。

つながっている……

おれの森がここにある――

終章 Epilogue

夏野たちが東都・晃瑠《あける》に戻って来てから半月が経《た》った。

馨を交え、六人で斎佳を出たのは長月《ながつき》の半ばだった。

七日の旅を経て晃瑠に着いたものの、のんびりしたのは入都した日の午後だけで、翌日からはまた、剣術に理術《りじゅつ》に勤《いそ》しむ日々が続いている。

変わったことといえば、理術を学ぶのに相良《さがら》の屋敷よりも、樋口家に行くことが多くなったこと。その二度に一度は蒼太が同行するようになったことだ。

夏野よりもじっとしているのが苦手な蒼太は、飽きるとすぐに隣りの柿崎《かきざき》のもとへ行ってしまうが、己の力を——蒼太自身を——知りたいという気持ちは夏野に負けておらぬようだ。前はどことなく伊織を敬遠していたのに、夏野と共に伊織に学びたいと蒼太自らが申し出て、夏野と恭一郎を驚かせた。

近々、佐《さ》内理《ないり》一位《いちい》への目通りも果たされる。本庄は夏野たちに会ったその日に、佐内に文《ふみ》をしたためていたらしい。その文と此《こ》度《たび》の伊織の活躍が、佐内を軟化させたようだ。

西都・斎佳の防壁はまだ修復中だが、結界は伊織が先に立って張り直してあった。

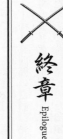

三日三晩、ろくに休みも取らずに他の理術師たちを導きながら結界をもとに戻した伊織は、丸一日休んだのちに、西原利勝に相対すべく、呼ばれもせぬのに御屋敷へ向かった。

西原は無礼を咎《とが》めるどころか、如才なく伊織と恭一郎を迎え入れ――全《すべ》ては鹿島理二位《りにい》がしたことだと厳かに打ち明けたという。

――どこまでも食えぬやつだ――と、八坂家に戻った恭一郎は侮蔑《ぶべつ》を露《あら》わにしたが、

――真っ向から反旗を翻されるよりはよい――と、伊織は苦笑した。

夏野たちよりも一足早く、伊紗《いさ》も晃瑠へ戻って来ていた。

稲盛から解放された娘の魂を追って、あの日伊紗は闇《やみ》に去った。

身体《からだ》を失った娘の気は儚《はかな》く、ほどなくして宙に消えてしまったそうだが、伊紗はそのまま北へ――娘の魂が向かっていた方角へ――明け方まで走り続けたという。

――斎佳のことも聞いたけど、しばらくはなぁんにも考えたくなくてね。あっちをふらふら、こっちをふらふらしていたのさ。まあ、鷺沢の旦那《だんな》が無事なのは、羈束《きそく》が解けていないことで判《わか》ったし……お前も無事でよかったよ、夏野――

とってつけたような言い草だったが、伊紗の目には安堵《あんど》と感謝の意があった。

――稲盛文四郎《ぶんしろう》の亡骸《なきがら》は見つかっていない。

鹿島正佑《しょうすけ》の亡骸も。

ただあの時一緒にいた鴉猿《あざる》と思《おぼ》しき屍《しかばね》は、長瀬川の東側の荻《おぎ》の中で見つかった。

――鹿島理二位が怪しいと探りを入れていました。鹿島こそが妖魔《ようま》どもに通じて人里を

襲い、安良様や大老を貶《おとし》めようとしていたのです……このような大事になる前に善処できなかったのは、ひとえに己の不徳の致すところであり、こうなったからには、閣老職を退く覚悟でございまする……——

そう西原は、伊織を通じて安良と大老に申し出たそうだが、これも計算ずくのことであった。西原とその配下の協力なくしては、斎佳の再建は長引くばかりだ。今は西原を追及するよりも、国民の暮らしを立て直すことが先決だと、安良は西原を咎めなかった。

「確たる証拠をつかみ、こちらの準備が整うまでは、手の内で泳がせておく方がよい」

そう、伊織は言う。それが政《まつりごと》だと判ってはいるのだが、どうも割り切れぬ夏野は、苛《いら》立《だ》ちを剣に打ち込むことで発散させていた。

西原の申し言は公にされなかった。

だが西原は己の裁量で、別のもっともらしい理由をつけて鹿島家を長月末日で取り潰《つぶ》した。鹿島と密につながっていたということで、斎佳の両替商・筒井屋《つついや》も同じ処遇を受けた。

そしてこれも西原の仕業だと思われるが——表向きは違う理由で改易になったにもかかわらず、鹿島が妖魔とつながっていたらしいという噂《うわさ》はあっという間に、斎佳を始め、国中に広がっていった。

鹿島が稲盛——ひいては妖魔たちとつながっていたことは事実なのだが、噂を利用して鹿島家を生贄《いけにえ》にした西原にはもちろん、噂が世論となる速さと、その世論の威力に夏野は少なからず寒気だった。

一方で、「噂」の利を得たこともある。

本庄が死したのち、伊織と八坂家、八坂家につながる神月家や恭一郎まで非難されたものだが、此度の襲撃の後、それらは一変していた。

葦切町で、次から次へと妖魔たちを斬《き》り伏せた恭一郎は、蒼太を連れていたこともあって多くの人々が覚えていた。

襲撃の際に防壁の上から援護し、防壁倒壊後、先頭に立って結界を張り直しながら都師《みやこし》たちへ指示を出していた伊織も、国民はしかと見ていた。国民だけでなく、伊織を間近で見ていた理術師、都師、役人もこぞって伊織を褒《ほ》め称《たた》え、それがまた噂になった。

伊織や恭一郎ほどではないが、少し遅れて小夜のことも人々の口に上ったようだ。

《町の煮売り屋で、己の寝食を忘れて炊き出しをしていた女性が理一位様の奥方様だったと知って、人々は驚き、感心している。米や味噌《みそ》を出したことで八坂家への風当たりも収まったようだ……》と、真琴《まこと》からの文にはあった。

――そうして迎えた神無月《かんなづき》は十日。

葉月《はづき》も長月も月見どころではなかったが、十日夜《とおかや》の月くらい愛《め》でようということになり、夏野は今日は泊まりがけで樋口家へ伺うことになっていた。

八ツで稽古《けいこ》を切り上げると、一旦《いったん》戸越《とごし》家に戻って、よそ行きの着物に着替えた。

といっても、相変わらずの男物だ。

観月とあって、昨年、小夜からもらった蘇芳《すおう》色の着物も手に取ってはみたのだが、どうにも決心がつかず、結句いつも通り袴《はかま》を穿《は》いて腰に祖父の形見を差した。

届いたばかりの真琴からの文を懐《ふところ》に入れ、再び帰路を折り返す。

鳥居をくぐると、なんとはなしに祈りたい気持ちが募り、夏野は拝殿へ足を向けた。

安良には春に拝謁したきりだが、伊織を通じて礼とお褒めの言葉、そしてこれからも伊織たちに助力できるよう特別手形を賜《たまわ》っていた。

鉄製の特別手形は、恭一郎や蒼太が賜ったものと同じ物だ。二人と共にいることを、安良に認めてもらえたようで嬉《うれ》しい反面、稲盛に紫葵玉《しきだま》を使わせてしまった自責の念が拭《ぬぐ》えぬ夏野には、過分な褒賞と賞賛が心苦しかった。

――やり直しがきかぬからには、悔やんでばかりおられぬ――

今思えばあの恭一郎の言葉は、恭一郎自身にも向けられていたのだろう。

恭一郎が言うように、過去へ戻れぬ以上、己にできることは剣と術の腕を磨き、安良や国のために尽力することだと、拝殿で手を合わせながら夏野は誓った。

拝殿の奥の本殿には「御神体」が祀《まつ》られている。

御神体がなんなのか夏野は知らぬが、それが放つ強い気を、拝殿にいても今の夏野は全身で感じることができる。

まるで安良様がいらっしゃるような……

安良は蒼太を山幽《さんゆう》と知りつつ重用している。「現人神《あらひとがみ》」の安良の思惑を己が知る由もないが、安良が望み、思い描く世を見てみたいと、夏野は本殿を仰ぎ見た。

神社に隣接している樋口家へ行くと、珍しく小夜の代わりに女中が迎え出た。小夜は夕《ゆう》餉《げ》の支度に忙しいらしい。案内された座敷へ行くと、男三人は既に飲み始めていた。

開け放たれた縁側から入ってくる夕風が心地良い。

真琴からの文を伊織に渡すと、縁側で絵草紙を読んでいた蒼太も興味深げに寄って来た。

悪阻《つわり》が落ち着いたのか、どうやら真琴は父親や夫に話を聞くだけでなく、坂東《ばんどう》を伴《とも》に自ら町を見て回っているようである。

「坂東も苦労が絶えぬな……」

馨がつぶやくのへ、夏野は苦笑を漏らした。

真琴の懐妊を今は馨も知っている。真琴の代わりに見送りに来た坂東が告げたのだ。

もとより兄が妹を想《おも》うような親愛はあれど、恋心は持たぬ馨ゆえに、真琴の懐妊を心から喜んで坂東を安堵させた。

真琴の文には、町で仕入れたという読売《よみうり》が同封されており、そこには「疾風《はやて》のごとく町を駆け抜け、右へ左へ瞬く間に妖魔の首を斬り放つ剣聖」のことや「幼くも恐れず狗鬼《こうき》に立ち向かい、父親を助ける孝行息子」、また「三尺の大刀を振り回し、ばったばったと妖魔を倒す魔神」のことが、黒本風に書かれてあった。

「……何ゆえお前が剣聖で俺が魔神なのだ？　納得ゆかん」

読売を読んだ馨が不満げに恭一郎を見る。

「魔神といえども、神には違いないぞ。人よりも神の方がえらかろう」

そう言って笑んだ恭一郎に夏野もつられたが、「剣聖」と「魔神」の意味が判らず、読売にまで「幼い」と書かれた蒼太はむすっとしている。二つの言葉の意味を恭一郎が蒼太に教えるのを聞きながら、夏野は黒耀のことを思い出していた。

――黒耀は過去に何度も、安良様暗殺を試みている。

それは黒耀が安良様に成り代わり、己こそ神と崇《あが》め奉られたいからなのだろうか……？

八坂の屋敷で蒼太と二人きりになった時、椽子が黒耀だったこと、また黒耀と孝弘のつながりを夏野は蒼太に質《ただ》してみたが、「しらん」と蒼太は口をつぐんだままだ。

己の推量を、のちに恭一郎と伊織に伝えたところ、伊織が言った。

――蒼太が、恭一郎や黒川殿に隠し事をする理由はそうあるまい。おそらく、脅されておるのさ。お紗枝や貴一のように、大事な命を盾に……――

そういえば、蒼太はいつも私を黒耀から遠ざけようとしていた……

黒耀の力をもってすれば、いつでも夏野たちを殺すことができる。だが、力に物を言わせずにいるのは、やはり蒼太を手中に収めたいからではなかろうか。

黒耀が蒼太の力だけでなく、心も望んでいるならば、力ずくで夏野たちを殺して蒼太の恨みを買わずとも、ほんの数十年待つだけでいい。

夏野たちの天命が尽き、蒼太が一人になる日まで。

束《つか》の間《ま》だ。

私や鷺沢殿が、蒼太と共にいられるのは――

ふいに己を見上げた蒼太と目が合った。

一瞬にして、心中を悟られたと知る。

うろたえた夏野へ、蒼太が微《かす》かに目で頷《うなず》く。

片方しかない瞳《ひとみ》に宿る光は穏やかで、孤独や寂寥《せきりょう》からはほど遠い。

そこには確かな喜びがあった。

束の間でも、同じ時、同じ想いを生きる喜びが……

読売には夏野や由岐彦のことは書かれておらぬが、由岐彦の働きについては氷頭州司の義忠が大老から公に礼状を賜っていた。また、襲撃には間に合わなかったものの、州屋敷が送り出した侃士《かんし》たちは、避難する人々を護《まも》るのに尽力したことが評価された。

葉双《はふたつ》の母親・いすゞのもとにも一通の文が届いたと聞いている。笹目で夏野が助けた岡《おか》崎照義《ざきてるよし》という剣士は維那の安妻《あづま》番町奉行を務める岡崎家の三男だったそうで、文には丁寧な謝辞が記されていた。道場の皆は夏野の活躍を喜んだが、「これでまた縁遠くなった」と、女中の春江《はるえ》は嘆いているようである。

「俺《おれ》のところへも文が届いたぞ」

馨が恭一郎へ差し出した文の差出人は「一郎《いちろう》」となっていた。恭一郎が言っていた「鷹目の重十」の跡目だという。重十は恭一郎の頼みを聞いて、早々に偽名の手形を手配して、貴一たち三人を斎佳から逃がした。文は恭一郎の体面を慮《おもんぱか》り、息子を使って馨の方へ送ってきたらしい。

貴一は既に無事に維那にたどり着き、維那の閣老・高梁真隆《まさたか》の手の者が隠れ蓑《みの》としている蕎麦屋《そばや》の二階を借り受けて、高梁のもとでしばらく働くことになっていた。

「いらぬ借りを作ってしまったな」

笑いながら文を受け取った恭一郎の顔が、読み進むうちに険しくなった。

「……八郎《はちろう》が死んだのか」

「うむ」と、馨が短く応えた。

「親父《おやじ》を庇って死ぬとは……あいつは本望だったろうが、親父はやり切れぬな」

「だろうな」

斎佳ではあの騒ぎに乗じて火事場泥棒を働いた不届き者が幾人もいた。手下や店を護るために重十も自ら出張っていたところ、泥棒たちと乱闘になり、重十を庇《かば》った八郎が斬られて命を落としたと文にはあった。

「親不孝者めが」

溜息《ためいき》と共に、恭一郎は傍らの蒼太を見やった。

「父親を庇って刀の前に飛び出すなぞ、お前はけして真似《まね》てはならぬぞ」

「おれ……」

「ただでさえお前は人をはらはらさせるばかりで……此度とて黒川殿がおらねばどうなっていたことか――」

厳めしい顔で言われ、蒼太がしゅんとなった時、伊織の母親である恵那《えな》を筆頭に、小夜と女中が膳《ぜん》を携えて座敷に入って来た。女中たちは膳を置いてすぐに去ったが、恵那はかがんだまま蒼太に語りかけた。

「廊下で小耳に挟みましたが……お父様の仰《おつしや》ることはもっともですよ。親にとって、子供に先立たれることほどつらいことはないのです」

ふくよかな恵那は、見た目に違《たが》わずおっとりとした物腰で、目元口元には温かい人柄が滲《にじ》み出ている。蒼太が頷《うなず》くと、恵那は今度は恭一郎に向き直った。

「お夕《ゆう》様が生きていらしたら、さぞ喜ばれたことでしょう。あの恭一郎殿がこんなに立派な父親になられて……」

恵那は亡くなった恭一郎の母親・鷺沢夕と昵懇《じつこん》であった。

「まあ、その……」

「しかし、蒼太が向こう見ずなのは恭一郎殿の血でしょうね。恭一郎殿も蒼太と同じ年の頃《ころ》、怪我《けが》が絶えなかったではありませんか」

「それは――」

「しかも剣の稽古でならともかく、追剝《おいはぎ》を追いかけて堀に落ちたり、木刀で剣士様に喧嘩《けんか》を売って斬りつけられたり――お夕様こそ、一体どれだけはらはらさせられたことか」

恵那は痛ましげな顔をしたが、夏野の隣りで馨は肩を震わせている。

「堀に落ちたのはまことですが、投げ飛ばされて致し方なくです。喧嘩は……木刀でも売らねばならぬだけの理由があったのです」

言い繕う恭一郎へ、伊織が助け船を出した。

「母上、昔のことはもうよいではないですか」

「何を言うのです。親が子を想う心に昔も今もありません。お夕様は、それはそれは恭一郎殿の行く末を案じておられました。大老様なぞは今でもそうでしょう。いくら安良一の剣士と謳《うた》われる恭一郎殿でも、妖魔を何匹も相手にして斬り合うなど、考えただけでも身震いいたします」

「母上」

「私とて同じです。小さい頃から、あれこれ興味のおもむくままに手を出して……怪しいものを口にしてお腹《なか》を壊したり、ふらふら出かけては迷子になったり……」

これは伊織のことのようである。

「……帰るのが遅くなっただけで、迷子になった覚えはありません」

憮然《ぶぜん》として伊織が言うと、とうとう馨が笑い出した。

「笑いごとではありませんよ、真木殿。親にとっては、いくつになっても子供は子供なのですから」

防壁の倒壊では、理二位《りにい》が一名死している。一歩間違えば、死したのは伊織だったやもしれなかった。

大笑いは引っ込めたが、微笑《ほほえ》みながら大仰に馨は頷いた。

「まこと、それは変わりませぬな。私の父も最期まで、私たち四人の息子のことを案じておりました。上は四十路《よそじ》を過ぎ、末っ子の私とて来年には三十五だというのに」

「そうでしょう。親とはそういうものなのです」

我が意を得たりと頷き返した恵那に、小夜が声をかける。

「お義母《かあ》様。お義父《とう》様がお待ちです。ご膳が冷めてしまいますよ」

「ああ、そうでした。ではごゆっくり……」

「私はまだ支度がありますから、皆様、お先にどうぞ……」

小夜が恵那を連れて行くのを見送ってから、馨が再び噴き出した。

馨が恭一郎たちをからかうのを横目に、故郷の母親を夏野は想った。

息子の螢太朗《けいたろう》を殺されたいすゞの子供は、もう夏野だけだ。あまり口にはせぬが、内心は恵那のように己を案じてくれているのだと思うと、望郷の念が湧《わ》いた。

五日前に由岐彦に呼ばれ、夏野は州屋敷に赴いていた。

帰りも葉双に立ち寄った由岐彦から、いすゞより言付けられたという金と着物を受け取った時も、同じように故郷を恋しく思ったものだ。

だが、これが私の選んだ道……

由岐彦は、夏野の恭一郎への想いに気付いている。それでいて変わらぬ振舞いを貫いてくれていた。その恩義には、己の道を貫くことで報《むく》いたい。

夏野に茶を勧めながら由岐彦は、いつも通り穏やかに近況を語った。

足を失った近江《おうみ》は立塚村《たてづかむら》へ戻ることを決心し、生き残った母親と甥《おい》と共に、居酒屋を続けていくという。

由岐彦の叔父の小間物屋は、火は免れたものの水浸しになった。あの時舟に乗せた茂吉《もきち》という少年は、水害を受けた奉公先に門前払いされたそうで、基由《もとよし》が代わりに雇い入れた。基由には人を雇う必要も余裕もないが、「これも縁だ」と、茂吉と共に他の店や町の再建に尽力しているそうである。

そして……「雨引《あまびき》のおきね」が亡くなった。

妖魔の襲撃を予言した者がいたと、噂が立ち始めた矢先だった。戻り道中で由岐彦がきねを訪ねて事の次第を話すと、きねは目を細めて大笑いしたという。

――この儂《わし》が希代の術師とな。これまた大法螺《おおぼら》を吹いたもんじゃのう、由岐彦――

翌朝、既に冷たくなっていたきねを、遊びに行った子供たちが見つけた。

――私も駆けつけたが、本当に――ただ眠っているように穏やかな顔だった――

町中の者に惜しまれながら、「雨引のおきね」は「希代の術師」として故郷の葉双に骨を埋《うず》めた。

知らずに、手が着物の上から守り袋に触れていた。

安良から賜った鉄製の特別手形を、夏野は蒼太と同じように守り袋に入れて首から下げるようにしていた。

――お前はまだ若い。全てはこれからじゃ……――

剣士になるも、術師になるも、人妻になるもよし――そうからかったきねの笑顔は、夏野の胸に焼き付いている。

——己が恭一郎の妻になることはないだろう。

だが……

安良が人に与えた剣と術。

それらを追い求めることができる幸せを、夏野は噛《か》み締めた。

蒼太と……鷺沢殿と……

ただ、共に歩んでゆければよい……

恭一郎を盗み見た夏野に、蒼太が気付いた。

「きょう……?」

手をつないでもおらぬのに、またしても頭の中の「絵」が伝わってしまったのか。

狼狽《ろうばい》する夏野をよそに、恭一郎は呑気《のんき》な声で応えた。

「なんだ?」

口止めすべく目で訴える夏野をちらりと見てから、蒼太はすっくと立ち上がった。

「いさ、よい」

「うん? 今日は十日夜だぞ? 十六夜《いざよい》はまだ先だ」

縁側から覗《のぞ》く空を見上げた恭一郎とは反対に、蒼太は廊下の方へ目をやった。

足音が近付いて来て、三宝を持った小夜が顔を覗かせた。

「遅くなりました」

「いさ、よい」

蒼太が言うように、三宝の上には月見団子の代わりに、黄色く丸い蒸し饅頭《まんじゆう》が載っている。斎佳で見た「十六夜」そっくりで、蒸したての甘い匂《にお》いが鼻をくすぐった。

「織月堂《せんげつどう》を真似て作ってみました。美味《おい》しくできているとよいのですが」

かしこまって小夜は言ったが、小夜の作る菓子なら間違いないだろう。

「菓子のことだったのか……こら蒼太、饅頭を食うのは月が上ってからだ」

早速手を出そうとした蒼太を、恭一郎がたしなめる。

蒼太は口を尖《とが》らせたが、恭一郎の注意が蒼太に向いたことで夏野は胸を撫《な》で下ろした。

伊織に促され、小夜がようやく腰を下ろす。馨と恭一郎が互いに酒を注《つ》ぎ合う中、己を見やった蒼太と目が合った。

言葉を交わさずとも、瞳を通じて互いを想う心が伝わった。

笑みをこぼした蒼太に、夏野も微笑で応える。

満ちゆく月が、ゆっくりと東の空を上り始めた。

解説

吉野仁

新装版〈妖国の剣士〉シリーズ、いよいよ「第一部」完結編となる第四巻『西都《せいと》の陰謀』の登場だ。

この作品は、いわば和風の異世界ファンタジーである。四都二十三州をもち、燕《つばめ》が飛ぶ形をした島国「安良国《やすらこく》」を舞台とし、人々は日本の江戸時代のごとき暮らしを営んでいるが、同時に、そこは人を襲う「妖魔」が跳梁跋扈《ちょうりょうばっこ》する異界でもあった。

妖魔には、さまざまな種があり、多くは人より敏捷《びんしょう》な動きを見せ、強い生命力と治癒力をそなえている。そのため、殺すには心臓を一突きにするか、首を飛ばすかしかない。かつては、容赦なく襲いかかる妖魔に対して人間は無力だった。しかし、およそ千年以上まえ、のちに初代国皇《こくおう》となる安良が現れ、「術」と「剣」をもたらした。術により妖魔除《よ》けの結界が張り巡らされることで都や集落は護《まも》られ、そして強靱《きょうじん》な鋼《はがね》でできた剣がつくられたことから妖魔を斬《き》り殺せるようになったのだ。以後、術や剣に優れたものたちがさらに腕を磨き、守護を固め、戦っていった。それでも妖魔は結界をやぶり、人に化けるなどして人間を欺きつつ、たえず殺戮《さつりく》の機会を狙《ねら》っていた。

思えばこの三年半ほど、われわれの世界は新型コロナウイルスの流行による混乱と閉塞《へいそく》の状態にあった。これまで数億をこえる人々が感染し、何百万という死者や重い後遺症で苦しむ者たちを生み出した。コロナ禍はいまだ完全におさまっていない。ちょうど本作における妖魔は、こうした致死性ウイルスの隠喩《メタファー》と見ることもできよう。都に張った結界とは、そのまま都市封鎖《ロックダウン》に等しい。姿だけでは人か妖魔か分からない場合があるというのも、感染者か否かを見た目で判断できないのと同じである。弱い者ほど妖魔に狙われやすいというあたりも、ウイルスの特性と重なっている。術や剣の達人がどれほど決死の戦いを挑もうともすべての妖魔を抹殺するのはむずかしいように、ワクチンや治療薬など現代医学の力による対処は有効ながら限界がある。以上いささかこじつけめいた解釈かもしれない。ましてや本シリーズの刊行がはじまったのは十年以上まえなので、とうぜん新型ウイルスの脅威を暗示して書かれた物語ではない。だが、ファンタジー小説における妖怪や鬼とは、現実世界における外部の敵対勢力や凶悪な犯罪者、もしくは自然災害などの猛威を怪物に見立てたり、人間の影の部分や醜い姿をデフォルメしていたりするというだけにとどまらず、無情に人の命を奪う疫病の恐ろしさもまたそこに投影されているのではないか。だからこそ、現実ではない物語世界にもかかわらず、生々しいほどの恐怖と興奮が迫ってくるのだ。

そして、敵が強大であればあるほど、いくつもの喪失感や無力感を抱えつつ困難や敵に立ち向かう主人公らの姿が、そのまま作品の魅力として立ちあがってくるだろう。言うまでもなく、本シリーズは優れたヒロインおよびヒーローの物語なのである。

主役として活躍するのは、黒川夏野《くろかわなつの》、鷺沢恭一郎《さぎさわきょういちろう》、そして蒼太《そうた》の三人だ。なかでもメイン・キャラクターとして描かれているのが黒川夏野である。第一作『妖国の剣士』で初登場したときはまだ十七歳の少女だった。安良国氷頭《ひず》州葉双《はふたつ》の出身で、祖父は氷頭一の剣士とうたわれた黒川弥一《やいち》だ。そのため幼い頃《ころ》から剣の腕を磨き、五段にならないと認められない「侃士《かんし》」と呼ばれる位をすでに有している。同じ年ごろの少女たちのように着飾ることを好まず、いつも少年剣士の姿をしているのが特徴的だ。『妖国の剣士』の序盤は、幼いころに攫《さら》われた弟・螢太朗《けいたろう》の行方《ゆくえ》を追い、夏野が安良の都である晃瑠《あける》へと向かう場面が描かれていた。その旅の途中、夏野は人に化ける妖魔「仄魅《しきみ》」の伊紗《いさ》に騙《だま》され、妖《あや》かしの目を自分の左目に取りこんでしまう。晃瑠に着いた夏野は、腹違いの兄・卯月義忠《うづきよしただ》の幼なじみで氷頭の州司代をつとめる椎名由岐彦《しいなゆきひこ》の屋敷に世話になりつつ弟捜しをはじめた。

夏野が晃瑠で出会ったのが、鷺沢恭一郎と蒼太のふたりだ。安良国一の剣士である恭一郎は、庶子ながら、神月人見《こうづきひとみ》の第一子だった。神月人見は、代々安良国の大老《たいろう》を務めてきた神月本家の現当主。のちに正妻の子・一葉《かずは》が生まれたことで、そのまま神月家を継ぐ可能性はなくなったが、安良における由緒ある武家の筆頭たる神月の血筋をもつ男であることに変わりはない。そして恭一郎は神刀とも妖刀ともいわれる「八辻九生《やつじきゅうせい》」を帯刀している。

大昔から世界中で語られる竜退治のファンタジーの多くは、「貴種流離譚《きしゅりゅうりたん》」と呼ばれる物語形式を取っている。もともと高貴な家の生まれの者が辺境の地をさまよったすえ、悪をなす竜を剣で退治し、姫を救い、宝を得る。ここでは竜こそ登場しないが同質の構造をもって描かれている。英雄冒険ものの基本の型をそなえているのだ。

もうひとりの重要人物が、片言しか話せない少年・蒼太である。当初は恭一郎の遠縁の子とされていたが、のちに「わが子」として迎えられている。じつは蒼太は「山幽《さんゆう》」という妖魔でありながら、同族を殺したことで山幽の森から追放され、かつての仲間から命を狙われているという複雑な背景をもっていた。それによって蒼太は、人と妖魔の中間の位置にたつ、特別な存在として際立っているばかりか、とてつもなく大きな能力を秘めていることが物語のなかで次第に暗示されていく。しかも夏野が自らの左目に取りこんだ妖かしの目というのは、蒼太の失った片目だった。すなわち、「目」を通じて夏野と蒼太はつながっているのだ。ふだんは甘い菓子に目がない少年で、恭一郎や夏野に護られながらも、ときに彼らを助けるべく勇敢に戦っていく。しかし、三人のなかでもっとも複雑な背景と激しい葛藤《かっとう》を抱えたキャラだけにシリーズを通じて非常に気になる存在だ。

夏野、恭一郎、蒼太という三人を中心に、恭一郎の剣友である真木馨《まきかおる》、天才理術士の樋口《ひぐち》伊織《いおり》といった仲間たちが加わり、ともに戦っていく。第二作『妖かしの子』では、夏野は剣のみならず、術を学ぶため、伊織が暮らす空木村《うつぎむら》へと向かい、その旅の途中で苑《その》という女と出会う。おなじころ蒼太は、夏野が妖魔に襲われる姿を幻視した。山幽である蒼太は第六感ともいうべき「見抜く力」をそなえているのだ。夏野を案じた蒼太が、恭一郎とともに空木村へ行くと、なんと夏野もまた蒼太が狗鬼《こうき》に襲われる予知らしきものを見たという。やがて、空木村から三里はなれた小野沢村《おのさわむら》が襲われたという知らせが入り、夏野、伊織、蒼太、恭一郎の四人は、狗鬼との戦いに挑む。

つづく第三作『老術師の罠《わな》』では、蒼太に最大の危機が迫る。猛毒の盛られた菓子を食べ、死にかけたのだ。恭一郎は事件の背後を調べていく。これまでは主に妖魔を敵として戦ってきた夏野ら三人だが、ここへ来て、大老の跡継ぎ問題に絡む陰謀に巻き込まれてしまうのだ。さらに、最大の強敵となる謎《なぞ》の老術師・稲盛文四郎《いなもりぶんしろう》との出会い、そして幼い少女の姿をした、妖魔の王と呼ばれる黒耀《こくよう》が遂に物語に深く関《かか》わり出し、物語はますます波瀾《はらん》に満ちた様相を呈していく。山幽、仄魅、狗鬼に加え、鴉猿《あざる》、土鎌《つちがま》など、さまざまな妖魔たちが襲いかかる。しかも、辻斬《つじぎ》りをはたらく者や女子百人斬りの凶行をおこなう者が出てくるなど、夏野らが立ち向かう連中は、ますます巧妙で狡猾《こうかつ》な手で人々を操り、多くの命を奪おうとするのだ。その背後には、老術師・稲盛の影が見え隠れしていた。稲盛は、全国に五人しかいない理術の最高位・理一位の人たちをすべて亡き者にしようと企《たくら》んでいた。

そして、第一部完結となる本作『西都の陰謀』である。西都とは安良国の第二の都・斎《さい》佳《か》のことだ。伊織は、妻の小夜《さよ》と斎佳へ向かうため、小夜の女中として夏野に同行を求めた。恭一郎と蒼太も一緒だ。じつは本庄鹿之助《ほんじょうしかのすけ》と夏野らを引き合わせるのが伊織の真の目的だった。本庄は伊織と同じ理一位で、いまは斎佳で身を潜めている人物である。

ところが夏野らは、斎佳に向かう途中でさっそく妖魔の襲撃を受ける。そればかりか、夏野らが本庄鹿之助への目通りを果たしたのち、なんと白昼堂々本庄が刺客に襲われてしまった。どうやら一連の騒動には、恭一郎の父である大老・神月人見の失脚を狙う西原《さいばら》家が暗躍しているという。その一方で、妖かしの王・黒耀が蒼太に近づいていく。

　本作で夏野は十九歳となった。剣や術の腕をあげ、もはやかつての少女ではないが、男たちに比べて己の力の至らなさをもどかしく思ったり、由岐彦からの求婚などを含め、来年二十歳の女性となることへの惑いを覚えたりしている。それでも、安良国の国皇や大老の地位を狙う連中の陰謀はさらに激しく渦を巻き、そんな手ごわさを増した敵に対し、夏野は一心に立ち向かっていく。それこそ長くつづいたコロナ禍で言いようのない不安や重い閉塞感を抱いた方であれば、傷つきながらも戦いをあきらめない主人公たちの果敢な姿勢に、心が癒やされ勇気づけられることだろう。

　さて、すでに既刊の帯や解説で予告されているとおり、待望の「第二部」がまもなく始動する。二〇二三年十月に第五作が刊行となり、以後、半年ごとに新作が書き下ろしで発表される予定だ。次作は、北の都・維那《いな》で異変が起きたことから恭一郎と蒼太が現地へ赴き、そしてある人物の亡骸《なきがら》が見つかったことから夏野、伊織、馨らが那岐《なぎ》州の神里《かみさと》へ向かうなど、単に空間的な拡《ひろ》がりにとどまらない展開を見せていく。安良国の存亡をかけた戦いのみならず、幾重にも謎をはらんだ驚きが待ち受けているのだ。夏野をはじめとする面々が、いかなる運命をたどるのか気になるばかりだ。〈妖国の剣士〉シリーズのこれからがたのしみでならない。


（よしの・じん／書評家）

本書は、二〇一五年三月にハルキ文庫として刊行された
『西都の陰謀　妖国の剣士4』に、加筆修正を加えた新装版です。

ハルキ文庫

ち 2-15

西都《せいと》の陰謀《いんぼう》 妖国《ようこく》の剣士《けんし》❹ (新装版)

著者 知野《ちの》みさき

2015年3月18日第一刷発行
2023年7月18日新装版第一刷発行

発行者 角川春樹

発行所 株式会社角川春樹事務所
〒102-0074 東京都千代田区九段南2-1-30 イタリア文化会館

電話 03(3263)5247(編集)
03(3263)5881(営業)

印刷・製本 中央精版印刷株式会社

フォーマット・デザイン 芦澤泰偉
表紙イラストレーション 門坂 流

ISBN978-4-7584-4576-4 C0193 ©2023 Chino Misaki Printed in Japan
http://www.kadokawaharuki.co.jp/[営業]
fanmail@kadokawaharuki.co.jp[編集] ご意見・ご感想をお寄せください。